die horen

Zeitschrift für Literatur, Kunst und Kritik

68. Jahrgang | Ausgabe **292**

Abdrücke, Spuren

20 Jahre Italo-Svevo-Preis – Mario Reis – Unverhofft

Zusammengestellt von Andreas Erb und Wolfgang Hegewald

Inhalt

Unverhofft

Nachruf auf Bert Papenfuß-Gorek (11.1.1956–26.8.2023)

Peter Wawerzinek

bertAhoi

Die Segel eingeholt und gestrichen Die
offenen Rechnungen unbeglichen Ein
weiterer letzter Gang die Reling entlang
über zerlatschte Planken Hey ho. Holde
Seefahrt Im Wanken ein Ruf Wir danken
fürs Dasein + Zanken + jedes Mal wieder
Hoffen tanken + Hopfen im Glas im Fass
wovon wir freudig leidig tranken

Viel Freud im Leid Viel SeeMannsGarn Viel
SeeGrasRanken Viel SeeFrauenHuld Viel Ge
Rede Viel Wagnis Viel UnGeduld in Schuld

So ist nun mal das Benehmen unter Mat
Rosen beim Übersetzen und unter matten
Hosen auch Petzen und WasserPrediger
Statt in den Kahn zu springen La Pa Loma
zu singen beim WellenRingen dieser eine
Haiku: An Land kannst du es nur zum Lands
Knecht bringen Lass uns in GehDanken

Noch einmal volle Segel setzen und übersprätzen
der olle Kahn soll krächzen und äxen Das Ziel ist
die SchiffsTaufe Die Wahrheit sei Gelaufe Gesaufe
Herumgeraufe um ZwieBack ZwieTracht als Fracht
UnterDeck Das Boot schlug Leck vom Gezeter um
Zukunft Abkunft Zunft Die Frage bleibt Wie lebt der
Mensch als MenschheitsPlage später und Ob dort
hinterm Ho Ri Zont uns dieselbe Sonne sonnt und
brennt den Wanst Steig ein So du kannst Fahr mit
bis vor jene Stelle wo der Zenit kippt Die KehrSeite

der Medaille wippt Grell die Helle wie Hölle fakkelt
Das Meer wakkelt Der Himmel sich abWendet Anfang
beginnt + endet Kriech den Kriechern Dem AllesIn
TrockenenTücher Es sind die Verzagten aufs Wort
Die UnBedarften Die unseren Pott zerNagten Es sind
Die Braven Versager Ist der einzelne BlindePassa mit
seiner Gier auf schimmligen Abort an Bord Es sind die
VerSprechen die als VerBrechen sich rächen Ums faule
Wort verrenken Die satten Bäuche überdehnen als Bei
Fang mit jedem neuerlichen Netzen an Bord gezogen
Seit der Käpt'n ging Über die Reling NeppTun sei ihm
seelig ZuGeTan KnurrHahn SeeTeufel*innen RänkeSpinnen

Datsch ma nu SeeFohrt Hol Di Ran Bleib furchtlos fuchtig
Sei dir dein Eigner/Pirat beim Kra/kehlen BöSeelen anrufen
So sind numa die Regeln beim Segeln zettel-gerecht zu verstehen
Ein Klakks für wers intus hat Lote aus Lotse Die Kugeln geworfen
In die Runde Aufs nackte Brett Das Unser sei die Schwarze Zahl
Sei das an/anno Das Blau getünchte an/ormal AusSatzAnSatz
Beginn Je Meer es weht Je Meerenge Das Aus Das Zuspät Zum
Ende hin kein SOS für RücKursKehrtWende Je leerer wir Steuer
Los treiben Je fernmeeriger wir uns dem Meer verSchreiben So
Meerweg vom ÜbrigBleiben an Bord verKommen + faulen wir
am WiderSpruch + Maulen + SichsMaulVerbennen + Shit Shiete
benennen So nur stucken wir den Pott voran Meile um MeilenStein
Lasst uns Ratten sein im MaschinenRaum der organisierten hyper
trophierten steten Plagen Seit jenem Tag an dem wir AufGrundGeh
Laufen sind + fest liegen jeder für sich jeder an seinem Strand auf
seinem Sand Jeder Robinsons Sohn + Bonbisons Töchter Das Schiff
wieder flotte Flotte sein lassen möcht er Das Wrack auf gutGlück zu
Rück ins Leben rocken möcht er Die Not verLachen Roll over vor
Wärts Die Brachen möcht er mit Willen füllen + kanns nit verrichten
mit seinen WehMutsGedichten drüber hinweg kommen möcht er Aus
dem GrollGeröll hervör ins argVerWundern all der flutenden Flundern

Leer sein heißt Meer sein Satt sein meint voll sein meint platt sein
nicht Asche genug zum Feuer ersticken Aus jetzt Fertig mit dem Ge
Plärr Ein neues Buch aufGeschlagen Ein anderer Pi Rat muss über
Nehmen Das Ruder Schwesterbruder Schenkt Kefir aus für die im

Käfig hocken versenkt in ihre Becher Becherowska Die Tassen hoch
Auf geht es durchs NadelÖhr im Ozean He ho Weg vom Heck Huck
auf Werft die Heuer von Bord Legt Feuer Backt euch euer eigenWort
Auf Verlust ist Verlass wos munkelig klabautet Meine Lyrik lautet:
Seefahrt Ein Muss Die Handbreit Kiel ist uns zu wenig für viel zu viel
Wir wehen heran zu diesem Speel Bootsfalls mit selbstgeblasen Wind
gegen des Windes Stille den einen VerSuchVersFluch noch, Bert:

eine zeit in scherben frühling zu bald immer zu welk ... noch
schwillt es ... huckkelt es schon ... zeit zu sterben ... die tod du
lebst nunmehr aufmerkten

Ausgelebt
gePflastert
geKleistert
AUFgewühlt

Adieu Ahoi
toi toi bis später
dein Peter

wawerzinek am sechsten zehnten zweitausenddreiundzwanzig in der volxbühne

Peter Wawerzinek

Parodie

Papenfuß

Eines bleibt in Ewigkeit gewisz
Wir beklöteren uns mit dem Gebisz
eh wir am Frasz krepieren
wird von der Memel bis nach Hessen
brav aufgegessen

Nachsatz, September 2023: die parodie ist zig zig jahre her war ganz am anfang meiner berliner zeit. da war Bert selbst ein langhaariges jüngelchen mit drohgebärde und seinem ersten glänzenden anarcholeder. hose glaube ich und weste und jacke und die haare wurden abgesäbelt der gang schwerer die schrittlänge größer. er ging mehr und mehr an sicheren wänden fassaden mauern entlang. sich derer bewusst sein blick permanent nach vorne gerichtet selbst wenn da ein rufen hinter ihm erschien drehte es ihn nicht um drehte er nicht bei. du musstest ihm schon entgegenkommen nachsetzen überholen auf augenhöhe zu ihm sprechen dem schrittmaß angepasst.

Wolfgang Hegewald

Vorab: 20 Jahre Italo Svevo Preis oder Vom Versuch, dem literarischen Glück unter die Arme zu greifen

Dass ein deutschsprachiger Schriftsteller mit einem Preis geehrt wird, ist allemal eine Meldung, aber kaum eine Geschichte wert.

Was aber im Fall eines Schriftstellers, der, im Bewusstsein der Begleitumstände seiner Arbeit in einem Konkurrenzuniversum, einen Literaturpreis erfindet, den er selbst nie wird bekommen können? Seit mehr als zwanzig Jahren prägt und verantwortet dieser Schriftsteller das Preisgeschehen, und er hat sich den Preis sogar als Wortmarke patentieren lassen. Ein Psychoanalytiker, hätte der Schriftsteller je einen konsultiert, horchte bei dieser Selbstauskunft gewiss auf.

Anders als das Rauchen habe ich mir das Schreiben bis heute nicht abgewöhnt.

Wie es angefangen hat

Im Jahr 2000, ich lehrte als Schriftsteller im Öffentlichen Dienst am Fachbereich Gestaltung der Fachhochschule Hamburg Poetik und Creative Writing, sprach mich ein befreundeter Kollege an, der als Editorial Designer auch eigene Kunden betreute. Er kleide gerade ein junges Finanzdienstleistungsunternehmen ein, Blue Capital GmbH, und treffe dort auf eine störrische Neigung, das Marketing mit literarischen oder philosophischen Brocken zu verbrämen. Deshalb habe er dem Vorstand vorgeschlagen, sich einmal mit mir zu treffen. Karl Jaspers: »Die Zukunft ist als Raum der Möglichkeiten der Raum unserer Freiheit.« Das Zitat sollte unbedingt auf die Titelseite der Imagebroschüre von Blue Capital. Was nichts kostet, ist nichts wert. Ich schlug Blue Capital einen Deal vor: Damit Zitate wie jenes von Jaspers nicht billiger rhetorischer Modeschmuck bleiben, finanziert ihr einen Literaturpreis und übertragt mir das Mandat, ihn zu erfinden. So kam der Italo Svevo Preis in die literarische Welt. »Wieviel?«, wollte der Vorstand wissen. »Unter 30 000 Mark gebe ich Italo Svevo nicht her.« Der hanseatische Handschlag galt.

Zufall. Konstellation. Kairos. Ein Mix vermutlich.

Das Programm, der Namenspatron

Der Italo Svevo Preis ehrt und fördert das Werk einer deutschsprachigen Autorin oder eines deutschsprachigen Autors. Die Kontur dieses Werks soll sich in mindestens drei eigenständigen Buchveröffentlichungen zeigen. Der Preis gilt literarischen Leistungen auf dem Gebiet der Prosa in allen ihren Spielarten, vom Roman über kleine, experimentelle, fragmentarische Formen des Erzählens bis hin zu Essay und literarischer Reportage. Der Italo Svevo Preis unterstützt, ideell und materiell, ästhetischen Eigensinn und gewährt, befristet, Unabhängigkeit als Möglichkeitsbedingung von Literatur. Er denkt an den Leser von morgen, indem er ein literarisches Werk und fördert, dessen Rang sich bereits abzeichnet, dem es jedoch vorerst am breiten Zuspruch der Zeit mangelt. So der Nukleus des Statuts. Heute, mehr als zwanzig Jahr später, wäre meine Pathosbereitschaft wohl weniger ausgeprägt.

Es mag verwegen anmuten, einen Preis für deutschsprachige Prosa nach einem Autor zu benennen, der in Triest gelebt und seine Bücher in einem dialektal eingefärbten Italienisch geschrieben hat, das einige zeitgenössische Kritiker als »Kaufmannsesperanto« verspotteten.

Dass Hector Aron Schmitz (1861–1928), der unter dem Pseudonym Italo Svevo publizierte, von Jugend an deutsche Prosa schätzte und Jean Paul und Arthur Schopenhauer im Original las, begründet meine Wahl nicht hinreichend. Was den Ausschlag gab, war die Rezeptionsgeschichte eines Werks, das heute der Weltliteratur zugerechnet wird. Schmitz besuchte eine Handelsschule und brachte sich als Angestellter in einer Bank durch. Und er schrieb. 1892 erschien der erste Roman von Italo Svevo im Selbstverlag, *Una vita;* gerade noch Stadtgespräch, kaum beachtet. 1898 folgte der zweite mit dem Titel *Senilità,* ohne jedes Echo. Tief gekränkt wandte sich Italo Svevo für viele Jahre vom Schreiben ab, heiratete günstig, bekam Prokura in der Firma seines Schwiegervaters, für muschelabweisende Unterwasserschiffsanstriche. Um seine Englischkenntnisse aufzubessern, bestellte Großbürger Schmitz einen Nachhilfelehrer in seine Villa ein. Es handelte sich um James Joyce, der sich damals an der Berlitz School in Triest durchschlug. Die Schriftsteller, mit einem Altersunterschied von einundzwanzig Jahren, verstanden sich sofort. Joyce las Svevo und war begeistert. Svevo begann wieder zu schreiben. 1923 erschien sein opus magnum, der Roman *La coscienza di Zeno*, abermals kein Erfolg. Aber immerhin ehrte durch Joyce' Vermittlung das PEN-Zentrum Paris Italo Svevo und verschaffte ihm eine gewisse Aufmerksamkeit zu Lebzeiten.

Ich wollte einen Preis schaffen für blinde Flecken in der Wahrnehmung des Literaturbetriebs. Der Italo Svevo Preis, so hoffte ich, sollte Rezeptionsanomalien der Gegenwart punktuell Paroli bieten. Ein Preis für Erstklassiges, das dort entsteht, wo vermeintlich nichts zu sehen sei. Für Prosa von Rang, die sich auf der aufmerksamkeitsabgewandten Seite der zeitgenössischen Wahrnehmung vorfindet.

Wer meine Entscheidung für den Namenspatron Italo Svevo verstehen will, beginne seine Lektüre mit dessen Erzählung *Ein gelungener Scherz*. Sie handelt von einem völlig erfolglosen Schriftsteller, dem ein alter Freund, der eigentlich ein alter Feind ist, über mitspielen will, indem er ihm vorflunkert, der Verleger Westermann aus Wien interessiere sich für sein Werk und sei auf dem Weg zu ihm. Der ersten Sätze lauten: »Der Schriftsteller Mario Samigli war fast sechzig Jahre alt. Vor vierzig Jahren hatte er einen Roman veröffentlicht, den man wohl mit Recht hätte tot nennen können, wenn sterben könnte, was nie gelebt hat.« Ich verspreche großes Leseglück.

Preisklassenfragen

Billiger Insiderspott gefällt sich oft mit der Bemerkung, die Fülle an Literaturpreisen im deutschsprachigen Raum sei so groß, dass eine solche Auszeichnung früher oder später jede Autorin und jeden Autor treffe, und sei es ein Aufenthaltsstipendium in Ottendorf-Okrilla. Wer genauer hinschaut, erkennt gewisse Verteilungsmuster. Da gibt es ein Phänomen, das ich als »serielle Literaturpreisabonnements« bezeichne. Eine Jury kürt in einer Saison eine Autorin oder einen Autor, die oder der gerade für Furore in der literarischen Welt sorgt. Eine zweite Jury findet diese Entscheidung ganz prima und schließt sich ihr an. So macht sie keinesfalls etwas falsch. Und einer / einem Glücklichen fliegt ein zweiter Preis zu. Eine dritte Jury ist stolz auf sich, weil sie just diese Kandidatin / diesen Kandidaten längst auf dem Zettel hatte, und der dritte Preis innerhalb kürzester Zeit ist da. Die grassierende Konsensseligkeit, das Scheuklappenregime des Erfolges und die Furcht vor selbstbewusster Querulanz sind das pure Gegenteil von Eigensinn. In seinem Buch *Worüber wir sprechen, wenn wir über Bücher sprechen* stellt Tim Parks mit angelsächsischer Lakonie fest, wie albern der Literaturnobelpreis ist. Und wie närrisch unsere Bereitschaft ihn ernst zu nehmen. Achtzehn Mitglieder der Schwedischen Akademie – die laut Gründungsmandat von 1786 mit der »Pflege, Reinheit, Kraft und Vortrefflichkeit der schwedischen Sprache« befasst ist – präsentieren uns Jahr für Jahr einen Literaturweltmeister.

Die Welt des erfolgreichen und die Welt des erfolglosen Schriftstellers berühren sich kaum oder gar nicht. Wie kann es uns, bei jeweils limitierter Lektürekapazität, gelingen, Prosa von Rang an den Rändern zu entdecken, im Entlegenen, Halbdunklen? So lautete die zentrale methodische Frage an die Jury des Italo Svevo Preises. Bei unseren Nominierungen überraschten wir einander nicht selten mit Namen, die der Andere noch nie gehört hatte. Und wir staunten nicht schlecht, was es da zu entdecken gab. Dies gilt für die zweite Dekade des Italo Svevo Preises: Eine dreiköpfige Jury, mit einer gestaffelten Rotation alle drei Jahre, trifft die Entscheidung. Während der ersten zehn Jahre hingegen wählte ein Kuratorium jedes Jahr einen Obmann, der den Preis einmal allein vergeben durfte. So kürte Karl-Markus Gauß, beispielsweise, Alois Hotschnig. Und Herta Müller bereitete uns mit ihrer Wahl von Jürg Laederach eine Sternstunde.

Das Abenteuer der Finanzierung und die Furien des Verschwindens

Anfangs sprang meine Begeisterung derart auf den Vorstand der Blue Capital über, dass mir das Unternehmen sogar ein Periodikum finanzierte, das den Italo Svevo Preis flankierte. Preisreden und Fundstücke. Fünf Jahre lang; fünf Ausgaben. Ich wählte dafür den Titel *Cràzzola*. Herausgegeben von der Freien Akademie der Künste zu Leipzig im Auftrag der Blue Capital GmbH in der *edition* die horen (nicht zu verwechseln mit der Zeitschrift *die horen*). Blue Capital ist bald auf der freien Wirtschaftswildbahn verschwunden. Die Stadt Leipzig hat ihre Freie Akademie der Künste finanziell verhungern lassen. Die *edition* die horen gibt es nicht mehr. Was geblieben ist: der Italo Svevo Preis.

Cràzzola: So nannte Italo Svevo, lautmalerisch zwischen den Sprachen changierend, seine Geige, die er beharrlich traktierte, um sich das erfolglose Schreiben auszutreiben. Es ist ihm zu unserem Glück nicht gelungen. Und im Triestiner Dialekt bezeichnet der Begriff die Maurerkelle – ein Trauma verputzen.

In Ausgabe 1 erschienen nicht nur die Rede der ersten Preisträgerin Kathrin Röggla und die Laudatio von Wilhelm Genazino, sondern auch der ins Deutsche übersetzte Essay des Poeten Eugenio Montale *Hommage an Italo Svevo* aus dem Jahr 1925. Montale hatte als einer der ersten den Rang von Svevo erkannt.

Nach dem Verschwinden von Blue Capital war mir um die Zukunft des Italo Svevo Preises bange. Potente Stiftungen, an denen es in Hamburg nicht mangelt, wollen selber erfunden haben, was sie fördern.

Mein Preis und ich, wir hatten Glück. Ein ehemaliger Geschäftsführer von Blue Capital schrieb mir unverhofft aus Singapur, sein Enthusiasmus sei noch nicht erloschen. Er selbst heuere bald bei dem Hamburger Emissionshaus Nordcapital an und nehme den Italo Svevo Preis dorthin mit. Wieder drei Jahre später brachte die Containerkrise die Nordcapital in Turbulenzen, und auch diese Finanzierungsära war vorüber.

Dann traf ich, vermittelt durch die damalige Hamburger Kultursenatorin Barbara Kisseler, auf einen Mäzen, der nun seit zehn Jahren den Preis ermöglicht, anonym und ohne eine Gegenleistung zu erwarten. Das unterscheidet ihn von einem Sponsor.

Manchmal bin ich fast ein wenig neidisch auf meinen Preis. Weil immer Glück an ihm klebte. Etwas mehr davon hätte ich mir für meine eigene, arg fragmentierte und zerfranste Editionsbiografie gewünscht. Aber das ist weder Hadern noch Klagen. Italo Svevo: »Das Leben ist weder häßlich noch schön, es ist originell.«

Glück gehört dazu

Wer über vergessene, verkannte oder übersehene Autoren nachzudenken beginnt, gerät rasch in ein Dickicht von Aporien und Paradoxien. Schon wenn ich einen Schriftsteller als vergessen apostrophiere, ist er wieder anwesend. Dennoch darf die literaturgeschichtsphilosophische Reflexion die Kategorie Kontingenz nie außer Acht lassen; die Macht oder Ohnmacht des Zufalls. Von dem um 980 bei Buchara geborenen Dichter, Arzt und Universalgelehrten Avicenna, der auf Persisch und Arabisch publizierte, stammt eine Formel, die ich mir ihres präzisen Sarkasmus wegen für immer eingeprägt habe: »Wer die Kontingenz leugnet, müsste so lange gefoltert werden, bis er zugibt, dass er auch nicht hätte gefoltert werden können.« Das Glück ist ein unberechenbarer Tyrann, wie die Zeit. Das gilt auch für Autoren und Bücher. Der Psychologe Daniel Kahnemann, Nobelpreisträger in der Kategorie Ökonomie, schreibt in der Einleitung zu seinem Buch *Schnelles Denken, langsames Denken*: »Ein wiederkehrendes Thema dieses Buches ist, dass Glück in jeder Erfolgsgeschichte eine große Rolle spielt; wenn die Geschichte nur einen etwas anderen Verlauf genommen hätte, wäre statt einer bemerkenswerten eine mittelmäßige Leistung herausgekommen.«

Wenn Napoleon seine Truppen visitierte, interessierten ihn weniger das taktische Geschick oder die persönliche Tapferkeit eines Offiziers. Napoleons Frage lautete: Hat er Glück?

Robert Gernhardt skizzierte in *Wege zum Ruhm. 13 Hilfestellungen für junge Künstler und 1 Warnung* noch vor der Erfindung des Italo Svevo Preises das »Restaurant zur Deutschen Literatur«, wo herrische, als Kellner verkleidete Großkritiker junge Autoren, die gerade die Aufmerksamkeitsschwelle des Betriebs überschritten haben, ihre Plätzen zuweisen. Den einen erwartet eine herrliche Aussicht. Ein anderer findet sich am Katzentisch neben der Klotür wieder. Und diese Sitzordnung, so Gernhardt, sei von stammtischhafter Unbeweglichkeit, zumindest für die Dauer einer Autorengeneration.

Will der Italo Svevo Preis dort für betriebsbedingte Kündigungen sorgen? Eine Revolte anzetteln? Oder hin und wieder einem Kellner ein Bein stellen, so dass ein Gast, während der Stolpernde um sein Gleichgewicht kämpft, blitzschnell aufrückt?

Ach was. Der chronisch übel Platzierte hat hoffentlich wie Italo Svevo seinen Jean Paul gelesen und weiß: »Auch der Urin gibt einen Regenbogen.«

Wie es mit dem Italo Svevo Preis weitergeht, finanziell, nach der 20. Preisverleihung, die wir am 27. September in Hamburg feiern, steht übrigens noch dahin. Aber an diesem Tag ehren und preisen wir Kurt Drawert.

Alle zwanzig Preisträgerinnen und Preisträger waren eingeladen, sich an dieser *horen*-Ausgabe mit einem bislang unveröffentlichten Text zu beteiligen. Vier der mit dem Italo Svevo Preis Geehrten leben nicht mehr; Marie-Luise Scherer, Giwi Margwelaschwili, Jürg Laederach und Gerd Fuchs. Da habe ich die Verlage resp. Nachlassverwalter um einen Beitrag gebeten.

Nicht alle wollten oder konnten etwas beisteuern. Doch die Fülle und Formenvielfalt der vorliegenden Prosastücke ist ein schöner Beleg für den Spürsinn, dem sich der Italo Svevo Preis verpflichtet fühlt.

Die Anordnung der Texte folgt der Chronologie der Auszeichnung mit dem Italo Svevo Preis. Mit Kathrin Röggla hat es einst angefangen.

Kathrin Röggla

Nach oben ist Luft

Ein Mensch mit Frisur und Kopfhörern
Ein junges Mädchen mit Kopfhörern
Nein, ein junger Mann ohne Kopfhörer
Jetzt steigt ein Mann mit einem Aktenordner in den Fahrstuhl
Jetzt steigt ein Typ mit Hipsterfrisur in den Fahrstuhl
Jetzt steigt eine ältere Dame in den Fahrstuhl
Es kommen herein drei Büroangestellte, das sieht man gleich, sie gehören hierher
Jetzt steigt die Putzfrau ein mit ihrem Wägelchen, sie braucht recht lange
Jetzt der Mensch im Mantel – nein, er steigt doch nicht ein
Jetzt steigen Mom and Dad in den Fahrstuhl – quatsch, die doch nicht! Nicht hier!
Aber
Kinderstimmen
Kinderstimmen sind zu hören
Jetzt steigen Kinderstimmen in den Fahrstuhl, man sieht nicht, wer da ist, weil so weit unten
Man sieht nicht, woher sie kommen, vielleicht doch draußen

Vermutlich sind auch Haustiere unter uns
Nein, Banker
Jetzt steigen Banker in den Fahrstuhl
Das war zu erwarten, mit ihren Anwälten
Jetzt steigen Anwälte in den Fahrstuhl
Jetzt steigen ausnahmslos Deutsche in den Fahrstuhl
Aber mit ihnen koreanische Popbands
Und hawaianischen Tattoos
Gibt's nicht!
Jetzt steigen Autoverkäufer in den Fahrstuhl, die gib es immer, und sie wissen immer genau über alles Bescheid.
Jetzt ist es der Portier, der in den Fahrstuhl steigt. Ihn gibt es eigentlich wirklich nicht mehr, vermutlich also ein Geist.
»Ein Geist mehr«, sagt jemand. Niemand lacht.
Jetzt steigt die Musik in den Fahrstuhl, nein, die ist schon da, wir haben sie bisher nur nicht bemerkt
Jetzt fehlt etwas Sauerstoff, bereits. Ich zumindest kann nicht atmen
Jetzt sind diese Investigativjournalist*innen da, plötzlich, sie wissen bereits alles.
Ihnen gegenüber brutale Visagen – kann denn niemand etwas machen?
Jetzt gibt jemand eine Telefonnummer bekannt.
Aber ruft dort nicht an. Meldet euch anders.
Jetzt gibt es hier keine Heimlichkeiten mehr. »Es ist Karneval, was soll's!«
Das ist nicht die einzige Lüge.
Lüge? Jetzt finden Gespräche statt.
Jetzt hebt die Musik an. Nein, die war die ganze Zeit da.
»Du wiederholst dich!« steigt ein.
Die echten Geschichten beginnen im Fahrstuhl. D. h. jemand hüstelt. Kann es nicht weitergehen? Wir stehen schon so lange in diesem Stockwerk und andauernd gehen die Türen auf und zu. »Es hakt wirklich.«
Der Mann mit dem Aktenordner bekommt einen Anruf. Er fingert sein Handy raus.
Die ältere Dame bekommt einen Anruf. Mit einem eleganten Schwung holt sie ihr Handy aus der Tasche, eine viel zu jugendliche Geste.
Die Autoverkäufer sind schon längst am Handy. Sie haben immer schon bereits einen Termin bei einer Behörde.
Es kleben am Handy die beiden Anwälte, sie wirken aufgebracht.
Das Hipstergirl spricht endlich mit ihrem Bruder, der bisher noch nicht erwähnt wurde. Seit Stock 7 ist er dabei, und er ist wirklich eine Enttäuschung.

»Die Karnevalslieder sind nicht mehr bekannt«, fällt einer Schauspielerin ein. Sie ist ungefähr mittelalt, wirklich das schlimmste Alter für eine Schauspielerin, und stimmt jetzt dennoch ein. Gerade sei sie aus einer Reha zurück. »Aneurisma«, fügt sie trocken hinzu, »aber jetzt bin ich wieder da«.
Jemand erwähnt Long Covid, das wurde aber auch Zeit. Es war geflüstert, aber alle haben es gehört.
Seufzen von Seiten der Jüngeren. Krankheiten sind nun wirklich kein Thema für einen Fahrstuhl.
»Das ist kein Thema.« – »Ich konnte es einfach nicht einordnen« – »Wieso?« – »Ich bin zu alt. Da macht man sowas nicht mehr.« – »Also ich habe mich eben gegen den Typen gewehrt. Das ist doch nicht so schwer.« – »Naja. Andere haben zugesehen.« Sowas kommt auch nicht von uns hier drinnen, das war irgendein Geplänkel aus Stock 8, auf dessen Höhe wir langsam sein müssen, »oder?«.
»Können Sie mal das Telefon abheben? Oder abwehren. Sehen Sie, das nervt, insbesondere in einem Fahrstuhl.« Hat das jetzt jemand wirklich gesagt?
»Oh, das erinnert mich an meine New Yorker Zeit.« – »Du hast keine New Yorker Zeit.«
Oder:
»Es ist nicht mein Telefon. Es ist seines«, zischelt sich durch.
Nein, seines ist es auch nicht. Es kommt von da drüben.
Da drüben steht aber niemand. Moment Mal, da waren doch gerade noch viele Leute, wo sind sie hin? Ah, sie werden schon wieder zurückgeschoben. Der Fahrstuhl ist kein Ort, an dem man sich wirklich aussuchen kann, wo man steht. Nicht in Stockwerk 9, wo es sich ballt.
Das liegt hinter uns.
Es ist der kurze Moment des Zögerns.
Es ist immer der kurze Moment des Zögerns. Und dann werden alle wahnsinnig.
Das Handy läutet immer noch. Niemand hebt ab. Wir fahren weiter. Es läutet.
Es macht doch ohnehin dauernd Plingpling. Du weißt schon, wegen der Kampagne.
Plötzlich reden alle von Respekt
Ja, aber in einer falschen Art. Immer so, als schulde jemand jemanden was.
Es sind auch andere hier.
Wo sind andere hier?
Der migrantische Hintergrund bleibt aus.
Wieder eine Lüge.
Man sieht Hautfarben nicht mehr, ganz plötzlich geht das
Auf diesem Auge sind mit einem Mal alle blind – was für ein Wunder!
Quatsch, wir haben hier eben Leute, die haben etwas erlebt.

Was haben sie erlebt?
Du weißt, wovon ich rede.
Nein, weiß ich nicht. Ach, du meinst den Krieg?
So wollte ich es nicht ...
Du redest ja von nichts anderem mehr. Dabei sind wir über tausende Kilometer entfernt.
Sind wir nicht.
»Könnten Sie bitte nicht so laut sein!«
Jetzt steigt ein Handwerker ein.
Bitte?
Ein ganz normaler Handwerker. Elektriker. Installateur. Fußboden ...
Nun, was denn?
Ein Handwerker, den man in einem der Stockwerke braucht.
Man braucht uns alle.
»Das glaubst du! Man braucht im Moment einzig Handwerker, niemanden sonst mehr!«
Fragt sich nur, in welchem Stockwerk. Bei manchen sind es ja Fantasiestockwerke, von denen sie reden.
Also ich weiß genau, wo ich hinmuss.
»Die Stockwerke wurden längst abgeschafft.«
Sagt wer? Schulklassen wurden auch abgeschafft. Ganze Unterrichtsfächer, aber Stockwerke?
Pass auf, gleich steigt eine Ärztin ein. Die wird auch gebraucht werden.
Tut sie nicht. Siehst du, es kommt keine Ärztin mehr herein. Und schon gar kein Pflegepersonal mehr.
Man hört aber, die sind draußen in den Gängen unterwegs.
Die kommen nicht vom Fleck, weil dauernd jemand anderer sie ruft. Sie sind immer zu wenig
»Auf Kante genäht ...«
Jemand beginnt, sich die Haare zu frisieren. Mein Gott, das ist doch kein Badezimmer hier.
»Das haben wir gehört.«
Wir hören alles.
Sie sind in den Gängen unterwegs, weil doch so viel los ist. Man braucht Ärzt:innen und Pflegepersonen in den Gängen.
Hier sind sie jedenfalls nicht.
»Du wiederholst dich!« steigt wieder aus.
Niemand steigt aus. Ein Stockwerk kommt hinzu.
Mit dem hat man einfach nicht gerechnet.

»Die Leute sind einfach unmöglich, findest du nicht. Ich hatte eben eine, die textete mich zu, die hörte gar nicht mehr auf, mir von ihrem Chef zu erzählen, der AFD-Videos sich auf Youtube reinzieht mitten in einem Meeting. Oder sich Coronaleugnerdemos raussucht aus dem Netz, während sie daneben die Buchung durchführen muss.«
Warum stehen wir eigentlich schon wieder? Ein Fahrstuhl sollte nicht dauernd stehen, er bewegt sich stets, stets nach oben.
Wir hören alles.
Eine andere hat auch ein hohes Sprechtempo, Mutter, alleinerziehend vermutlich, nein, doch mit Mann, Mutter, die den Lehrern ihrer Kinder am Telefon gerecht werden muss, »was ein Ding der Unmöglichkeit ist.«
Hältst du das für ihr Problem?
»Sag einmal, glaubst du, mir wurde nur eine Frage gestellt? Glaubst du, jemand hat sich auch nur eine Sekunde für mich interessiert, also was mein Problem ist?«
»Ganz besonders liebe ich die, die ihr Radio neben einem aufdrehen als wäre nichts. Geflüchtete heißt es dann, die brauchen ein Stück Heimat hier. Aber was ist mit mir? Wo bleibt mein Stück Heimat?«
Hier sind keine Geflüchtete.
Niemand steigt aus. Niemand steigt ein.
Nichts als brutale Visagen, die weitergehen.
Das Brutale fährt weiter, 5 cm von uns entfernt
Das sind die unsichtbaren Kosten, von denen immer die Rede ist. Plötzlich zeigen sie sich. Man sieht ihnen ins Gesicht. »Dafür haben wir kein Geld, wir können uns ohnehin kaum noch was leisten.«
Niemand steigt aus, niemand steigt ein, der Fahrstuhl fährt aber immerhin wieder.
Wir müssen jetzt ziemlich weit oben sein, so eigentlich.
Die Luft wird dünn.
Kaum zu atmen.
Von draußen dringen dennoch Tierlaute rein. Vögel. Sie schreien.
Das ist der Krieg.
Du bekommst aber auch nichts mit.
Es sind trotzdem merkwürdige Vögel
Brutale Visagen, die hier weitergehen
Hacken
Kratzgeräusche würde ich sagen, als will was von außen rein
Hier drinnen kein Satz – eigentlich entstehen Lücken, so weit oben, darauf hat man auch gehofft

Lasst uns endlich aussteigen, sagt keiner mehr.
Hier oben nicht
Bis eben noch hat man gehofft.
Keine Gänge
Jemand hat ausgeatmet
Endlich
Jemand hat ausgeatmet
Was ist mit der Luft
Blau
Wie ausgedacht
Wie übriggeblieben
Nein

Alois Hotschnig

Erzählen davon

Unter dem Tisch in der Küche lag ich und hörte den anderen zu, und wartete, wie die Gespräche der Erwachsenen sich entwickeln würden. Wenn die Erwachsenen redeten, hatten die Kinder still zu sein, und am sichersten war es, unentdeckt und also ungestört auf Empfang zu sein.

Auch hinter der Tür, hinter vorgehaltener Tür sozusagen, war so ein Ort, ich hielt mich versteckt, denn durch meine scheinbare Abwesenheit kam es seltener zu diesen abrupten »Abbrüchen« im Gespräch. Das Mithören der Reden, die sozusagen hinter vorgehaltener Hand gesagt wurden, faszinierte mich, und das Spannendste war das Unausgesprochene in ihrem Reden. Die Gespräche der Eltern und ihrer Freunde wurden nämlich häufig abgebrochen, unvermittelt, und oft mit dem Satz: »Und dann sind die Nazis gekommen.« Meist ist es ganz still geworden danach. Das habe ich damals realisiert, diesen Abbruch der Gespräche inmitten einer Geschichte, auf den ich mir keinen Reim machen konnte. Und doch: Meine Fantasie war geweckt. Dieses Schweigen hat mich zum Lesen gebracht. In den Büchern habe ich Menschen getroffen, die reden wollten, auch über das Schweigen der anderen. An die habe ich mich fortan gehalten. Und dann, mit der Zeit, ist das Lesen zum Schreiben geworden. Denn wir schreiben ja mit, wenn sich etwas einschreibt in uns.

Beobachten. Hören. Hörbar machen – wie es der Komponist Gavin Bryars getan hat. »Jesus' Blood never failed me yet« heißt die Komposition.

Ein Obdachloser in London, der beim Casting für eine Filmmusik-Aufnahme gar nicht wahrgenommen wurde am Set, hatte dieses alte Kirchenlied vor sich hingesungen und war wieder verschwunden, *unsichtbar* im Chor der geschäftigen Solisten ringsum.

Und doch war es seine Stimme, die Gavin Bryars Jahre später beim Abhören der nicht verwendeten Aufnahmen heraushörte als die einzige tatsächlich relevante und berührende Stimme, für die er dann seine Komposition um das Lied des alten Mannes herum arrangierte, zu einer Zeit, als es diesen Menschen schon nicht mehr gab.

Dieser Obdachlose, der auf so zurückgenommene und doch präsente Weise still vor sich hin singt, in sich hinein eigentlich, in einer Innigkeit, wie sie mir im Leben sonst nicht begegnet ist, »Jesus' Blood never failed me yet / Never failed me yet / There's one thing I know / For he loves me so«, diese paar Worte, immer wieder und wieder von Neuem, in der eigentümlich gebrochenen und doch so sicheren Stimme dieses alten Mannes sind es, die mich nun schon seit vielen Jahren begleiten, und mir dabei ein unscheinbares Leben spürbar machen, als ginge es um mein eigenes Leben.

Über das Reden ins Leben kommen – ins eigene und ins Leben der andern; dem Schweigen von damals durch das Miteinander-Reden die Stirn bieten: ich denke, auch das ist eine Aufgabe des Schreibens.

Sagen, was ist. Weitersagen. Umgehen mit dem, was bis dahin mit mir umgegangen ist. Dem Hindernis einen Sinn geben, *den* Sinn, dieses Hindernis zu überwinden oder zumindest zu wachsen daran.

Literatur will sich mitteilen, sie will ansprechen und überzeugen.

Doch wer ist es, der mir eine Geschichte erzählt, warum tut er das, mit welchem Motiv? Nicht immer lässt sich das eindeutig sagen, auch im eigenen Zusammenhang nicht. Im Märchen *Schneewittchen* sagt der Spiegel der bösen Stiefmutter die »Wahrheit«. Aber wer ist das, dieser Spiegel? Auch im Spiegelkabinett meiner eigenen Sätze stelle ich mir diese Fragen. Mein Misstrauen dem Erzähler gegenüber hat dazu geführt, dass ich Geschichten geschrieben habe, in denen es keinen Erzähler mehr gibt. Die sprechenden Personen bewegen sich darin ohne die verbindenden Sätze eines Erzählers. Aber die dahinterstehende Frage bleibt freilich bestehen und ist jedes Mal wieder aufs Neue zu stellen: Wer spricht? Denn es gibt Gründe für das Schreiben einer bestimmten Geschichte, und auch unkommentiertes Sprechen ist motiviert.

Die Welt ist eng geworden. Mit unseren Teleskopen schauen wir beinahe bis zum Urknall zurück. Doch je grenzenloser der Ausblick ist, desto enger werden scheinbar die Grenzen um uns herum und in uns.

Mit den Zäunen, die wir wieder aufstellen, sperren wir nicht nur »die anderen« aus, wir sperren uns selbst damit ein. Wie umgehen mit einem eingeschränkten Blickfeld, mit totalitären Bewegungen, die wir längst überwunden glaubten? Und mit einem Krieg in Europa, den wir bis vor kurzem für unmöglich hielten?

Vor einigen Wochen hat mich in der Arte-Dokumentation »Die Überlebenden von Mariupol« das Gesicht eines kleinen Jungen angesehen. Es war eine von vielen Geschichten, aber dieses Kind hat sich in mir festgesetzt, ein kleiner Junge, der mit seiner Mutter und seiner Schwester im Theater von Mariupol die Bombardierung überlebt hat. »Sie haben uns reingelegt«, sagt er. »Sie haben uns gesagt, dass in der Nähe vom Theater Busse auf uns warten würden. Wir sind da hingegangen, aber da waren keine Busse. Dann haben wir laute Explosionen gehört und sind weggerannt. [...]. Und dann sind Steine runtergefallen [...]. Wir mussten über tote Menschen rennen. So haben sie dagelegen«, sagt der Junge und lehnt seinen Oberkörper zur Seite. »Die Augen waren zu. Ich dachte, dass sie gerade sterben. Vielleicht war das so.«

Der Junge schaut dabei unentwegt in den Himmel. »Seit meine Oma gestorben ist, sitze ich oft am Fenster und schaue hoch zu den Wolken«, sagt er. »Vielleicht streckt sie irgendwann ihren Kopf raus. Wir sollten ein Flugzeug kaufen mit einem Fenster, das man aufmachen kann. Dann könnten wir uns anfassen.«

»Du willst sie anfassen?«, fragt seine Mutter.

»Ja. Ich will sie fühlen können.«

»Meinst du, das geht?«

»Ja.«

Verstörende Sätze eines zutiefst traumatisierten Kindes. Sie lassen das privilegierte Aufwachsen in einer Gesellschaft der Nachkriegszeit, die über die Taten der Vergangenheit schwieg, verblassen. Ich wurde »in die Stille danach« hineingeboren, für die Kinder der Ukraine, und nicht nur der Ukraine, ist der Krieg Gegenwart.

Wir sind Zeugen. Wie damit umgehen?

Erzählen davon.

Hartmut Lange

Der etwa vierzigjährige Mann

Kennt man die Elbe, jenes 1094 Kilometer lange Gewässer, das im tschechischen Riesengebirge entspringt und bei Cuxhaven in die Nordsee mündet? Meist sieht es so aus, als hätte der Fluss, wo er das Flachland passiert und besonders, wenn es regnet, Mühe, seine Ufer zu verteidigen. Dann wirkt alles wie eine überflutete Sumpflandschaft. Es gibt aber auch Gebiete, die man, obwohl von Wasser umgeben, betreten kann. Und steht dort nicht ein etwa vierzigjähriger Mann? Er hat den Mantel ausgezogen und über den Arm gelegt, er sieht sich mehrmals um, geht auf das Ufer zu, um hinter dem hohen Schilfgras zu verschwinden. Und während man dies beobachtet, erinnert man sich daran, dass hier, es ist nicht lange her, zwei verfeindete Länder aneinander grenzten und dass man versucht war zu fliehen und immer in eine Richtung, nämlich von Ost nach West, dorthin, wo die Elbe das Meer erreicht.

Aber mittlerweile hatte sich die politische Landschaft geändert. Der etwa vierzigjährige Mann hatte keinen Grund mehr, an ein anderes Ufer zu fliehen. Er hätte einen Mietwagen oder ein öffentliches Transportmittel benutzen können. Man hörte schließlich, wie auf der nahen Brücke, auch wenn man sie nicht sah, ein reger Verkehr im Gange war. Und doch warf der Mann plötzlich den Mantel, den er ausgezogen hatte, in hohem Bogen ins Wasser. Dann griff er in das Schilf, um einige Kleidungsstücke herauszuziehen. Genauer: Er wechselte nicht nur den Mantel, sondern auch Hemd und Hose, so dass er zuletzt nicht mehr wie ein Bewohner aus der Gegend, sondern wie jemand aus einer anderen Zeit aussah.

»Ich habe keine Lust mehr, in dieser Ödnis zu sein«, hörte man ihn sagen. »Eine andere Kleidung, schon eine Tunika, macht die Sache leichter, und falls dies möglich ist, werde ich auf der Stelle in jene Landschaft hinüberwechseln, die man uns Jahrhunderte lang anempfohlen hat.« Und nun geschah etwas, das den merkwürdigen Anblick dieses Mannes, er war dabei, den Gürtel über der Tunika zu binden, übertraf. Die Bäume ringsherum verschwanden, so dass man plötzlich die Brücke sah, auf der aber keine Autos, sondern eine Carruca auftauchte und direkt in Richtung Ufer, genauer dorthin fuhr, wo der Mann mit der Tunika stand. Wie es dazu kam, dass er Sekunden später wie ein Reisender auf der mit Tuch überzogenen Bank jener Carruca saß, wusste niemand zu sagen.

Man kennt aber das Gefühl, das einen überkommt, wenn man, und auf so bequeme Weise, die Gelegenheit erhält, sich einfach, und als wäre man im Urlaub, in der Vergangenheit umzusehen. Und so geschah es, dass die Carruca, die eben noch die Elbbrücke entlangfuhr, in die berühmte Via Appia einbog.

Die Straße war in schlechtem Zustand und das Rattern der mit Eisen beschlagenen Räder über die großen Steinquader unerträglich, und zuletzt lenkte man das Gefährt in Richtung Westen, wo es schließlich vor einer Häuserfront zum Stehen kam. Bedienstete öffneten eilig die Tür der Carruca, und auch den kleinen Koffer, den der etwa vierzigjährige Mann in Händen hielt, trug man ohne ein Wort der Erklärung in das Gebäude.

Im Erdgeschoss befanden sich Geschäfte mit einem Hof und mehreren Anbauten. Die Fenster bildeten eine einheitliche Fassade. Dahinter gab es Wohnungen, die man von der Straße aus erreichen konnte. Sie waren eng. Hier lebten die weniger Begüterten, und der Zustand dieser sogenannten insulae war nicht sehr robust. Es kam immer wieder vor, dass Häuser wegen baulicher Mängel einstürzten, aber dies konnte der etwa vierzigjährige Mann nicht wissen.

Er zögerte, blieb stehen, schloss den Gürtel, der sich über der Tunica gelöst hatte, und keine Viertelstunde später sah man, wie er auf einem Balkon stand und versuchte, sich in dem Wirrwarr der Häuser, die er vor Augen hatte, zurechtzufinden. Er wusste nicht, was er tun sollte. Da war niemand mehr zu sehen, und da man ihm keinerlei Informationen gegeben hatte, überlegte er, ob es sinnvoll wäre, erst einmal in die Innenstadt zu gehen, um sich einige der berühmten Bauten anzusehen.

Als er unterwegs war, bemerkte er, dass er sich überanstrengt hatte. Selbstverständlich war es eine Zumutung, ohne Ruhepause und ohne etwas zu essen, von der Elbe bis in die römische Hauptstadt zu gelangen. Aber schon hörte er wieder das Rattern der Carruca, und tatsächlich öffnete sich, nachdem man ihn eingeholt hatte, die Tür. Jemand reichte ihm die Hand. Er stieg ein, und nach einem kurzen Wortwechsel war es soweit: Der etwa vierzigjährige Mann ließ sich, was seit langem sein Wunsch gewesen war, zum Amphitheatrum Novum fahren.

Man kennt die Talsenke zwischen den Oppius-Hügeln und dem Palatin. Hier wurde 64 n. Chr. das Kolosseum errichtet, und hier fühlte sich der etwa vierzigjährige Mann wohl. Er musste kein Ticket kaufen, der Eintritt war frei, und er stieg in der Absicht, von oben eine bessere Übersicht zu gewinnen, sofort in das dritte Stockwerk.

Dort saß er eine Weile. Er war überwältigt von der Größe und der gleichzeitigen Geborgenheit, die die Architektur ausstrahlte. Da waren die vielen Eingänge und überall Treppen aus Marmor, die hierhin und dorthin führten, und dazu die vielen Leute.

»Es müssen Tausende sein«, dachte er.

Und doch fühlte er sich keineswegs bedrängt. Er sah in den Himmel.

»Keine einzige Wolke. Dafür ein unendliches Blau. Das gibt es nur hier. Schade, dass man die Zypressen und Pinien nicht sieht«, dachte der etwa vierzigjährige Mann.

Aber schon wurde er abgelenkt. Man hörte von irgendwoher Musik. Zuerst sehr leise wie von einer Tibia, diesem filigranen Blasinstrument, das den Eindruck vermittelte, es würde, wenn man es über die Schultern schob, zerbrechen, und als die Musik lauter, ja beinahe unerträglich wurde, betraten festlich gekleidete Männer mit Pauken und Trompeten die von Sträuchern umstandene Plattform, und der Jubel des Publikums kannte keine Grenzen. Man sprang von den Sitzen, und auch der etwa vierzigjährige Mann ließ sich von der allgemeinen Stimmung mitreißen. Das heißt, auch er war aufgesprungen, klatschte in die Hände, und die Elbe, an der er vor kurzem noch gestanden hatte, war vergessen.

Dies ging eine Weile, bis die Musikanten ihre Instrumente absetzten. Eine unheimliche Stille trat ein. Auf der rechten Seite der Arena öffnete sich ein Tor, und Schritt für Schritt wurde ein riesiger Käfig hereingeschoben. Die Musikanten verschwanden, halbnackte Männer, die mit Schwertern und Lanzen bewaffnet waren, tauchten auf. Sie gingen in Stellung, und nun sah der etwa vierzigjährige Mann, wie der Käfig geöffnet wurde und wie wilde Tiere, darunter Tiger und Löwen, in den Sand der Arena sprangen.

Man kennt die jahrhundertealten Zeichnungen, die zeigen, wie Menschen und Tiere im Kolosseum gezwungen werden, sich gegenseitig zu töten, und wie dies im Einzelnen geschah, das wurde dem etwa vierzigjährigen Mann jetzt vorgeführt.

Ein schreckliches Gemetzel begann. Unter dem Jubel und dem begeisterten Händeklatschen hörte man das Gebrüll der Tiere, die keinerlei Möglichkeit hatten, sich zu retten. Das heißt, der etwa vierzigjährige Mann sah, wie mehrere Stiere und ein junger Elefant abgestochen wurden und dass dies bei einem der Löwen offensichtlich nicht gelang. Hier schützten weder Schild noch Schwert. Wer verletzt wurde, musste liegen bleiben, und wer tot war, Mensch oder Tier, wurde aus der Arena gezogen.

»Nein!«, schrie der etwa vierzigjährige Mann, »nein!«

Er sprang auf, hatte aber Mühe, den berühmten Bau, den er so gern in Augenschein genommen hatte, wieder zu verlassen. Er wurde bedrängt, man versuchte ihn festzuhalten, offensichtlich verstand man nicht, weshalb er die allgemeine Begeisterung nicht teilte, und als man begann, auf ihn einzuschlagen, tauchte plötzlich von hinten ein bewaffneter Liktor auf, der ihn am Arm packte und sicher über mehrere Treppen hinweg zum Ausgang führte.

Dort ließ er ihn stehen, und es war unübersehbar, wie fassungslos der etwa vierzigjährige Mann war, das heißt, er drehte sich immer wieder um, sah die prächtige, an Schönheit nicht zu übertreffende Fassade des Kolosseums und bemerkte jetzt erst, dass in jeder der Nischen eine anmutige Skulptur stand.

»Warum dann dieses Gemetzel«, dachte er. »Hier könnte man doch Konzerte, Theateraufführungen oder sonst etwas Erbauliches veranstalten.«

Aber im Augenblick wollte er nur noch weg, und es war ihm nicht unangenehm, dass die Carruca wieder in seiner Nähe stand und dass ihm jemand durch die offene Tür die Hand entgegenstreckte, so dass er Sekunden später wieder auf der mit Tuch überzogenen Bank saß.

Eckhard Henscheid

20 Jahre Italo-Svevo-Preis

Anlässlich der Svevo-Preis-Verleihung 2004 in Leipzig sagte und schrieb ich: »Dass der diesjährige Italo-Svevo-Preisträger, also ich, den Preis vollkommen zu Recht erhalten hat, sehen Sie schon daran, dass ich einen Brief der Svevo-Tochter Letizia Fonda besitze, in dem sie mich mit ›Egregio Professore‹ anredet, also ›Hervorragender Professor‹ – und nun weiß ich zwar heute noch besser als damals, 1979, dass in Italien der Professorentitel fast ebenso leichtsinnig verliehen wird wie in Österreich der Doktor, den man sich durch jahrelanges zähes Kaffeehaussitzen verdient, während im Welschen der Professor wohl schon für zwei längere Radiotexte fällig wird. Allein, Letizia hatte trotzdem sogar recht, denn damals hatte ich über ihren italien- und weltweit berühmten Herrn Vater schon mindestens fünf Radio- und Zeitungstexte geschrieben, ja wohl eher schon zehn Aufsätze und sonstige werbende Einlassungen – meist mit dem Tenor, wie merkwürdig es doch sei, dass ein bereits in den zwanziger Jahren und erst recht nach dem Zweiten Weltkrieg kanonisierter Klassiker in Deutschland, aber auch in Italien so unbekannt sei, so relativ wenig Breitenwirkung zu verzeichnen habe, obschon sein sogenannter ›Durchbruch‹, auch sein zumindest europaweiter, schon gut 50 Jahre zurückliegt.« Und dies, so ergänzte ich damals, obwohl in Italien, wie man hört, jede zweite Woche eine Doktorarbeit über Italo Svevo vorgelegt wird.

Seit der Zeit, seit 2004, hat sich wohl noch immer wenig geändert. Wenig, fast nichts. Gewiss, spätestens heute blamierte sich der Literaturfreund und -kundige ziemlich, wenn ihm der Name Svevo/Schmitz immer noch unvertraut wäre.

Das hat sich nicht zum geringsten Teil auch durch die Svevo-Preisverleihung nachgebessert – und insofern berechtigt sich nach 20 Jahren auch nochmals die Preis-Etablierung. Indem durch sie wenigstens der Name Svevo sich vermehrt eingrub. Was im Fall Goethe, Schiller, Fontane, Thomas Mann, Böll usw. doch wohl überflüssige Liebesmüh gewesen wäre. Diese fünf zum Beispiel sind und waren zumindest in Deutschland schon immer halbwegs bekannt genug.

Indessen Svevo, der ein halber Deutscher war, zwar immer noch der Unbekannteste, aber vielleicht sogar der Beste unter den sechs Genannten ist. Oder?

Widersprechen Sie bitte nicht!

Jürg Laederach

An Rogers Stelle

Ich war jung, hieß Roger, war ersetzbar und wurde nicht ersetzt, früher adlig, schon lange nicht mehr. Ich lebte wie berauscht in meinem hedonistischen Vergnügen, das, wenn unterbrochen, rasch wieder hergestellt wurde. Ich beherrschte die Kunst, liebenswürdig und unangenehm sein zu können. Mit der ersten Eigenschaft zog ich an, mit der zweiten stieß ich ab, dosieren konnte ich. Ich wusste, dass es Frauen gab, dies aber wusste ich nur unbestimmt. Von vielen hatte ich Teile, von keiner aber das Ganze gesehen. Nur Berührung verschaffte mir Gewissheit. Bei deren Vorbereitung legte ich jede unangenehme Erscheinung ab. Wie sah ich aus, als ich und mein Gang sich zur Eile verpflichtet fühlten? Sie war bereits vorgefahren, aber Frauen fuhren, so war meine Erfahrung, immer vor. Ihre Wagentür klemmte, was mich notwendig machte. Ich trat sogleich in Erscheinung, steckte das mitgebrachte Brecheisen in eine Spalte und behob die Klemmung, schuf Reisemöglichkeit. Sie weigerte sich übrigens, sich mir zu nähern, blieb hinten in der Motorkutsche sitzen. Es handelte sich um einen lederbänkisch speziell geschrägten Ford, 36 800 Euro, Diesel, bekannt als Frauenverführer, falls sie lachten. Ich hatte mich nur der Tür genähert. Die zur Schau getragene Abneigung erlebte ich nicht oft, sie erregte mein Interesse. Auf einer Skala von null bis hundert hätte ich sie mit achtundfünfzig bezeichnet. Sie blieb nicht lange eingezwängt, stieg aus und zeigte es mir.

Fanna von Pirmasens hatte einen Satz Kreditkarten in einem netzartig gewobenen Innenteil ihrer Geldtasche, dieses Netz ließ sie mich betasten. Es war ein Netz, wie ich ihr versicherte, sie glaubte mir auch da nicht. Net, sagte ich, sie verstand nett. Fanna hatte ihren ersten Mann nicht umgebracht, aber es musste etwas dergleichen geschehen sein, denn ihre Verweigerung eines Geständnisses legte einzig diesen Schluss nahe. Du hast doch wen. Weiß nicht, sagte sie. Du hast seit Jahrzehnten wen. Beweis es mir, sagte sie. Sie führte mehrere Nebulisatoren zum Zerstäuben mit sich, verlor sich in Abgründen von Niedergeschlagenheit, aus welchen sie aber, wie ich, rasch emportauchte, um, wie ich, gleich wieder hineinzustürzen. Das Manisch-Depressive war unsere Kirchmette, deswegen brauchten wir außer den einfachsten Zerstreuungen keine andere Unterhaltung. Es war eine Freundschaft nach meinem Maß. Ich nannte sie Witwe, auch wohl, um ihren Verflossenen gegenwärtig sein zu lassen. Jemandem, der im Grab liegt, tut man damit Gutes, es läuft auf das »Ihr Mann ist tot und lässt sie grüßen« hinaus. Er lag allerdings nicht im Grab, wenn man damit sagen will, dass es ihn gar nicht gab. Es hätte gelten können: »Das Grab von Fannas Heiratsperson war, kaum ausgehoben, alsbald aufgehoben.«

Die Kreditkarten, führte man sie in den Automaten mit dem mechanisch keuchend angestrebten Höhepunkt seiner Geldausgabe ein, wirkten zuverlässig. Sie setzten Automaten in erregte Bewegung, sonst wären diese Maschinen stillgestanden. Ich führte einen Rückschluss auf ihre Konten durch, was für unsere gemeinsame Zukunft nicht unbedeutend war. In mehreren Gegenden unserer gemeinsamen Gespräche suchte ich ein Haus, welches ich nicht fand. Fanna hatte es gewiss zu etwas gebracht, aber das Fundament ermangelte der Festigkeit. Fanna, ja, in mir nur noch Fanna, schien mir klug, manchmal klüger als ich, aber meine Prüfungen waren nicht zuverlässig. Sie verfügte über eine annehmbare Erziehung, was sich für mich in den Manieren zu äußern hatte. Sie besaß Manieren, außer beim Essen. Ich brachte ihr den Satz »Reich mir bitte die Manieren« bei und schob ihr daraufhin das Salz über den Tisch. Sie mochte mich fast vom ersten Blick an nicht, und nach unzähligen Anstrengungen meinerseits mäßig. Man kann jemanden nicht zum Mögen auffordern und dann an die Aufforderung selber den Wunsch richten, sie möge sich durchsetzen.

Selbstverständlich brach ich keine einzige meiner bisherigen Verbindungen ab, um, wie sie es wollte, ganz nur für sie zu leben. Wie hätte ich im Leben einrichten sollen, was ich nicht einmal beim Lesen je verstanden hatte? Ich machte ihr den Hof mit erklecklichem Nachdruck, brachte ihr alle sinnlichen Opfer, Verzichte, um sie von der Heftigkeit meiner Neigung zu überführen, ich befriedigte mich vor ihr, während sie die Landschaft vor dem Fenster schilderte, und trug ihr endlich sogar meine Hand an. Aber diese wählerische Fürstin aus Pirmasens, wie ich sie nannte, die noch nicht vergessen hatte, wie unglücklich und unbestimmt ihre erste Ehe gewesen war, ihr Mann war furchtbar gewesen und gleichzeitig gab es ihn nicht, diese lebens- und leibesfrohe Herzogin von

Windsor wollte lieber jede Unbequemlichkeit im Leben, wie zum Beispiel etwas kalte Zugluft im abgedeckten Kreuz, als einen zweiten Mann, dessen Handlungen sie offenbar an meinen zu messen pathologisch gezwungen war.

Die vornehme Frau lebte sehr isoliert, nach innen gerichtet, wenn sie es nicht nach außen war. Ihr Eremitismus war keine Hütte im Wald mit einem in Kriechstellung zu benützenden Eingang nach vorn hinaus, sondern eine Drehleuchte, die das ganze Feld bestrich, ihre vollen, am Mundwinkel leicht nach oben schwingenden Lippen konnten ebenso gut waldwärts wie auswärts Besorgungen machen. Sie nahm sämtliches wahr, drängte dann aber die missfallenden Einzelheiten in die Tiefe ihres Bewusstseins, eines Bewusstseins, das ich als grenzenlos enthemmt und vollgepackt ansah. Das Bewusstsein der mir bekannten Menschheit ist eine Rumpelkammer, aus der immerzu Antiquitäten als Neuigkeiten feilgeboten werden. Ich, eine von jeher ungreifbare Person, ersetzbar, aber seit Jahrzehnten auf die Gnade des Ersetztwerdens wartend, war gleichzeitig ein alter Bekannter ihres verstorbenen Mannes gewesen; sie hatte mir damals den Zutritt gestattet und auch nachher verschloss sie mir während des Reisens ihre Motorkutsche nicht, Ford, Diesel, sofort vom Fließband genommen und verschrottet. Zur gemeinsamen Lust allerdings musste die Kutsche fahren, im Stillstand lief nichts.

Die weibliche Sprache der Galanterie konnte einem Mann von Welt, ich wiederhole, einem Mann des Bezirks Welt, nicht missfallen. Die Beharrlichkeit meiner Bewerbung, von meinen persönlichen Eigenschaften begleitet, meine Figur, meine Jugend, der Anschein der innigsten wahrhaftigsten Liebe und dann wiederum die einsame Lebensart dieser Dame, ein Temperament, zur zärtlichen Empfindung geschaffen, mit einem Wort alles, womit ein weibliches Herz nur verführen konnte, tat auch hier seine Wirkung. Fanna ergab sich endlich nach einer monatelangen fruchtlosen Gegenwehr und nach dem erbittertsten Kampf mit ihrem Bewusstsein. Ich habe bereits genannt, was zum Bewusstsein, der überschätztesten Domäne, dem teuer bezahlten inneren Weingut zu sagen ist. Sie wusste nicht, was sie dazu hätte wissen wollen und erfuhr durchgehend nie, was ihr hätte zugetragen werden sollen.

Wir schritten nun zur Verbindung. Stumm herrschte Übereinstimmung. Geistlichkeit benötigten wir keine. Unter den rasch abgelesenen Formalitäten eines sinnlichen Schwurs, »Beim Wollen immer Tat!« (eine Art Münzaufschrift), war ich der Glückliche – ich wäre es auch geblieben, hätte mein Herz den zärtlichen Gesinnungen, die es damals so feierlich angelobte und die ihm so zärtlich erwidert wurden, treu bleiben können.

Wer die Sekunde nicht ehrt, ist des Zeitraums nicht wert. Einige Jahre waren dahingeflossen, da hin, dort hin, als mir auffiel, dass die Lebensart der Dame etwas einförmig war. Ich schlug ihr vor, in Gesellschaft zu gehen, sie tat's – Besuche anzunehmen, sie willigte ein – Leute zum Essen einzuladen, auch darin gab sie mir nach. Diese Leute und Momente waren alle stark, außer dass ich kein rechtes Interesse aufbrachte. Endlich fing ein Tag, fingen mehrere Tage an zu verstreichen, und ich ließ mich nicht sehen.

Vorher war ihr etwas Unerwartetes geschehen. »Reichen Sie mir die kleinste Kartoffel«, sagte an einem dieser Einladungs-Tische Fanna zu einem unbekannten, ihr gegenübersitzenden Herrn mäßigen Aussehens, ja sie schien sich an eine schreckliche, blatternartige Erhöhung mitten in seinem Gesicht zu richten. »Wir kennen uns«, erwiderte der Mann oder seine Erhöhung; dieses »wir kennen uns« war ein altes schillerndes Konversations-Schlachtpferd, erfolgsverwöhnt. »Wir waren mal paar Jahrzehntchen zusammen«, sagte derselbe. Einige Tischplätze weiter erstickte ich, erbrach etwas Fleisch, das ich mir zum Brusttuch stopfte, damit niemand es sah, machte aber davon kein Aufhebens. »Wir sollten«, so schloss er, als habe er nur darauf gewartet, »noch ein paar ruhige Jahrzehntchen dazu tun, was meinen Sie, Sie brauchen nichts zu meinen, ich schaff das schon, reichen Sie mir Ihre Manieren, là ci darem«. Da hatte sie, mit mir als unwissentlichem Vorreiter und Vorbereiter, einen nachdrücklich positiven Schlag ins Kontor erhalten. Als er sich nach dem Hauptgang plötzlich verabschiedete, begleitete sie ihn nach draußen und hielt ihm die Wagentür.

Ich fehlte beim Nachtisch, beim Abendessen, beim Umtrunk danach, beim Umtrunk später und beim Gläschen vor Mitternacht. Dies war umso seltsamer, widersinniger, als die Geschäfte, die mich drängten, im Weinhandel lagen. Keine Flasche liegt je allein im Stroh. Wenn ich kam, murmelte ich ein, zwei Worte, streckte mich auf dem Sofa aus, befriedigte mich, ergriff etwa diese oder jene Broschüre, warf sie weg, schäkerte mit meinem Hund, befriedigte ihn oder schlief zuletzt gar ein. Es wurde Abend, sofern es nicht schon Abend war, meine schwächliche und verschleuderte Gesundheit riet mir, früh nach Hause zu gehen. Das hatte mir auch Rogge ausdrücklich befohlen (»Du bist schwach und bist meine Besorgnis, Roger«), und Rogge, wahrhaftig und wahr, beim Muskel der männlichen Fessel, Rogge war ein unvergleichlicher Mann, den ich auf einer ergebnislosen Geschäftsreise im Weinhandel getroffen hatte und der (zusammen mit einem süffigen Yqem) zum Ergebnis dieser Geschäftsreise wurde, und bei meinem empörten Weggang nahm ich Stock und Hut, dann einen zweiten Stock und noch einen Hut, dann einen dritten Hut und abermals einen Stock, und so weiter, so lange es auf meinem Kopf und an meinen Armen Platz gab, und ging, vergaß in meiner Zerstreuung auch, Madame von Pirmasens beim Abschied zu befriedigen.

Es kam, wie es kommen musste. Fanna, jetzt mit dem inzwischen weniger auffälligen Blatternarbigen glücklich verheiratet, vermutete, dass sie nicht mehr geliebt wurde. Sie war nie geliebt worden, jetzt aber musste sie sich überzeugen, und das unternahm sie, indem sie es bleiben ließ und mit der erlösenden Kehrtwendung jeder verheirateten Frau von ungefähr dreißig Jahren wieder auf mich und meine klare, mit der Zeit vollkommen überzeugende Sprache und Sache baute. Es war die endgültige Rückkehr. Ich war sein Ersatz, er war mein Ersatz, sie war zwar unersetzlich, aber ersetzte alles. Ich wüsste seit mehreren Phasen der Historie kein überzeugender gegründetes Gebäude zu nennen als unsere unter langwierigen und ganz schmerzlosen Wehen errichtete Konstruktion.

Rosa Pock

Eine Kurzgeschichte

Seit Mitte März 2020 ist eine Hausfrau aus Graz spurlos verschwunden. Ende März findet im Stadtpark ein Gärtner ihre Handtasche, in der sich ein Blatt befindet, auf dem in kleinster Handschrift zu lesen ist:

1. Fritz ist fünfundzwanzig und Fliesenleger. Er ist fleißig und ein guter Arbeiter. Sein Chef kann über ihn nichts Schlechtes sagen. Am Feierabend und am Wochenende geht er zum Stammtisch. Dort sitzt er kugelrot, weil er dazu auserkoren ist, leibhaftiger Träger eines in deutscher Sprache noch nicht eingeführten Attributs zu sein, und erzählt Witze. Hat er zu viel getrunken, kann es ihm passieren, dass er einen Witz zweimal erzählt.

2. Anna ist neununddreißig und Nonne. Die lange Zeit des Betens und der Rückzug von irdischen Genüssen hat sie kugelrot, aber nicht verrückt werden lassen. Sie ist dazu auserkoren, leibhaftige Trägerin eines in deutscher Sprache noch nicht eingeführten Attributs zu sein. Bevor sie diese Berufung annahm, hielt sie Zwiesprache mit Gott, der ihr Bräutigam auf Erden ist.

3. Martina ist achtundzwanzig und war ein Jahr in London als Au-pair, jetzt fliegt sie die schönsten Städte im In- und Ausland an. Wie jeder Fluggast am perfekten Flugservice mit Freude bemerkt, ist sie nicht verrückt und kugelrot. Sie ist dazu auserkoren, leibhaftige Trägerin eines in deutscher Sprache noch

nicht eingeführten Attributs zu sein, wofür sie sich gern zur Verfügung stellt, warum auch nicht? Sie weiß nie, was wann wofür Verwendung findet.

4. Karl ist einundfünfzig und kugelrot. Er ist Mückenforscher, was niemand glauben will, weil er selbst die Größe eines ausgewachsenen Bären hat. Die viele Beschäftigung mit den kleinen Tieren hat ihn nicht verrückt werden lassen. Zum Ausgleich singt er abends auf einer kleinen Bühne mit Inbrunst Schubertlieder. Auch er ist auserkoren, leibhaftiger Träger eines in deutscher Sprache noch nicht eingeführten Attributs zu sein. Neben seiner Berufsleidenschaft und seiner Leidenschaft für Schubert stellt er sich gern neuen Aufgaben, die er für sinnvoll hält. Die einen halten es für sinnvoll, die Mägen von Affen im Weltraum zu durchleuchten, er hält es für sinnvoll, ein kugelroter Mann zu sein.

5. Katharina ist achtundvierzig und Konditorin. Sie ist kugelrot und kugelrund. In ihrem Verhalten gibt es nichts Auffälliges. Sie ist nur dazu auserkoren, leibhaftige Trägerin eines in deutscher Sprache noch nicht eingeführten Attributs zu sein. Manche mögen lieber Noten, manche mögen lieber Sport, sie bevorzugt Mehlspeisen und weibliche Kurven. Für eine Vorliebe lässt sich keine Begründung finden, diese beginnt, wo es keinen Anfang und kein Ende gibt.

6. Hans ist dreiunddreißig und Lebensforscher. Er verdient mit seinem Beruf kein Geld, das macht seine Freundin für ihn, die das versteht, damit ihm für seine Profession genügend Unabhängigkeit bleibt und Unbestechlichkeit zur Verfügung steht. Wenn eines schönen Tages sein Forschen auch von Erfolg gekrönt sein wird, kommt das bereits investierte Geld hundertfach in Form von Glück wieder zu ihr zurück. Er ist kugelrot, weil er dazu auserkoren ist, leibhaftiger Träger eines in deutscher Sprache noch nicht eingeführten Attributs zu sein. Trotz seiner vielen Freizeit ist er nicht verrückt geworden, für ihn sind das die anderen, wie jeder sehen kann.

7. Carmen ist einundzwanzig und Mutter von Zwillingen. Weil diese ihr unabsichtlich in den Schoß gefallen sind, liebt sie die beiden umso mehr. Sobald die Kinder im Bett sind, kommt es vor, dass sie sich Sorgen um die Zukunft macht. Dann schaut sie sich einen Film über die Liebe an und die Welt scheint wieder rosiger. Wie ihre Kinder hat sie rote Backen und ist kugelrot, weil sie dazu auserkoren ist, leibhaftige Trägerin eines in deutscher Sprache noch nicht eingeführten Attributs zu sein.

8. Rudolf ist einundvierzig und Kellner. Zurzeit ist er stocknüchtern. Es ist ihm klar geworden, er würde eine fristlose Kündigung riskieren und auch seine Frau hat ihn vor die Wahl gestellt, entweder sie oder der Alkohol. Er fühlt sich privilegiert, kugelrot zu sein, weil er dazu auserkoren ist, leibhaftiger Träger eines in deutscher Sprache noch nicht eingeführten Attributs zu sein. Das ist für ihn eine Aufgabe, die ihn vor dem Untergang rettet.

9. Fritz ist fünfundvierzig und seit fünfzehn Jahren arbeitsunfähig. Ihn hat ein Lastwagen überfahren, mit achtzig Knochenbrüchen lag er zehn Monate im Krankenhaus. Jeden Tag raucht er seit seiner Genesung Cannabis aus medizinischen Gründen. Mit seinen dunklen Augen und seinem langen Haar, das er immer gebunden trägt, erinnert er an einen Filmindianer aus einem Indianerfilm. Außerdem fühlt er sich kugelrot, weil er dazu auserkoren ist, leibhaftiger Träger eines in deutscher Sprache noch nicht eingeführten Attributs zu sein. Das ist seine Bestimmung, wie es seine Bestimmung ist, die Wiedergeburt von Oblomow zu sein.

10. Laszlo ist vierundsechzig und ein ungarischer Pianist, ein echter Baron mit einem y am Ende seines Nachnamens. Er behauptet von sich, er kenne keine Standesdünkel, und nennt seinen Freund Fritz dennoch einen Proleten, weil er eben einer ist, und sich einen Aristokraten, weil er eben einer ist und noch dazu kugelrot. Wie sein Freund ist er nämlich auch dazu auserkoren, leibhaftiger Träger eines in deutscher Sprache noch nicht eingeführten Attributs zu sein. Es ist ihm eine Freude, dieses Attribut mit seinem Klassenfeind zu teilen.

11. Pünktlich um fünfzehn Uhr treffen sich Fritz und Laszlo im Café zur grünen Linde, dessen Speisekarte ausschließlich aus Getränken besteht. Der meiste Umsatz wird mit Bier, Wein und Schnaps von abwechselnd gleich hübschen Kellnerinnen erlaufen. Selten verirrt sich ein neuer Gast in dieses Café, das Stammpublikum ist ein Mosaik aus heimatlosen Seelen. Fritz und Laszlo trinken wie immer Kaffee samt großer Flasche Mineralwasser mit Kohlensäure. Sie verbringen ihren dahinfließenden Nachmittag mit der Beobachtung von langsam betrunken werdenden Gästen. Außerdem ist es ihre Aufgabe, darauf zu achten, dass niemand mehr dazu auserkoren ist, kugelrot zu sein, um Träger eines in deutscher Sprache noch nicht eingeführten Attributs zu sein.

12. Margarete ist vierundvierzig und hat in einem altmodischen Schuhgeschäft gearbeitet, bis vor vier Jahren die Besitzer wegen spärlich werdender Kundschaft ihr Lebenswerk geschlossen haben. Ihr Wunsch, eine Opernsängerin zu

sein, ist verschwunden. Jetzt will sie jeden Morgen nicht wissen, wie der Tag sich für sie entfalten wird und ob sie die Herrin über ihr Dasein ist oder eine unbenannte Macht sie lenkt und führt. Sie sitzt drei Jahre von morgens bis abends auf einer bestimmten Parkbank im Stadtpark in der Nähe des Cafés zur grünen Linde. Gegen Hunger und Durst sorgt sie mit Brot, Obst, Wasser und erzählt jedem, der es hören will, sie sei ab heute die letzte, die kugelrot ist, weil sie dazu auserkoren wäre, leibhaftige Trägerin eines in deutscher Sprache noch nicht eingeführten Attributs zu sein.

13. Fritz und Laszlo erfahren im Café von einer Margarete, die auf einer Parkbank in der Nähe der drei Linden behauptet, sie sei kugelrot. Ein Mann wie Laszlo, der Klavier spielt aus anderen Sphären, wird gemeinsam mit Fritz, obwohl ein Oblomow, fuchsteufelswild. Sie laufen zur Parkbank, auf der Margarete friedlich und kugelrot sitzt. Was zwischen ihnen gesprochen wird, weiß niemand. Nur so viel, alle drei beginnen zu lachen und der kommende Vollmond mit ihnen. Es scheint, als wäre die Welt für einen Augenblick in Ordnung, die Dämmerung umhüllt sie, und niemand ist zugegen, der dagegen etwas einzuwenden hätte.

Die Kriminalbeamten versuchen zu dechiffrieren, ob diese Spur ein möglicher Hinweis auf der Suche nach der vermissten Person sein könnte. Und es wird vermutet, dass es sich beim Begriff kugelrot möglicherweise um eine Codierung eines Spionageringes handeln könnte, wobei der gute Ausgang der Geschichte dagegenspricht.

Gerd Fuchs

Aufklärung und »Aufkläricht«

Am Tag des Westgelds, dem 2. Juli 1990

Liebe Ingrid,

nicht nur, daß ich den Beitrag nicht zustande gebracht habe, den ich versprochen hatte, ich merke, daß ich noch nicht einmal sagen kann, warum. Angesichts der Massengräber in der Sowjetunion beginne ich zu ahnen, wie meinen

Eltern zumute gewesen sein muß, als sie 1945 von einem Ort namens Auschwitz erfuhren. Was hätten sie sagen sollen? Wo wäre anzufangen gewesen? Wird da nicht jede Erklärung zur Blasphemie? Ist da nicht jedes Wort zu viel?

Der einzelne soll geradestehen für die Geschichte? Aber ist Geschichte noch sinnvoll zu denken, wenn nicht jeder einzelne dafür geradesteht?

Sie sollten sich entnazifizieren, wurde meinen Eltern befohlen. Da sie nicht daran dachten, tat ich es stellvertretend für sie. Ich, der ich mit dem Faschismus so viel zu tun hatte, wie ein Zwölfjähriger mit ihm zu tun haben kann – und das ist unter Umständen nicht wenig –, ich entnazifizierte mich. Doch nicht zufällig fiel meine Auseinandersetzung mit dem Faschismus mit der Westintegration der BRD zeitlich zusammen, sie war ein Teil von ihr, meine Weise, bisher verachtete Werte wie Rationalität, Interessenausgleich, Politik, Solidarität, Toleranz zu entdecken. Und das hieß: die Aufklärung zu entdecken, das hieß in der Konsequenz die Arbeiterbewegung, den Marxismus zu entdecken, ein Weg, der mich zeitweilig auch in die Nähe jenes antifaschistischen Bollwerks führte, das neulich zusammengestürzt ist, wie wir wissen.

Und nun, am Ende dieses Wegs, raten mir taz-Redakteure, mich zu entnazifizieren. Kannst du verstehen, daß mir das die Sprache verschlägt? Eine Ausführungsbestimmung dazu hat György Konrád erlassen, der neue Präsident des Internationalen P. E. N. Es gelte, »die jakobinisch-leninistische Tradition« zu vernichten. Mehr als hundert Jahre lang wurde in Deutschland von allem, was mit Aufklärung zusammenhing, als »Aufkläricht« gesprochen. Mehr als hundert Jahre lang galten Gegensatzpaare wie westliche Zivilisation – deutsche Kultur, Esprit – Geist, Literatur – Dichtung, Asphalt – Boden, welsche Oberflächlichkeit – deutsche Tiefe. In der Anstrengung, diese faschistischen Gegensatzpaare aufzulösen, versuchte ich, Deutschland als *westliches* Land zu denken, als *endlich* in den Westen heimgekehrtes Land.

Und nun soll ich – so wie ich damals jenen »nationalsozialistischen Ungeist« (so redete man damals), der auf so unerklärliche Weise über die Deutschen hereingebrochen sein sollte, aufzuspüren versuchte in Gedichten und Gesetzestexten, in Märchen und Behördenverordnungen, in Romanen und in philosophischen Lehrgebäuden – nun soll ich – mich entnazifizieren – den jakobinischen »Ungeist« aufspüren.

So hieße es denn wieder einmal zu unterscheiden: Klopstock ja, aber nicht der Jakobiner Klopstock. Hölderlin ja, aber nicht der Jakobiner Hölderlin. Büchner ja, aber ohne den »Hessischen Landboten«. Heine, der Vormärz – ins Nichts damit. Von Heinrich Mann, Brecht, Feuchtwanger, Tucholsky nicht zu reden. Denn es muß wieder zwischen Literatur und Dichtung unterschieden werden.

War aber damit nicht die deutsche Germanistik der letzten hundertfünfzig

Jahre beschäftigt? Wurde so nicht, zäh und beharrlich, dem Faschismus der Boden bereitet?

Ich beginne zu ahnen, was es heißt, besiegt zu sein. Wer sich nicht scheut zu behaupten, die DDR-Führung habe die Bevölkerung »vergast« (Bucerius), wer das DDR-Regime insgesamt für kriminell erklärt und damit 16 Millionen zu potentiellen und jederzeit erpreßbaren Komplizen, die Linken in der BRD eingeschlossen, der will nichts mehr hören, auch wenn er fragt, warum schweigen die Linken, der erläßt Sprechverbot. Denn nichts anderes sagt die Verwendung des Worts »vergasen«. Dieses Wort beendet jede Diskussion. Das ist der Knüppel auf jeden Kopf, der noch historisches Differenzierungsvermögen hat.

Doch gehört zum Besiegtsein nicht nur, daß für die Besiegten Sprechverbot gilt, sondern auch, daß sie untereinander keine Sprache mehr haben. Die Linke hat in Deutschland immer verloren. 1848 wie 1914; 1918 wie 1933; 1941 wie 1945 und schließlich beim Bau der Mauer. Konnte ihre Utopie, die Beziehungen der Menschen untereinander anders als durch Waren zu organisieren, obwohl immer beschädigter, doch immer wieder gerettet werden, da man sich einreden konnte, die Probe aufs Exempel stehe noch aus oder sei noch gar nicht richtig versucht, so kann davon jetzt keine Rede mehr sein. Was die europäische Moderne ausmachte, ihr Rückgrat, die dreihundert Jahre alte Utopie der unentfremdeten Gesellschaft, ist unwiderruflich vernichtet und damit das, was man die Linke nannte.

Sie hat keine Sprache mehr. Jeder Satz, der noch gesprochen oder geschrieben wird, weist jene Leerstelle auf, die das Verdampfen der Utopie hinterließ, jeder Satz klingt hohl. Es bleibt als letzter Ausweg die Resignation.

Wenn aus Enttäuschung darüber, daß die Deutschen wieder einmal nicht Revolution gemacht haben, das deutsche Problem zum *Deutschenproblem*, also zum Problem des Sozialcharakters – früher sagte man Nationalcharakters – erklärt wird (Pohrt, Kieseritzky, zum Winkel u. a.), dann bin ich wieder da, wo ich 1960 war, als ich in England die wüste Pressekampagne erlebte, die als Reaktion auf die ersten Hakenkreuzschmierereien nach dem Krieg an der Kölner Synagoge entfesselt wurde. Dann bin ich Faschist, weil ich Deutscher bin, was immer ich denke, tue, sage. Dann gibt es nur mehr jenes Schweigen, in das ich damals für Jahre verfiel.

Wenn es nur um das subjektive Wohlbefinden einiger Individuen ginge, die sich noch als Linke begreifen, wäre das alles vielleicht nicht so schlimm. Ralf Dahrendorf sprach einmal von dem sozialdemokratischen Jahrhundert, das nun zu Ende gehe. Gleichgültig, ob sie an der Macht gewesen sei oder nicht, auch aus der Opposition heraus, selbst durch ihr bloßes Existieren habe die Sozialdemokratie den Kapitalismus gezähmt, ihn humanisiert, ihm aber auch jene Effizienz verliehen, um die dieses Land jetzt beneidet wird. Ist es nötig zu sagen, daß die Sozialdemokratie ohne die jakobinische Tradition, ja ohne den Stachel des Marxismus nicht denkbar wäre? Daß ohne diese Tradition dieses Land nichts weiter als die Firma Deutschland sein wird? Ein Porsche – um ein Bild zu bemühen –, dessen Fahrer Gas gibt und nicht weiß, daß die Bremsen ausgefallen sind. Ohne Rückspiegel.

Nein, liebe Ingrid, ich hab nix mehr zu sagen. Räume allerdings ein, daß es einen Satz sehr wohl noch zu sagen gäbe, ja, daß er von uns sogar erwartet wird, der Satz *Ich liebe den Kapitalismus*. Aber den willst Du ja nicht von mir hören und ich auch nicht.

Es grüßt Dich

Dein Fuchs

Annette Pehnt

Ich habe mich in mein Gehirn verliebt

Präliminarien

Ich habe mich in mein Gehirn verliebt, jetzt schon, dabei lernen wir uns gerade erst kennen.

Ich verliebe mich sehr selten, vielleicht einmal in zehn Jahren. Und niemals in jemanden, den ich kaum kenne.

Hirngeschichten I

Nicht auf den Kopf fallen, schärfte meine Mutter mir ein. Überall hin, aber nicht auf den Kopf.

Mit den Kindern auf Inlinern das Fallen üben: nach vorne, auf die Knie, auf die Hände, alles darf aufreißen, nur nicht der Kopf. Es gibt zuviel zu verlieren: alles. Der Körper: ein Anhängsel des Kopfes.

Mein Bruder fiel von einer Mauer und lag so lange still auf dem Boden, dass ich Angst bekam und schluchzend an ihm rüttelte, bis er die Augen öffnete und sich auf meine Schuhe übergab. Sein Gehirn war erschüttert: ruhig im dunklen Zimmer liegen, weinen vor Langweile.

Meine Professorin konnte nicht mehr sprechen: Schlaganfall. Ratlos saß sie mit der Zahnbürste auf der Kante ihres Klinikbettes und wusste nicht, was sie damit anfangen sollte. Ihr Mann, der ihr früher die Koffer getragen hatte, schob ihr die Zahnbürste in den Mund und ging mit ihr durch den Raum: Dies ist ein Fenster. Das ist ein Telefon. Ein Jahr später trat sie wieder auf, wir versammelten uns erleichtert zu ihrem Vortrag. Sie hatte sich nicht kleinkriegen lassen, da stand sie doch, ganz wie immer in ihren schweren Schuhen und ihrem langen altmodischen Rock, die Hände in die Hüften gestemmt, auch ihre Stimme wieder so laut wie früher, die Blätter in ihrer Hand zitterten nicht. Dass ihr Mann in der ersten Reihe saß und wie eine Souffleuse leise aushalf, wenn sie in der Zeile verrutschte, schien niemanden zu stören. Ich saß in der letzten Reihe und fing, während ich der vertrauten Stimme zuhörte, leise an zu heulen. Ich weinte, weil sie kaputtgegangen war. Und weil alle so taten, als merkten sie es nicht. Als wir hinterher donnernd applaudierten, wussten alle, dass man keine Fragen stellen durfte. Sie hätte nicht antworten können. Ich ging zu ihr, um ihr zu danken; sie nahm meine Hand mit demselben festen Griff wie früher, drückte sie und sagte, wissen Sie, was ich hier tun soll? Ich weiß es nicht.

Hirn und Ich

Jeden Abend vor dem Einschlafen blättere ich in dem großen farbigen Hirnatlas. Die Gegenden, die dort in fremden Farben leuchten, die gewölbten Landschaften, weißlichen Gebirge und fleischigen Schluchten, die glühenden Ränder und rasenden Ströme: eine Welt, die ich in mir trage. Ich wusste es nur nicht. Aber wie schnell ich lerne!

Thalamus, Amygdala, Hippocampus, Cortex.

Hirn lernt Hirn. Die neuen Wörter leuchten.

Die Schönheit eines perfekt verschalteten Systems.

Das Chaos einer durchgestalteten Ordnung.

Äußerste elektrische Komplexität im eigenen Schädel.

Ein honigmelonengroßes Ding unter meinem harten Schädel, faltiges Organ: Hineinschneiden, ohne dass es wehtut.

Was ist das Kostbarste an mir?

Poetik

Darf ich über etwas schreiben, von dem ich nichts weiß? Was weiß ich von Menschen, was weiß ich über Leben und Lieben, Jungsein und Altwerden, über Verlorenheit und Wiederfinden, Beheimatung und Suche, über Gerechtigkeit, Mobbing und Sterben? Ich habe mir angemaßt, über all das zu schreiben. Was weiß ich über mein Gehirn?

Jede Initiative, Planung, Entscheidung, Kontrolle, Ermächtigung wird im Gehirn hergestellt.

Wo denn sonst?
Das Gehirn ist die Autorin.
Neurotorin.

Hirngeschichten II

Meine Mutter lag an Weihnachten regungslos auf dem Sofa, zugedeckt bis unters Kinn, und öffnete noch nicht einmal die Augen, als ich ihr mein Geschenk geben wollte. Gehirnhautentzündung. Kann sich ein Gehirn entzünden? Das Gehirn meiner Mutter: rosa glühend und pulsierend unter der kühlen Schädeldecke, besetzt mit feinen Schweißperlen. Wer schmückt den Weihnachtsbaum? Das Lametta fehlte.

Mein Hund, der nicht spricht, der sich an vieles nicht erinnert (an erstaunlich vieles aber doch), dessen Gehirn in diesem kleinen schmalen Kopf Platz hat, den ich jeden Tag unter meiner Hand spüre.

Das Kind, das morgens in die Schule getragen wurde, wo ich arbeitete, in einem riesigen gepolsterten Stuhl, und dann vorsichtig auf ein Luftbett gelegt, wo es sich krümmte, die Hände verdreht, der Mund immer weit aufgerissen, die Augen blind. Oft saß jemand bei ihm, strich ihm die verkrampften Finger glatt und wischte ihm die Spucke vom Kinn. Manchmal streichelten wir seine verschwitzte klamme Haut mit einer Feder; dann wurde es ruhig, die Augen schlossen sich, die Zunge hörte auf, im Mund hin und her zu fahren.

Unser alter Lehrer, ein warmer Mensch mit grauen Locken, soft-spoken, gastfreundlich und aufmerksam, lud uns einmal im Halbjahr zu sich nach Hause ein. Bleche voll Zwiebelkuchen, das Haus duftete nach Hefe, er fragte uns nach unseren Ansichten. Dann fehlte er länger, und als er zurück in die Schule kam, ging er schlurfend und mit gesenktem Kopf und lud niemanden mehr ein. Im Unterricht herrschte entsetzte Stille, während er nach Worten suchte. Bang senkten wir den Blick und standen die Minuten des Schweigens durch, und als er von der Schule verschwand, waren wir erleichtert und beschämt zugleich. Wir wollten ihn nicht mehr.

Zu deutlich die Wunde.

Er ist nicht mehr der Alte, sagten wir, nicht mehr richtig im Kopf, aber wir sagten es nicht hämisch, sondern ratlos, er fehlte uns, es war besser, ihn zu vergessen.

Hirn und Ich

Seit diesem Sommer: Radfahren nicht mehr ohne Helm.

Mein Gehirn verändert sich ständig, lese ich, jede Erfahrung schreibt sich ein, ständige Transformation – nie denkt mich das gleiche Gehirn, immer frisch, immer neu, ich könnte mich immer neu in mein Gehirn verlieben, könnte es ständig neu kennenlernen, wenn ich etwas davon verstünde, und wenn es mich überhaupt gäbe als jemanden, die mehr weiß als ihr Gehirn: ein Ding der Unmöglichkeit, das gilt sogar für die Forscher.

Party Talk

Ja, das Gehirn!

Neuronen! Vernetzung. Links und rechts. Nicht kaputt machen!

Also, rein gehirntechnisch ist es ja so, dass die rechte Gehirnhälfte für die Kreativität zuständig ist, und wenn da die Energie blockiert ist, dann geht eben nichts mehr.

Der hat eine mathematische Begabung, und Klavierspielen kann er auch, das geht ja oft Hand in Hand, weil die Bereiche im Gehirn vernetzt sind.

Nicht auf den Kopf gefallen.

She's got brains.

Das will nicht in meinen Kopf!

Meine Festplatte ist voll.

Labor

Auf der Unterlage liegt ein Mäusegehirn, bereits in Formalin eingelegt, so dass es etwas gehärtet ist. Ich drücke leicht mit der Pinzette auf die Oberfläche, die nicht nachgibt. Eine leichte Rührung regt sich in mir. Dieses kleine bleiche gummiähnliche Gebilde hat ein Wesen am Leben gehalten, hat seine Funktionen gesteuert, hat die Bewegungen und die Wahrnehmung der Maus koordiniert. Ich würde es für den Auswuchs einer geschälten Ingwerknolle halten oder für den Überrest einer ausgehärteten Füllmasse.

Der Körper kommt zum Bewusstsein in der gut durchbluteten Masse am Ende der Wirbelsäule, zerbrechlich aufgepfropft.

Der Rest: nur ein Rest.

Eine Menge Zeug, lose zusammengehalten von Haut und Knochen.

Ich werde nicht schlau daraus.

Ich werde nicht schlau daraus.

Volker H. Altwasser

Der Mann, der Putin erschießt

Antikriegsroman (Romananfang)

Das Böse hört nicht auf.
Das Böse fängt immer erst an.

I

Wie ein Schluck Wasser hängt der alte Hauptkommissar im Friseursessel, starrt in den Spiegel, ohne etwas zu sehen, und spürt zartes Streicheln am Schädel. Der Azubi, dem er als Testperson dient, verbirgt die Anspannung hinter einem bezaubernden Lächeln. Seine jugendliche Nähe bringt den alten Mann wieder zurück auf seinen Platz. Ungeniert genießt er den Blick auf das schöne Gesicht des aufblühenden Mannes, das so voller Konzentration ist, so voller Hoffnung und Selbstgewissheit, dass der alte Hauptkommissar seltsam berührt wird, eher von innen denn von außen.

Er möchte jetzt noch einmal die Stimme vernehmen, die zu diesem Jugendlichen gehört, aber er wagt nicht, die Prüfung zu beeinflussen. Er schließt die Augen und stellt sich den Teenager als Liebenden vor: Makellose Haut, straffer Leib, biegsame Bewegungen, endloses Keuchen. Er vergisst sein eigenes Alter und schreckt zusammen, als der Azubi leise fragt: »Ohren frei, mein Herr?«

»Entscheiden Sie selbst, mein Junge.« Er sagt es ebenso leise und sieht, wie Herr Turow unsicher zum Prüfungskomitee blickt, das gerade noch so am Rand des Spiegels zu sehen ist. Eine der Frauen nickt, und plötzlich strahlt Herr Turow auf. Mut und Lust und Vorfreude hört der alte Hauptkommissar in der Stimme des Jungen: »Ich schlage Ihnen vor, hier ein wenig die Spitzen, das hier könnten wir ganz kürzen, und hier machen wir es so?« Eine Gänsehaut, die der alte Hauptkommissar nun schon Jahrzehnte nicht mehr hatte, zwingt ihn, kurz die Augen zu schließen. Eine ungewohnte Anspannung in den Augenwinkeln, als er lächelt.

»Das ist ein ganz vortrefflicher Vorschlag, mein Junge. Sie wissen, was Sie tun.« Er sagt es diesmal ein wenig lauter, denn er will ihn lächeln sehen, strahlen und schimmern und blühen, doch etwas verdirbt ihm diesen Moment der Glückseligkeit. Es ist die elende Berufserfahrung, die abzulegen ihm nie gelingt. Zwischen dem schmalen, glatten Engelsgesicht des fleißigen Arbeiters und dem wohlwollenden Mustern der Prüfenden zwingt sich sein Blick wie durch einen Tunnel hinaus auf die Straße, vorbei am Stamm einer Platane und hinein in das hell erleuchtete Geschäft auf der anderen Seite. Seine Hände umkrampfen die Armlehne, sein alter Körper strafft sich so gut es geht, aber er tut nichts. Er bleibt in dieser Atmosphäre, genießt die Gegenwart des jungen Friseurs, in den er sich gerade verliebt, und lässt dort drüben diesen Mann mittleren Alters diese schreiende Frau schlagen und treten, ehe sie erwürgt wird. Er lässt den Mörder flüchten, schließt die Augen und wird wieder wie zu einem Schluck Wasser, der in einem bequemen Sessel hängt.

Es bleibt still im Geschäft, niemand scheint etwas bemerkt zu haben, auch draußen regt sich nichts. Kein blaues Zucken zerreißt den Abendhimmel der stillen Nebenstraße. Der alte Hauptkommissar stellt fest, dass der Mörder noch das Licht dort drüben ausgestellt hat, ehe er leicht mit den Schultern kreist, weil Herr Turow ihm noch einmal mit den Fingern über den Hinterkopf streicht.

Er hört ihn fast flüstern: »Mein Herr, wenn Sie einmal schauen möchten?«

»Perfekt, Herr Turow, perfekt! Welch ausgezeichnete Arbeit! Man könnte meinen, ich wäre erst dreiundfünfzig Jahre alt und nicht vierundsechzig. Ich danke Ihnen, Sie sind ein Zauberer, mein Junge.« Er kann nicht anders, er muss die Sätze immer wieder mit diesen beiden Worten beenden. Er ist zu schwach für die zarte und feste Gegenwart dieses Jünglings, und er genießt es, schwach sein zu können im Arm der Liebesdusselei.

Aufstehen möchte er vorerst nicht, und Herr Turow befreit ihn von seinen vielen grauweißen Haaren, die abgeschnitten wurden. Der Zopf eines halben Lebens. Es hat sich gelohnt. Der Stoff wird ihm abgenommen, ein letztes Streichen über seinen nun nackten Nacken, dann verschwindet der Azubi, der ihn so völlig unvorbereitet getroffen und fast ansatzlos überwältigt hat, aus dem großen Spiegel.

Der alte Hauptkommissar zahlt mit der Karte am Ausgang, dann nimmt er schweigend die Hand des Jungen, umschließt sie mit leichtem Druck um einige Geldscheine und sagt zu den Prüfenden: »Ein Talent, dieser junge Mensch ist ein echtes Talent! Nie wurde ich besser bedient.«

Sein Plan gelingt, der Jüngling wird rot, und er genießt schamlos den Anblick des verlegenen Herrn Turow, Auszubildender im Friseurhandwerk, der sich dadurch rettet, ihm den Mantel aufzuhalten, nachdem er diese enorme Summe Trinkgeld hat verschwinden lassen.

Herr Turow lernt den Preis seiner Anmut und seiner Freundlichkeit und seines Streichelns über einen Hinterkopf; ein Wissen, das ihn vielleicht verderben wird, aber heute noch nicht, ist der alte Hauptkommissar sich als Kunde sicher, der sich in der Motivation des Azubis wirklich wie ein König gefühlt hat.

»Mein Herr, es ist zu viel«, flüstert der Junge, der ihm die Tür aufhält: »Es ist zu viel.«

»Du bist zu viel, viel zu viel für mein altes Herz.« Er sagt es schon auf dem Gehweg, nicht sicher, ob der Sinn verstanden wurde, aber unbarmherzig fällt die Tür leise ins Schloss.

Der alte Hauptkommissar steht im Wind und sieht hinüber zum dunklen Geschäft für Fahrradzubehör. Er lächelt.

II

Ein dunkles Grün, gar nicht leuchtend, eher gräulich; die Fassade des Hauptgebäudes am Lubjanskaja Platz weckt in ihm jedes Mal eine Art Heimatgefühl. Die Furchen im Putz, die modern gewesen waren, als das Hochhaus eingeweiht wurde, dienen heute als Tarnung für die Kameras und für die Sprenkelanlage, mit der im Notfall Demonstrierende verjagt werden können. Der alte Hauptkommissar geht an den Absperrungen vorbei und lässt sich wie jeden Morgen vom FSB verschlucken.

Der Dienstwagen, der ihn zu Hause abgeholt hat, hat ihn vor den Stufen entlassen, die er hinaufgegangen ist. Er nickt den beiden Wachmännern zu, die verwirrt zurücknicken, passiert wie jeden Morgen die Schleusen, steckt sich die Dienstmarke wieder an das Jackett und fährt in den neunzehnten Stock.

Er war mit einer erleichternden Zufriedenheit eingeschlafen und hatte zuvor den Fernseher gar nicht mehr eingeschaltet. Vielmehr hatte er sich fast albernen Tagträumen hingegeben. Völlig unangemessen für einen Veteran des ehemaligen KGB. Der junge Herr Turow lässt ihn nicht mehr los.

Im Fahrstuhl sind die, die immer hier sind. Sie grüßen ihn, er grüßt zurück, dann steigt er aus und fragt an der Rezeption Irina nach neuen Vorkommnissen. Die Frau Mitte Dreißig in tadelloser Uniform ist ebenfalls irritiert, ehe sie ihn erkennt. Der alte Hauptkommissar verkneift sich ein Lächeln und wartet, bis sie sich ganz sicher ist.

»Neue Vorkommnisse? Wer sind Sie? – Ach, Hauptkommissar Medejew! Ich habe Sie ja gar nicht wiedererkannt! Dass ich das noch erleben darf! Der Zopf ist weg. Nach all den Jahrzehnten, in denen Sie gegen die Kleiderordnung gekämpft haben und so kurz vor der Pensionierung? – Äh, Vorkommnisse? – Nur ein Mordfall gestern Nacht wegen eines defekten Vorderrades in einem Fahrradgeschäft. Aber der Täter ist schon gefasst. Und im Südwesten Moskaus läuft wieder eine konzentrierte Aktion gegen Schwule, aber sonst ist alles ruhig. – Moment! – Ja, Abteilung Sieben, ja, ja, verstehe. Verstehe, verstehe. – Hauptkommissar, erneut Vorfälle im gesperrten Sektor. Soll ich das an die Abteilung Vierundneunzig weitergeben?«

»Nein, ich fahre selbst hin. Sagen Sie meinem Kollektiv Bescheid. Ich warte unten auf sie.«

»Zu Befehl.«

»Sagen Sie Dimitri, er soll mir einen Kaffee mitbringen.«

»Zu Befehl.«

»Und die Schwulen sollen nicht wieder zu den Mördern und Vergewaltigern gesperrt werden, wenn sie hier ankommen.«

»Das war Ihnen doch sonst immer egal, Hauptkommissar«, ruft sie ihm hinterher, ohne dass er sich noch einmal umdreht.

Die Rezeptionsfachkraft Irina, die es aber nicht ertragen kann, ignoriert zu werden, seufzt und fühlt sich dreißig Minuten später befleißigt, an diesem Donnerstagmorgen eine Aktennotiz zu verfassen, denn soviel Neues auf einmal ist für eine Geheimdienstangestellte immer ein Achtungssignal:

> ›06.58 Uhr, Eintreffen Nr. 3. Scheint den nachlässig geknüpften Schnürsenkel der Uniform nicht bemerkt zu haben. Erscheint mit neuer Frisur und zeigt ungewohntes Verständnis für die Belange von Homosexuellen. 07.07 Uhr, Mobilmachung männlicher Kollegen unter 40 Jahre wegen der Sonderaktion. Nr. 3 mit sofortiger Wirkung Leiter der Abt. 7. 07.24 Uhr, neuer Abteilungsleiter stoppt die laufende Razzia gegen Homosexuelle telefonisch und begründet dies mit Kapazitätsengpässen.‹

Anmerkung des Autors
Mein Roman wird das System nicht ändern. Er wird die Sehnsucht in unterdrückten Einwohnern wecken, das System ändern zu wollen, um frei leben zu können: Es gilt, Einheimische zu ermutigen und zu provozieren, nicht selbst zu Flüchtlingen zu werden, sondern ihren Despoten zu einem Flüchtling zu machen. Es gibt auf Dauer keinen anderen Weg für die Welt.

Dass dies möglich ist, hat u. a. die Gemeinschaft der Bürger der DDR gezeigt. Provoziert und ermutigt wurden sie dabei im Vorfeld immer wieder durch westdeutsche Propaganda, die ihnen mit ihren Medien ein Bild der Freiheit und der sinnvollen Freizeit gezeigt hat: Ähnliches will dieser Roman versuchen, der zeitgleich mit der Entstehung ins Russische übersetzt wird.

Nach Einführung der vielen Hauptfiguren, die den Diktator erschießen könnten, und Moskau als Ort des Geschehens, steigert sich die Provokation des Lesers, dessen Wunsch, nach eigenem Kalkül leben zu können, sowie seine Empörung über den beschriebenen Ist-Zustand seiner Welt. Geweckte Sehnsucht trifft im zweiten Romanteil auf die Wirklichkeit: Der Azubi Wlad wird wegen Homosexualität verhaftet, was den alten Geheimdiensthauptkommissar Sascha in Bewegung bringt. Der Ehemann Irinas wird an der Front getötet, was sie ebenfalls in Bewegung bringt. Dimitri wird an der Front verstümmelt, kommt nach Moskau zurück und sinnt auf Rache. Nico, Nicos Eltern; sämtliche Figuren kommen mitten in Moskau nach und nach in geistige Bewegung und zweifeln am Zustand der Heimat. Es werden immer mehr, als sich endlich auch die Kirche bewegt.

Am Ende des Romanmittelteils stehen sie inmitten der Masse bereit, haben ihre Motive klar erkannt, verfügen über die Mittel und warten auf die Möglichkeit, die sich ergibt: Ein Mord ist die Summe von Motiv, Möglichkeit und Mittel.

Auf unterschiedliche Art und Weise haben die Romancharaktere dennoch Leistungen vollbracht, für die sie vom System ausgezeichnet werden sollen. So zeigt sich das Widersinnige in einer Diktatur, weil in diesen Auserwählten unterdrückte Gefühle wie Rache, Hass, Enttäuschung oder Sehnsucht und Freiheitsliebe lodern.

Sie werden im letzten Romanteil zur feierlichen Umbenennung St. Petersburgs in Putingrad eingeladen, wo sie mit anderen vom Präsidenten einen Verdienstorden überreicht bekommen: Damit erhalten alle die Möglichkeit zur Tat, während sie Motiv und Mittel bereits besitzen. – Aber wer von ihnen wird schießen?

Wohl niemand, die Hoffnung des Lesers erfüllt sich nicht und hinterlässt Bestürzung. Diese Leere und Stille nach der letzten Buchseite ist für russische Leser nicht auszuhalten. Sie fühlen sich erkannt und provoziert, selbst gegen die Fesseln des Polizeistaats vorzugehen, denn in solch einem Umfeld gibt es Millionen unterschiedlicher Motive für eine Befreiung von der Unterdrückung.

Die subtil wirkenden Mittel der Literatur schützen davor, plumpe Propaganda zu sein. Es gilt, die Macht des Humanismus in einen unhumanistisch gewordenen Staat zurückzubringen, emphatisch und authentisch, unaufgeregt und zielsicher. Dieser Roman ist die vorweggenommene Erzählung einer Tat, die sie auslöst: Der Despot muss flüchten oder sterben, nicht aber die Einwohner des Landes. Ermutigen wir nicht länger zur Flucht, ermutigen wir zum Kampf.

Giwi Margwelaschwili

Das Problem der Lese-Lebensverlängerung von Tageszeitungsweltpersonen

Die Tageszeitungsweltpersonen sind zu Lesestoff gewordene Realpersonen. Von allen menschlichen Lese-Lebewesen, d. h. von allen Wesen, welche nur vom Lesen (von Lesern) leben, sind sie die realsten. Der hohe, beinah absolute Grad der Realität von Tageszeitungsweltpersonen äußert sich vor allem in ihrer Sterblichkeit: in ihrer kurzen, eben nur auf einen realen Tag beschränkten Lese-Lebensdauer.

Literarische Buch- und, sagen wir mal, Versweltbezirkspersonen (lyrische Ichs zum Beispiel, welche von ihren gereimten Zeilen zu uns reden) sind damit eigentlich unvergleichbar, »leselanglebiger«. Natürlich können auch literarische Buchweltbezirkspersonen sterben: am Lese-Lebensschwund oder, deutlicher gesagt: durch das Wegbleiben der Leser über ihren Zeilenwohnungen können sie sang- und klanglos untergehen.

Aber bei Menschenwesen, die aus literarischem Lese-Lebestoff geformt sind, tritt der Lese-Tod doch immer erst nach einer relativ langen Lese-Lebenszeit ein. Und oft ist dieser – weil die vergessenen und lange nicht mehr gelesenen Versweltpersonen ja von jemandem auch wieder ausgegraben und zum Gegenstand seiner Lektüre gemacht werden können – bloß ein Scheintod. Wenn der literarische Wert der Vers- wie auch überhaupt jeder Buchweltbezirksperson ein besonders hoher, kostbarer, origineller usw. ist, sind solche Personen sogar unsterblich, d. h. immer (zu allen realen Weltzeiten) am Lese-Leben.

Man versteht nun den großen existenziellen Kummer der Tageszeitungsweltpersonen. Ach, wie gern würden sie doch länger leben (gelesen werden) als den einen und einzigen Tag, mit dem die Nummer ihrer Zeitung (also der jeweiligen realen Tageszeitung, in der sie sich befinden) datiert ist! Wie gerne würden sie sein wie literarische Buch- und Versweltpersonen, welche ohne – jedenfalls ohne allzu große – Existenzsorgen in ihren Büchern leben (sich dort lesen lassen)! Wie gerne würden sie die lese-lebensspendenden Leserköpfe länger über sich (über ihrem aus Zeitungszeilen gefügtem Wohngebäude), d. h. an ihrem Tageszeitungswelthimmel, haben als nur einen kurzen realen Tag! Ja, das ist sicher viel zu wenig.

Am besten (unbeschwertesten) lebt es sich für Tageszeitungsweltpersonen am Morgen ihres einen und einzigen realen Tageszeitungswelttages. Da ist der Abend und das Zeitungswelttagesende ja noch weit weg, da wirft der Existenzkummer noch keine Schatten auf ihre Gesichter, da fängt ihr Leseleben ja erst an. Nur gegen Mittag naht ihnen – gewöhnlich sanft, so wie auf Katzenpfoten, aber dann auch schon ziemlich schnell – der Tod durch den Lese-Lebensschwund. Am Abend flackert – weil sich ja viele Realpersonen gerade um diese Zeit noch einmal gerne in die Zeitung vertiefen – ihr Leseleben vielleicht noch einmal kurz auf, um dann mit dem Anbruch der realen Nacht (das ist der Moment, wo ihre Tageszeitung endgültig abgelegt wird, ja wo sie – zusammen mit der Welt, mit allen Personen und Ereignissen, die sie beinhaltet – vielleicht auch schon zerknüllt oder zerrissen in den Papierkorb wandert) für immer zu verlöschen.

Für uns Beamte der Buch- und Versweltverwaltung sind die Besuche in den Tageszeitungsweltbezirken immer ein sehr bedrückendes Erlebnis. Schon allein der Anblick der immer schwächer werdenden (immer weniger gelesenen, immer mehr durchgelesenen und dem Tod durch den Lese-Lebensschwund geweihten) Tageszeitungsweltpersonen ist kaum zu ertragen. Dazu kommt natürlich noch das Bewusstsein, hier nicht helfen, die Lese-Lebensdauer aller dieser armen Bedeutungsmenschen nicht verlängern zu können, das uns so peinigt, so unglücklich macht, dass wir von unseren Gängen in die Tageszeitungsweltbezirke immer vollkommen erschöpft und niedergeschlagen in unsere Verwaltung zurückkehren.

Die Unfähigkeit unserer Institution, in den Tageszeitungsweltbezirken schnelle praktische Hilfe zu leisten, ist uns allen natürlich von vornherein klar gewesen. Der Lese-Lebenswert der Leute dort ist – weil kein literarischer – mit unseren Methoden eben nicht zu behandeln (nicht zu erhöhen oder den Lesern sonstwie begehrenswerter zu machen). Das Werthafte dieses Lese-Lebenswertes liegt in seiner Aktualität, in seiner Neuigkeit für die Leser, und die ist nur ein Tag lang neu, nur einen Tag lang interessant, nicht länger.

»Denen ist eben nicht zu helfen«, sagte einmal in unserer Verwaltung ein Kollege zu mir. »Es sind Einrealtagsfliegen. Deshalb lohnt es sich nicht, sich über ihre Probleme noch weiter den Kopf zu zerbrechen. Die Kürze ihres Lese-Lebenslaufes ist bedingt durch den Lese-Lebestoff, aus dem diese Personen gemacht sind. Das kannst du nicht ändern.«

Er hatte recht.

Aber dann hat die Buch- und Versweltverwaltung den Tageszeitungsweltpersonen doch noch helfen können. Nach langem, verzweifelten Überlegen kam uns nämlich dieser gute Einfall: Die reale Dauer der Neuigkeit in dem Lese-Lebenswert dieser Personen (der Ereignisse, in die sie verwoben waren, der Sachen, mit denen sie sich beschäftigten usw.) hatte nur ein wenig verlängert zu werden, nur eine etwas größere zu sein, damit auch ihr Lese-Leben einen größeren Umfang bekam. Das war – weil ja die Neuheit einer Neuigkeit etwas durchaus Relatives ist (was dem einen völlig unbekannt war und neu ist, kann dem anderen längst bekannt sein) – immer möglich, und wenn wir die Tageszeitungsweltpersonen damit auch nicht unsterblich machen, so ist eine spürbare Verlängerung ihres Lese-Lebens dadurch doch erreicht worden, und sie alle sind uns sehr dankbar dafür.

Es muss hier leider auch gesagt werden, dass die Buch- und Versweltverwaltung ihre gute Methode der Lese-Lebensrettung von Tageszeitungsweltpersonen nicht überall durchsetzen konnte. Aber in der realen Welt haben sich auch nicht wenige Zeitungsherausgeber von unseren leidenschaftlichen Argumentationen überzeugen lassen und ihre Blätter entsprechend umgestellt. Solche lassen heute keine 1-Tageszeitungen mehr erscheinen, sondern Zeitungen, die eine etwas vergrößerte Lesedauer beanspruchen und ihren Zeitungsweltbezirkspersonen eine längere Lese-Lebensdauer garantieren. Eine 2-Tageszeitung zum Beispiel liest sich länger als eine 1-Tageszeitung, und die Zeitungsweltbezirkspersonen profitieren dort von einem zeitlich gestreckteren Lese-Leben. 3-Tageszeitungsweltpersonen leben noch länger, 4-und 5-Tageszeitungsweltpersonen noch mehr.

Allerdings sind dieser Zeitdehnung von Tageszeitungen auch Grenzen gesetzt. Sie darf, weil Tageszeitungsweltpersonen ja auch und sogar vor allem einen Aktualitätswert haben, der ihrem kurzen Lese-Leben eine ganz besondere und von Personen anderer Zeitungsweltgattungen unerreichbare Intensität verleiht, auf keinen Fall zu weit getrieben werden.

Weil jeder Zeitraum, der größer ist als 5 bis 6 Tage, für sie schon einen tödlichen Aktualitäts- und Neuigkeitsverlust bedeutet, können Tageszeitungsweltpersonen leider nicht auf geräumigere temporale Lese-Lebensgrundlagen umgestellt, zum Beispiel nicht in die Gattung der Wochenblattweltpersonen überführt werden.

Jochen Missfeldt

Kälberkrautsommer

Romananfang

Komm Alter, schwing dich auf, das Leben ist schön! An einem der unvergesslichen Sommertage war ich mit dem Fahrrad unterwegs. Du musst deine Beine trainieren, auch die Lunge, hatte mein Hausarzt gesagt. Das ist nie verkehrt, sagte ich und dachte: Halte die dahinfliegenden Tage auf und zwinge sie zur Landung. Das geht am besten mit gut trainierten Beinen und mit einer kräftigen Lunge.

Jung sterben – aus dem Alter war ich damals schon längst raus. Geschafft, sagte ich und hinein damit in den Fahrtwind. Mein Haar war grau, Tendenz weiß. Die Ohren hatten ein Hörgerät bekommen, die Augen eine Brille. Ich bin ein treuer Hund, ich folge brav meinem Alter. Kuck nur deine Hände an, die jetzt den Lenker umfassen: Altersflecken und Runzeln. Wer wissen will, ob ein Gesicht chirurgisch geliftet ist, muss nur die dazugehörigen Hände ansehen.

Ich beziehe eine Pension. Strom, Wasser und Müllabfuhr zahle ich pünktlich, mit der Krankenkasse rechne ich gewissenhaft ab. Ich koche für mich und für Freunde. Risotto und Rübenmus kann ich am besten. Demnächst steht der erste Grünkohlversuch an. Danach habe ich Kohlroulade und Königsberger Klopse im Visier. Manchmal besuche ich einen Freund im Pflegeheim, bringe ihm eine Portion Selbstgekochtes mit. Er ist nur noch ein Schatten seiner selbst, daran sehe ich, wie gut es mir geht, und mir ist zum Weinen.

Ich beschäftige mich mit Fragen der Hygiene. Wie oft soll man Bettwäsche wechseln? Eine Million Bakterien pro Quadratzentimeter sind da drin. Alle vierzehn Tage wechseln, wird empfohlen. Bei mir dauert es mindestens eine Woche länger. Den Küchenschwamm wegwerfen oder reinigen? Zehnmilliarden Bakterien pro Kubikzentimeter. Nicht reinigen, sagen die Experten, sondern nach einer Woche wegwerfen. Am besten gar kein Schwamm, sagen sie. Ich gehe alle vier Wochen zum Frisör und rede mit meiner Frisörin über Gott und die Welt, über ihre Eltern und meine Eltern, über meine Töchter und Enkelkinder. Kinder und Enkelkinder hat sie nicht. Sie war mit einem Seemann verheiratet, der von einem Südamerika-Törn nicht zurückkehrte. Wahrscheinlich ist er über Bord gefallen und ertrunken. Sie musste zwei Jahre warten, bis er für tot erklärt wurde; seitdem bezieht sie eine kleine Witwenrente.

Landschaft vor, hinter und neben mir, kleine Hügel wie kleine Busen, kleine Wälder wie große Wurzelbürsten. Der Raps war verblüht und unansehnlich geworden. Die Wintergerste stand schon gelb vor der Ernte. Die Roggenfelder leuchteten in einem zarten Roggen-Lila, der Wind wehte hinein und ließ die Wellen im Kornfeld wandern. Wie oft habe ich schon gedacht: Jetzt hältst du an, irgendwo am Straßenrand, steigst ab, legst dein Fahrrad ins Kälberkraut, steigst auf den Knick, siehst den Wolken nach, beobachtest die Wellen im Kornfeld und ihre Brandung am Horizont. Aber ich halte nicht an, aus mir unerfindlichen Gründen halte ich nicht an. Dieser eine Grund lässt sich aber doch finden: Weiter, immer weiter willst du.

Und über dir der Himmel, so hieß einmal ein Fliegerfilm, gesehen 1963 im

Fluganwärterregiment in Uetersen. In der Hauptrolle ein junger Flugschüler, ein Fahnenjunker, der träumte kurz vor dem Einschlafen so vor sich hin.

Ich radelte an Kirchen, Friedhöfen und Krieger-Ehrenmalen vorbei. Das Land unter Wolken und Sonne war mir eine feste Burg, die Kirchtürme waren die Navigationspunkte. Mein Rucksack stand hinter mir, eingeklemmt im Gepäckträger, bepackt mit dem Badehandtuch, darin eingewickelt die Badehose, in die Badehose eingewickelt das rote Fotoalbum, in der rechten Seitentasche das Federmäppchen mit Bleistift, Radiergummi und Klebestift, in der linken das Bundeswehrtaschentuch und mein alter Fliegerschal aus gelber Seide, ferner das Notizbuch und die Badeschuhe, schließlich die Salz- und Pfeffertütchen, die ich mir in den Stehcafés immer herausnehme und mitgehen lasse. Irgendwas vergessen? Ja, die Picknickbrote.

Hier bin ich geboren und aufgewachsen. Das Wort Heimat steckt in meinem Wortschatz, ich benutze es kaum. Heimat, das haben immer unsere Flüchtlinge gesagt. Heimatfragen haben mich immer wieder beschäftigt. Habe ich sie auch nach bestem Wissen und Gewissen beantwortet? Heimatfragen sind auch Fragen von Schuld und Sühne. Gerade jetzt trieb mich eine davon um; sie kam aus heiterem Himmel und erwischte mich auf dem falschen Fuß: Ich stand mit einem vollen Korb leerer Pfandflaschen vor dem Pfandflaschenautomaten im Supermarkt und sah, dass ein Pfand-Bon im Schlitz steckte. Wer hatte den wohl vergessen? Ich zog ihn heraus, der Automat hatte 4,95 € aufgedruckt. Was sollte ich tun? An der Information abgeben? Ich blickte mich um. Ich war allein. Draußen vor der Automatiktür der Leergutannahme stand ein alter Mann; noch älter als ich, schätzte ich. Vielleicht hatte er den Bon vergessen? Ich entschied mich gegen ihn, freilich mit schlechtem Gewissen, behielt den Bon, erledigte meinen Einkauf und löste ihn an der Kasse ein.

Das schlechte Gewissen plagte mich, und ich offenbarte mich einem jungen Freund, der Jurist und Fachmann für Alltagsrecht ist. Er spricht auf seinen Wochenendseminaren eine alltagsnahe Sprache; darum kommen nicht nur junge Rechtsanwälte von weit her, die ihn hören wollen, sondern auch juristische Laien wie ich. Nachdem ich ihm meinen Fall geschildert hatte und ihn fragte, was tun, sagte er, naja, du hättest den Bon nicht behalten, schon gar nicht an der Kasse einlösen dürfen. Richtig wäre gewesen, als ehrlicher Finder den Bon an der Information abzugeben, deine Adresse zu hinterlassen und dann: warten, was passiert.

Das Kind war nun aber in den Brunnen gefallen, zu ändern war daran nichts mehr. Was geschehen war, ließ sich nicht mehr rückgängig machen. Auch wenn sich der rechtmäßige Bon-Besitzer melden würde und ich mich für mein Verhalten entschuldigen könnte, würde der Makel an mir haften bleiben, denn, so sagte mein junger Freund, rein rechtlich hast du eine Unterschlagung begangen. Das Übel, einen begangenen Fehler nicht mehr aus der Welt schaffen zu können, hängt dir ewig nach. Auch die Strafe als Instrument staatlicher Gewalt oder die Gnade als Instrument eines lieben Gottes ändert daran nichts. Geschehen ist geschehen, es steht unverrückbar fest wie das nicht auszuradierende Datum im Kalender. Du musst mit diesem Minus leben. Es sei denn …

Ja, was denn, fragte ich mich. Es sei denn, man verzeiht dir, sagte ich mir, denn ich selber kann mir nicht verzeihen. Aber auch dann ist die Schuld nicht vom Tisch, sie ist nur weggewischt und liegt woanders. Wie eine weggeschobene Heimat liegt sie da, sagte ich mir, und sie handelt von Unterschlagung und Lügen, von Wahrheit und Wahrhaftigkeit, sie handelt von mir.

Wer wahrhaftig sein will, der sucht nach der Wahrheit, der gräbt in der Erinnerung. Als unser alter Nachbar starb, erhielt ich als Zwölfjähriger den Auftrag, von Haus zu Haus zu gehen, der Nachbarschaft mit einem auswendig gelernten Spruch seinen Tod mitzuteilen und um »Liekfolg« (Leichengefolge) zu bitten. Als »Liekfolgbeder« (der um Leichengefolge-Bittende) saß ich dann am Tage der Beerdigung oben auf der Kutscherbank rechts neben dem Kutscher und hinter einem großen Kranz; der Kranz lag über einem Holzkreuz, das Holzkreuz hielt ich mit beiden Händen fest. Zwei Kaltblut-Pferde zogen den schwarzen, mit gedrechselten Schnörkeln verzierten Beerdigungswagen, der Sarg stand hinter mir, unsichtbar unter Kränzen, die Liekfolg ging im gemessenen Abstand, die Männer unter Zylinder, die Frauen mit schwarzer Kopfbedeckung, Handtasche am Arm und Taschentuch vorm Gesicht. Ich glaube, an diesem Beerdigungstag war ich der Wahrheit zum ersten Mal nahegekommen.

Nicht wenige sind mir inzwischen weggestorben, sie hören nicht auf zu sterben, versinken nach Wohinweißkeiner. Ich erlebe ein Stück nackte Wahrheit, das ist der Tod. Aber kann der Tod etwas lehren? Keine Ahnung. Er jagt mir mit seiner Wahrheit einen Schrecken ein, ich weine ein bisschen, spüre ein Rütteln und Schütteln. Wo rüttelt es und schüttelt es? Im Herzen? Dann ist Beerdigung mit Orgelmusik und Singen in schwarzen Klamotten, dann Kaffee und Kuchen und Klönschnack in einer Kneipe, man lächelt sich gegenseitig an. Wird schon werden. Kopf hoch. Hast du mal ein Tempo? Dann fahre ich nach Hause, da sterbe ich erstmal nicht und ziehe wieder Jeans und T-Shirt an.

Jeans und T-Shirt trug ich auch auf dem Fahrrad. Längst war ich ins Schwitzen und Pusten gekommen. Ich pustete die Luft hinaus, wie ich es bei alten Männern sehe, wenn sie mir in der Fußgängerzone begegnen. Man sieht, wie ihnen die Luft knapper geworden ist – wie auch mir, und ich musste mich erstmal verpusten, das heißt, ich musste anhalten, absteigen und mich fünf Minuten erholen. Das war sechs Kilometer vor der Geltinger Bucht; die Buchenstämme standen wie Säulen eines römischen Tempels, sie leuchteten blaugrau. Ihre Baumkronen lagen als schützendes Dach darüber und verstrahlten das Sommergrün der Buchenblätter. Buchenwaldgeruch hatte ich nicht in der Nase, aber ich erinnerte mich genau an den Duft der kleinen Buchenwälder, die nur eine Kinderhalbestunde entfernt vor unserer Haustür auf kleinen Hügeln standen.

Ich musste das Zeitschließfach öffnen und die Zeit, die ich mir aus der Kirche von Sankt Ursula mitgebracht hatte, in Ruhe fließen lassen. Ich musste mich in diese Zeit hineinlegen und mitfließen. Immer voran mit den Stundenströmen, ich musste mich treiben lassen und durfte nicht die Richtung verlieren. Die Kirchturmuhr schlug mir ihren uralten Klang um die Ohren. Ich wusste, was die Uhr geschlagen hatte und wohin sie mich haben wollte. Ich wusste, warum ich an die Geltinger Bucht fahren wollte. Ich wollte dort am Strand stehen und über die Bucht sehen, so wie damals im Sommer 59 – seitdem waren über sechzig Jahre vergangen. Leider habe ich damals kein Tagebuch geschrieben. Doch, ich fing damals schon damit an und schaffte drei Seiten mit dem Füllfederhalter, und der erste Satz begann so: Seine Seele malte Bilder aus weißem Schnee ..., an dieser Stelle war Schluss mit der Erinnerung. Irgendeinen Schmerz wollte ich damals mit diesem unvollständig gebliebenen Satz andeuten. Aber welchen?

Nina Jäckle

Verschlungen

Romanauszug

Die Frage ist, was man als gegeben gelten lassen, was man als gegeben anerkennen muss. Und so macht man sich auf die Suche nach dem Vorgegebenen und ebenso nach der definierbaren eigenen Form. Man versucht zu komponieren, auf dass man Urheber der Melodie des geführten Lebens werde. Doch es bleibt die Befürchtung, einem Diktat zu unterliegen, einem Diktat, das alles ins Unausweichliche zwingt, das besagt, egal welches Handeln man ihm entgegensetzt, es wird unausweichlich nichts zu verhindern sein.

Es gibt ein unumgängliches Wir in meinem Leben. Wir, das bedeutet Ewa für mich. Ewa und ich wurden als absolute Einheit geboren, wir kamen auf die Welt als bedingungslos Gleichgesinnte, denn Ewa und ich haben uns aus ein und derselben Eizelle entwickelt, wir waren von jeher zweifach eine, monozygot war das mächtige Wort zu unserer Verwünschung. Zwei Keime aus einer Eizelle, also Zellgleiche zu sein, war Ewas und mein unfreiwilliges Los, ein Zufallsdiktat, dem alles unterworfen ist. Unsere hohe genetische Übereinstimmung ist der mächtige biologische Prolog zu Ewas und meinem Leben.

Das Haus, das ich für mich gefunden habe, ist klein, es ist gerade groß genug für eine. Es ist aus Holz, es steht mitten im Wald, umgeben von einem verwilderten Grundstück, im Sommer von keiner Seite einsehbar. Das Haus, so scheint es, ist aus der Welt und aus der Zeit in wild wucherndes Urgrün gefallen. Um das Haus herum habe ich Büsche zurückgeschnitten, ich habe ineinandergreifende Efeuranken, Gräser und Brennnesseln entwurzelt und auf kahlgerissenem Boden dann einen schmalen Streifen Wiese gesät. Zwei große Königsfarne befreite ich aus den Brennnesseln, zwei Hortensien setzte ich, zwei Akazien, zweimal Blauregen direkt am Haus. Dieser Streifen domestizierter Natur, diese minimale Gestaltung im Durcheinander des Wuchernden ist Zeichen meines Einzugs in eine mir fremde Wurzel- und Schlingenwelt, in der es kaum eine Möglichkeit gibt, sich selbst zu entkommen. Um allein in dem Haus leben zu können, muss ich, nach nun fast zwei Jahren, immer noch viel lernen. Ich muss mich immer noch daran gewöhnen, nur meine Schritte, nur mein Räuspern zu hören. Die völlige Dunkelheit des nachts, das Schlafen ohne Ewa an meiner Seite, ist immer noch gewöhnungsbedürftig. Die nächtliche Stille des Waldes, die in gewisser Weise durch Ereignislosigkeit stillstehende Zeit, alles dies furchtlos mein Leben zu nennen, ist immer noch eine komplizierte Aufgabe für mich. Ich lernte, mein Abseits zu bewohnen, eine Vorratskammer zu organisieren. Ich lerne es immer noch, Gedanken zu ertragen, ohne mit Ewa darüber sprechen zu können. Es fällt mir immer noch schwer, Entscheidungen zu treffen, ohne zuvor Ewas Einverständnis einzuholen, mich über etwas zu freuen, ohne auch Ewas Freude daran sehen zu können, etwas abzulehnen, ohne mich an Ewas Ablehnung zu orientieren.

Ewa und ich tragen das gleiche Erbgut, wir stammen aus selber Zelle, wir waren uns bedingungslos zugeordnet, von Anfang an. Weil wir eine sind, zweifach, flüsterte Ewa eines Abends vor dem Einschlafen unsere Losung in das dunkle Kinderzimmer. Im Flüsterton klang sie, wie auch ich klinge, und so hörte ich ihr Flüstern abends im Dunkeln, als wären ihre Worte meine Worte. Eine, zweifach, schrieben wir in unsere Handinnenflächen, ich schrieb in ihre Handinnenfläche, sie in meine. Ewas Schriftzug auf meiner Haut sehe ich oft vor mir, ich sah ihn auch vor mir, als ich den Mietvertrag für das Haus im Wald unterzeichnete.

Die Jahreszeiten haben an diesem Ort für mich an Bedeutung gewonnen. Im Sommer denke ich, geschult vom letzten Sommer, bereits beim ersten Regen das unausweichliche Verfaulen alles Blühenden mit. Der Herbst ist die Jahreszeit der Eindringlinge, das beheizte Haus zieht die Kiefernwanzen, die Mäuse, die Marder an. Der Winter steht still als Scherenschnitt kahler Bäume in allen Fenstern rundum. Im Frühling, wenn die Sonne auf den blanken Fensterscheiben steht, sich der Wald also in den Fenstern spiegelt, schlagen Vögel ungebremst gegen die Scheiben. Kernbeißer, Buntspechte, Meisen und Amseln habe ich von meinem Grundstück aus mit der Schaufel zu den toten Mäusen aus meinen Schlagfallen in den Wald geworfen. Die Handhabung dieser kleinen Morde ist erlernbar durch die Wiederholung, alles, was man mehrfach wiederholt, verliert den Schrecken und wird zur Normalität.

Ein Wunderwesen mit zwei Körpern sind wir, so wurden wir geboren, dem Zufall sei Dank, schrieb Ewa einmal auf eine Geburtstagskarte an mich. Wir waren siebzehn Jahre alt geworden. Schreib das ab für mich, sagte sie und gab mir eine gleiche Karte und einen Stift. Ewa bestand darauf, dass diese Karten auf unseren Nachttischen lagen, deine Handschrift bei mir, meine Handschrift bei dir, sagte sie.

Ein Wesen, zwei Körper. Ich mag diesen Gedanken nicht, dieser Gedanke halbiert mein Wesen, steht in einem meiner Notizhefte.

Es stürmt, der Wind in den Bäumen klingt wie unruhiges Meer. Die Böen schlagen in Wellen an die Fenster und Hauswände, das Haus um mich herum wird kleiner, der Raum draußen wird klar hörbar und weit, er ist so eindeutig wie nie von meinen Innenräumen getrennt. Mein kleiner, windloser Ort steht starr, nur draußen tobt das Meer. Ewa und ich hatten immer wieder gemeinsam Reisen unternommen, auf einer dieser Reisen waren wir im Süden am Meer. Ewa liebte die Flamingos, die blass in den Salinenbecken standen. Auf einem Spaziergang zum Strand, Ewa hatte ein Messer in der Hand, sprach sie vom Plankton, das Umherirrende heißt das, sagte sie, kleine Lebewesen im Wasser, die sich nicht aussuchen können, wohin sie getrieben werden, die sich allesamt immer und ausschließlich und ohne jede Wahl nach den Vorgaben der Wasserströmung zu richten haben. Das Plankton färbt das Gefieder der Flamingos rosa, nichts kann es dagegen tun, im Flamingo zu enden und so dessen Farbe zu werden, stellt sich ihm der Vogel in den Weg und sperrt den Schnabel weit auf, sagte Ewa. Mit dem Messer in der Hand ging sie mir voran, sie ging mit mir den Strand entlang, bis wir eine kleine Bucht erreichten. Dort waren, mit dem flachen Felsen verwachsen, ein paar wenige Austern zu finden. Ein Herz, aber kein Hirn, sagte Ewa leise, die

Auster denkt sich also nichts dabei, wenn du sie schluckst, sagte sie und trennte eine der Austern vom Felsen ab. Muschelspitze hin zu mir, auf dreizehn Uhr dreißig der Schließmuskel, sagte Ewa, mit dem Messer brach sie dort die Auster auf und öffnete vorsichtig die Schale. Ein pochendes Herz die Kehle hinab, dachte ich, als Ewa schluckte. Jetzt noch, Jahrzehnte später, während eines Sturms im Wald, sehe ich Ewa mit dem Messer in der Hand am Strand stehen, pochendes Herz die Kehle hinab, denke ich, eine Windböe schleudert einen kleinen Ast gegen das Fenster, die Bäume biegen sich, das Meer rauscht in ihren Wipfeln.

So wird das niemals gutgehen mit dir, mit mir, mit uns, steht in einem Notizhefte, und ich meinte diese ungebrochene Einheit, die Ewa mir stets abverlangte, diese ungebrochene Einheit, die nichts und niemanden zwischen oder neben uns duldete.

Alle meine Notizhefte liegen auf einem kleinen Tisch, der Stapel ist fast so hoch wie die kleine Lampe, die neben den Heften auf dem Tisch steht. Die Hefte meiner frühen Jugend liegen unter den Heften meines Heranwachsens, obenauf liegen die Hefte des Erwachsenseins. Die Hefte sind nach Datum sortiert, der Stapel also könnte eine Entwicklung durch alle Altersstufen aufzeigen. In den Aufzeichnungen jedoch ist eine Entwicklung kaum zu erkennen. Es ist eher ein Pendeln auf der Stelle, es sind kleine Bewegungen von rechts nach links, vor und zurück, es sind Aufzeichnungen eines Schwankens, ausgehend von der immer selben Position. Ein jämmerlicher Stapel also, lampenhohes Bemühen um eine herbeigesehnte Ablösung von Ewa, eine kreisende Bestandsaufnahme ohne Wirkung auf mein Handeln in all den Jahren. Man bleibt wohl, wer man ist, man bewegt sich wohl ein Leben lang nicht von der Stelle. Vielleicht ergibt das eine oder andere Schwanken kleine, kurzzeitige Ausschläge, jedoch stapelt man am Ende doch nur, was man ist, auf das, was man war, man harkt das Laub und wirft es auf das Laub vom vergangenen Jahr, das auf dem Laub vergangener Jahre zu einem moderigen Haufen wird.

Kommt der Wind aus Westen, so kann ich entfernt die Autos auf der Schnellstraße hören, ich kann also Anbindung hören und denke an die Städte in der Umgebung, an die Möglichkeit, sich aus dem Wald heraus auf immer breitere und befahrenere Straßen und schlussendlich unter viele Menschen zu begeben. Ich höre entfernt die Autos, und so fällt mir ein, dass es mir freisteht mich unterzumischen, mich einzumischen in ein allgemeines städtisches Leben. Ich mag den Wind aus Westen nicht, der mich an Möglichkeiten erinnert, die ich in Wirklichkeit nicht habe. Es war für mich nie notwendig, mit Menschen zusammen zu sein, ich war niemals zuvor allein. Ewa und ich lebten in unserem von nichts abhängigen Grundverständnis, wir brauchten niemals viele Worte, alles uns Betreffende schien uns gedacht, gesagt und geschworen. Das dem Menschen angeborene Bedürfnis nach einem Vorhandensein unter anderen, nach Berührungspunkten, das angeborene Bedürfnis also nach Seelenkomplizenschaft war bei uns, den monozygoten Schwestern, von Geburt an gestillt.

Sabine Peters

Lirumlarum

Etwas aus der dritten Hälfte. Romananfang

Abends in Hamburg Windstille und feiner Regen. Licht in den Fenstern der Nachbarn. Doc zog die Vorhänge zu und glättete eine Falte. Die Katze strich um ihn. Er rührte ihr Futter an, aß die Suppe vom Vortag, spülte und wischte den Tisch ab: Ordnung ist das halbe Leben. Er fragte sich nach der anderen Hälfte und trocknete das Geschirr und räumte es fort. Als Fliege wäre man unfassbar, würde mit großen Augen durchs Zimmer streifen; aber auch Fliegen lebten nach einer Ordnung. Und er selbst war ein schlichtes Gemüt; er fühlte keinen Wunsch nach Chaos. Allerdings würde er nachts gern schlafen.

Doc las eine SMS seiner Schwester, betreff: Rentnerin in neuem Fummel. Kerstins Augen leuchteten auf dem Selfie; ihre Bluse ließ ihn kalt. Er schrieb, well done. Sie simste gleich zurück: Nimm dir ein Beispiel, wenn du soweit bist!

Wäre er eine betagte Fliege, täten ihm alle sechs Beine weh, aber er könnte mit ihnen schmecken. Erholsamer Sekundenschlaf, wann immer er wollte. Er hätte Fühler, große rote Facettenaugen und wäre komplett behaart. Dazu zwei immer noch kräftige Flügel und selbstverständlich ein Herz. Er würde aus dem Zimmer fliegen und sich zwischen Mond und Sonne tummeln, bis ein Vogel käme.

*

Mechthild Stepper stand auf einem Stuhl vor dem Wohnzimmerschrank und versuchte, die Chips zu erreichen. Der Tag war gegessen: gegen den Kuchen im Büro half nach Dienstschluss nur Grillwurst. Auf der Straße trommelte ein Trupp Umweltfreunde für Schmuddelwetter und Tierwohl. Doch ihr Sohn Kilian rettete anderswo die Welt, und für sie selbst war für heute nun alles zu spät. Das war ein Vorteil. So frei wie Fliegen und Vögel. Sie griff die Chips, stand auf den Zehenspitzen, schwankte, fiel. Stand auf, rieb sich die Knochen. Du bist keine fünfzig mehr, nimm dich in Acht. Anscheinend war alles heil geblieben: Eisenbahn die krachte, Dickmadam die lachte. Zur Not gab es Doc nebenan in der Wohnung, aber den wollte sie am Feierabend nicht stören.

*

Christine Ohlersen schreckte im Sofa auf und war doch eben noch in der Praxis gewesen. Der Arbeitsplatz war verändert, überall standen Feuerkörbe. Sie maß den Blutdruck eines Patienten, als aus dem Sprechzimmer von Doc ein Winseln drang, das in ein Kreischen überging. Christine wusste gleich Bescheid: Einer von den Verseuchten hatte sich eingeschlichen, um seinen Fluch weiterzugeben. Sie sagte scharf zu dem Patienten: Wir können Doc nicht alleine lassen. Der Patient riss die Manschette vom Arm, aber sie selbst war schon draußen im Schrebergarten und musste etwas vergraben für spätere Zeiten, für die Großeltern. Im Halbtraum auf dem Sofa und im Schrebergarten sagte der Patient, der neben ihr in der Erde kniete: Vorfahren haben in der Zukunft nichts verloren! Der Feuerkorb im Garten stand in Flammen.

*

Der Brummer hieß Dr. phil. Bruno Brumlik und lebte in Bonn. Seit seiner Studienzeit war er mit Doc befreundet. Gelernter Kunsthistoriker, frühpensioniert, er wollte zurück nach Hamburg, ohne den Absprung zu finden. Manchmal schrieb er noch Bildbetrachtungen für eine kleine Zeitschrift; das nannte er einen Zeitvertreib. Seine Scheidung lag jahrzehntelang zurück, aber er wünschte sich noch immer eine anschmiegsame Brummerin. Er besuchte im Internet Partnerschaftsforen und wusste nicht, wen die von ihm bevorzugten Frauen in seinem Alter wohl suchten. In einer Mail an Doc erklärte er die Vorzüge seiner neuen Bekanntschaft, äußerte alte Zweifel. Denn er war nicht nur pensionsreif krank, sondern auch hypochondrisch veranlagt, Schwerpunkte Prostatasorgen, Demenzangst, Sterblichkeit. Soll ich nicht besser allein bleiben?

Doc schrieb zurück: Rasier deinen Dreitagebart und triff die Frau, viel Glück!

*

Doc. Eines Tages war der einsilbige Name da. Punkt, Punkt, Komma, Strich, fertig ist das Angesicht. Auf zwei Beinen stehe, oben sei ein Kopf.

Doc hängte den Hut an den Nagel.

Dies hier war sein Hut; der Nagel war ein Haken an der Garderobe in der Praxis. Er warf einen Blick in den Spiegel. Dies hier war eine Halbglatze, ein Gesicht mit Brille, Tränensäcken, Hamsterbäckchen, Schnurrbart. Er hörte ein Gewirr von Stimmen. Dies hier war sein Arbeitsplatz, die Eingangstür stand offen; im Spiegel sah er das Türschild mit dem symbolischen Stethoskop.

Hermann Dik hörte schon seit langem auf den Namen Doc. Er wollte sein Werkzeug nicht gleich an den Nagel hängen, erst irgendwann später.

Die Kollegin, mit der er die Praxis teilte, residierte im großen Zimmer; sein Sprechzimmer hieß der Schlauch. Tür auf, einer raus, einer rein, TagHerrDoktor.

An guten Tagen war es wie früher als Junge; er war wieder Krämer im Kaufmannsladen. Der kleine Manni schob ein paar Dinge von einer Seite zur anderen, schepperte mit der Kasse und rief ins Nichts: Was darf es heute sein? Sein Laden war gut sortiert, es gab in kleinen Schachteln Reis und Reißzwecken, Salmiakpastillen und Murmeln; unter der Theke auch Zeichnungen nackter Menschen, die er nur schwarz und teuer verkaufte. Die große Schwester sah sich seine Waren naserümpfend an und verlangte fangfrischen Butt oder, als Einbrecher und bewaffnet, wirkliches Geld in wirklichen Münzen. Nur seine Großmutter war eine gute Kundin. Was darf es sein? Selbstverständlich haben wir hier 1-A Schmerztropfen für Sie!

Doc war bei seiner Arbeit konzentriert aufs Hier und Jetzt. Sein Laden brummte jahrzehntelang. Er war kein netter Arzt aus einer Fernsehserie, aber er galt als gut. Seine Tage waren eng getaktet und er spurte. Sah Patienten genesen und welken, klopfte sie ab, säuberte Wunden, füllte großzügig Krankenscheine aus. Er hatte nie Zeit, doch manchmal nahm er sie sich; schiente das Bein eines Dackels und führte lange Gespräche, bis die Sprechstundenhilfe Christine von draußen rief: Weitermachen, Doc!

*

Als Kind lernte er in der Kirche: Der Leib war sündig und musste zum Tempel Gottes werden oder verderben. Er faltete die Hände so wie alle anderen und sagte Amen.

Er wollte nicht mehr in die harte alte Zeit zurück.

Das Reden wurde mild und lebensfroh. Unsere Gesundheitskasse bietet Spitzenmedizin mit Hightech und mit Herz. Wir werden regelmäßig durchgecheckt und sammeln Bonuspunkte. Wir gehen abertausend Schritte täglich. Weißt du, wieviel Sternlein stehn am Himmel? Mein Körper gehört mir und Eigentum verpflichtet.

Die Menschen in Docs Praxis waren sterbliche Leiber, Körper, bodies oder Datensammlungen. Er verbrachte viel Zeit am Rechner beim Dokumentieren. Gott zählte jedes Haar auf jedem Kopf, blickte in jedes Herz und konnte restlos alles sehen. Menschen strampelten sich damit ab, die Technik nachzurüsten. Der pharmazeutische Vertreter öffnete die Schatzkiste und pries den neuen Betablocker.

Docs Assistentinnen beherrschten Arbeiten, die früher in sein Revier gefallen waren. Er sagte sich, du bist kein Wildhüter. Er litt unter dem Zwang, sich selbst beim Denken zuzuhören.

*

Was der Mensch den lieben langen Tag daherfaselt. Wer sagte Doc, dass seine Tage lieb waren? Sie waren kurzweilig, weil sie vielfach gegliedert waren. Frühstück, der Weg zur Praxis als erster Spaziergang, Sprechstunde, Mittagspause, Sprechstunde, Hausbesuche, Altenheimbesuche, Fußweg nachhause als zweiter Spaziergang. Seine Frau Lucy war schon lange tot, und nach vergeblichen Liebesmühen kam er allein zurecht: In der Freizeit gab es Freundschaften und Fachlektüre; er hatte sogar eine Katze.

Seine Eltern waren auch nach der Arbeit immer beschäftigt gewesen: Der Garten brauchte sie, die Feuerwehr war Ehrensache und im Chor sang man zum Lob des Höchsten. Doc selbst hasste Gartenarbeit, hatte die Jugendfeuerwehr beizeiten verlassen und auch der Kirche den Rücken gedreht.

Hobby, das war ein Ausdruck für Briefmarkensammler aus alten Zeiten. Die schwungvolle Work-Life-Balance klang nicht viel besser. Work war das eine, in seinem Fall die Praxis. Sie sollte sich ins Ganze einschmiegen. Life wie Vogel Greif, wie Sternenschweif, wie wife. Doch es gab kein Weib und kein Kind, keinen Kegel, die Liebe war tot, sein life war steif, es reimte sich nicht.

Wörter konnten ihm den Buckel runterrutschen. Er war kein armes, buckliges Männchen; er und seinesgleichen waren gesuchte Leute.

Freuden der Pflicht. Eng bemessene freie Zeit. Beim Frühstück hatte er gelesen: Die Volkshochschule bot für Männer Whiskey-Kurse an und Grundlagen des Motorsägens. Er sah schon, wie sie in seine Praxis torkelten, stinkend und blutüberströmt. Er beschwor sich: Du bist ein heiteres Gemüt. Du ergreifst jeden Vorwand, um deine sonnige Seele zu kitzeln. Das ist die Wahrheit und nichts als die Wahrheit. Sein Leben mochte steif sein oder reif, oft überreif und sicherlich begrenzt, aber wenn ein Gedankenblitz ihn amüsierte, lächelte er in sich rein.

Dann breitete ein Schatten seine Flügel aus und flog über ihn hin.

*

Doc war ein Anhänger der Häubchen-Theorie: Im Teich stand Vogel Storch und spähte. Stakste voran, stach mit dem Schnabel zu, fischte ein Kind aus dem Wasser. Die Teichkinder trugen auf ihren haarlosen kleinen Schädeln Häubchen; die waren dunkel, mittlel oder hell gefärbt und mehr oder weniger reich bestickt. Jeder Mensch trug seit der Teichzeit sein eigenes Häubchen, war mit einem eigenen Wesen ausgestattet, an dem sich im Grunde nichts ändern ließ. Daher gab es Schattenexistenzen, leuchtende Gemüter und dazwischen allerhand Gemischtes. Der Vogel fischte Menschenwesen aus dem Teich und setzte sie in irgendeiner Zeit an irgendeinem Ort bei irgendwelchen Leuten ab. Nun ging es los: Man konnte allerhand versuchen und sich öffnen. Man konnte lernen, man konnte Freundschaft und Liebe finden, man konnte zur Decke oder zur Sonne fahren. Man kämpfte gegen Widerstände und fand Beistand, man erlebte Überraschungen und wurde überhaupt nicht fertig mit der Welt, aber das Häubchen saß fest. Da half kein Gewese, auch kein Getue. So viel zur Freiheit.

Die Welt war eine Kugel. Die Erde bestand aus Schichten. Überall lagen menschliche Überreste aus allen Zeiten. Archäologen knieten in der Erde und pinselten Staub. Manchmal fanden sie auf den Totenschädeln Fetzen von Stoff, doch deren Herkunft blieb für die Wissenschaft ungeklärt. Die Häubchen-Theorie war unbewiesen. Doc war keiner ihrer Fans, kam aber auch nicht davon los.

*

Sein Tag begann mit Ritualen: Nach dem Rasieren wünschte er seinem Spiegelbild einen guten Tag. Er rührte einen Löffel Leinsamen in den Joghurt und aß danach ein Schwarzbrot mit Quark, exakt in sechs Stückchen geschnitten; schon gab es eine Struktur. Ohne Routinen verlottert der Mensch. Jeden Tag trug er der Katze auf: Lass keine fremden Männer ein. Und jeden Tag fürchtete er sich vor der Nacht.

In der Praxis drängte er sich am kundenumlagerten Tresen vorbei; er sah im Spiegel sein altes Gesicht und hörte das alte Lied:

GemeinschaftspraxisDoktorSusanneBaumgartenundDoktorHermannDikmeinNameistChristineOhlersenwaskannichfürSietun.

Christine hatte vier Augen, vier Ohren, vier Hände und Flügel. Sie konnte besser Blut abnehmen als Doc und Susanne. Aber sie leerte gern das Wartezimmer: Wenn beide schon hofften, die Luft sei rein, sahen sie die Patienten im Labor und im EKG-Raum schmoren. Christine trug seit der Brustkrebs-Operation ein Tattoo auf dem Arm: Cthulhu war ein interstellares Wesen, das keinem Naturgesetz unterlag. Es hatte einen humanoiden Körper und Tentakeln auf dem

Kopf. Christine trug diese finstere Gottheit als Beistand gegen den Krebs, denn Gift wird mit Gift bekämpft. Sie schwärmte für Sci-Fi und Horror. Wenn sie von mythischen alten Welten, wahnsinnigen Wissenschaftlern und zeitreisenden Gehirnen sprach, besah Susanne Baumgarten sich ihre Fingernägel.

Wieder hatte die neue Azubi vergessen, das Ultraschallgerät anzustellen; so kam auch heute der erste Stau von Patienten zustande.

Die alte Frau Klintforth war lang nicht mehr in der Praxis gewesen. Sie trug den Sonntagsstaat, den es längst nicht mehr gab; sie trug den Arztbesuchsstaat: scharf gebügelte Bluse, ehrbare Brosche, Hose mit praktischem Dehnbund für die Senioren. Er fragte, wie geht es Ihnen? Sie fand, ihr Terrier gab Grund zur Sorge: Schagan war immer wild auf Wurst, jetzt macht er lange Zähne. Vielleicht liegt es am Alter. Sein Bauch ist manchmal hart, obwohl mit der Verdauung alles stimmt.

Früher hatte Doc sie manchmal unterbrochen: Jetzt zu Ihnen.

Zsuzsanna Gahse

AN DER MURG

Manu ist wieder da.

Nur langsam, sagt sie.

Also setzen wir uns auf der Böschung neben der Brücke ins Gras und schauen zur Murg hinab und über den kleinen Fluss hinweg.

Derzeit ist er noch niedriger als sonst.

Auf einer Bank jenseits der Murg sitzt eine Frau in Blau. Sie ist blass, jung und schaut zu den Wolken hinauf.

Die Frau in Blau, die vor einigen Stunden auf der Bank saß, sah aus wie ein Gemälde von früher. Ein Frauenporträt.

Neben einer Frau in Blau im abgetragenen Kleid sitzt ein Mann. Er ist ihr Sohn, ihr Nachbar oder ihr zukünftiger Mitbewohner.

Der Mann steht auf und geht, ohne zu grüßen.

Er hat ihre Armbanduhr gestohlen. Vorher habe ich die Uhr deutlich gesehen, jetzt ist sie fort, nur hat sie den Verlust noch nicht bemerkt.

Sie schlendert am Fluss entlang. Die Murg hat kaum noch Wasser.

Die Frau in Blau (Indigo) ist Fußballspielerin der französischen Regionalmannschaft, zu Besuch an der Murg.

Sie hat lange Haare, mit den französischen Nationalfarben zu einem Pferdeschwanz zusammengebunden.

Fußballspielerinnen haben lange Haare.

Später sitzt eine andere Frau auf der Bank, eine entspannte Person mittleren Alters in Bluejeans. Sie isst eine Laugenbrezel.

Besser gesagt hat sie gerade in eine Laugenbrezel gebissen, springt aber sofort auf

und räumt ihren Platz für eine attraktive Üppige, die außer sich ist, was sie durchaus nicht verheimlicht.

Sie trägt einen dunkelblauen Hut mit Krempe, ihr weites Kleid ist azurblau, die Sandalen türkis.

Sie könnte einem Bild Noldes entsprungen sein, sage ich.

Nolde hin oder her, meint Manu. Sie ist einem Bild entsprungen.

Azur und Türkis nebeneinander könne sich jeder vorstellen, sagt sie.

Wir sitzen an der Murg, wieder ist die Bank drüben besetzt.

Nixen sind nicht aufgetaucht, weil es sie nicht gibt und weil sie bei dem niedrigen Flusspegel keinen Platz hätten.

In den versandenden Wasserläufen gibt es grundsätzlich keine Nixen.

Sandbänke in der Murg, und selbst in der Thur tauchen streckenweise Sandinseln auf.

Sommerinseln gibt es dieses Jahr in den meisten Flüssen.

Die Frauenfelder Murg fließt in die Thur, die Thur in den Rhein, der Rhein in die Nordsee, und diese Flusslinien mit ihren Wasserverbindungen könnte sich jeder endlos vorzustellen versuchen, entweder aus der Erinnerung, falls man die Mündungen und den Verlauf der Flüsse kennt, oder mithilfe von Atlanten oder Apps. Der Flusstourismus, die Fjordreisen und auch die Hochseefahrten hängen am Ende mit solchen Suchereien zusammen, auf den Schiffen sind Neugierige unterwegs, so könnte es sein. Hingegen hat die Murg mit Schiffen nichts zu tun. Interessant sind die Brücken und Stege. Insgesamt gibt es achtzig Überführungen, gut ein Drittel von ihnen in Frauenfeld. Wir hocken rechts vom breiten Steg nahe dem Bahnhof. Viele setzen sich bei der diesjährigen Trockenheit einfach ins Gras, aber wir haben uns vor kurzem Klappstühle besorgt, mit denen wir sogar durch die Stadt ziehen und beliebig Pausen einlegen, die zu unserer Langsamkeit passen.

Nichts als sonnige Tage. Höchstens Quellwolken. Schleierwolken.
In einigen Gegenden Feuergefahr.

Am Nachmittag taucht die Welsche auf. Vom Bahnhof her kommt sie auf die Fußgängerbrücke zu.

Es ist nicht wirklich zu erkennen, dass sie eine Welsche ist, und dass sie keine Hiesige ist, sieht man ihr nicht unbedingt an.

Welsch ist eine somnambule Bezeichnung.

Womöglich hat sie eine eigenartige Sprache.

Wieder hat sie ihre Schirmmütze ins Gesicht gezogen, ihre Jacke ist lang, die Hose ist lang.

Am ehesten zu erkennen ist sie an ihrem Gang. Sie tritt kaum auf, tritt nur leicht auf.

Auch dieses Mal taucht sie am Ende der Bahnunterführung auf und bleibt wenige Schritte weiter entfernt vor dem Kino stehen.

Dieses Kino ist ein architektonisches Kleinod, eine Köstlichkeit,
kleine Kostbarkeit, mir fällt kein besseres Wort ein,

jedenfalls ist das Kino gleich im Eingangsbereich einladend, die Kasse ist zugleich eine angenehm ausgeleuchtete Bar,

weiter hinten gibt es eine Sitznische mit roten Wänden, und zwei Säle hat das kleine Filmtheater.

Die Welsche bleibt draußen stehen und betrachtet die Plakate, nachher geht sie meist zur Unterführung zurück.

Sobald am Bahnhof ein Zug hält, kommen rudelweise Leute durch die Unterführung und verteilen sich schnell.

Oben auf dem Bahnhofsvorplatz werden die Aussteigenden mit Autos abgeholt, oder sie eilen zu den Busstationen.

Dort oben am Platz gibt es mehrere Lokale, unter anderem eine Kneipe, die ich Bistro nenne.

Im Bistro befinden sich unter den Gästen auch Schmugglerinnen, und genau genommen würde jeder und jede gerne schmuggeln.

Schmuggeln ist Ansichtssache.

Zweimal habe ich die Welsche im Bistro angetroffen. Das zweite Mal saß ein alter Mann an ihrem Tisch.

Trotz der Hitze trug er einen Popelinemantel und sah damit aus wie ein klassischer Ermittler.

Wobei ich mich auch als verdeckte Ermittlerin sehe.

Gerade in dieser Hinsicht gehören Manu und ich zusammen. Wir ermitteln auf je eigene Weise.

Wir ziehen mit unseren Klappstühlen durch die Stadt und schauen uns um.

Dabei sehen wir den Wetterstillstand.

Davon später mehr. Dieser Satz ist ein Zitat.

Darüber wäre noch viel zu sagen – das ist ebenfalls ein Zitat.

Nur Geduld, später werde ich mehr verraten, könnte ich meinerseits sagen.

Das Thema ist nicht verloren, auch was den Wetterstillstand anbelangt.

Der alte Herr, der neben der Welschen saß, trank einen Kaffee, und sie schob sich Pommes frites mit den Fingern in den Mund.

Mir brachte die kleine Kellnerin einen Espresso, und ich zahlte gleich.

Sie lächelte und wollte etwas sagen, ging aber weiter.

Ich kenne jemanden mit dem Gang dieser Kellnerin, Schritt für Schritt die gleiche Bewegung. Mit wem vergleiche ich sie?

Ständig die Ähnlichkeiten!

Sind bei Ähnlichkeiten die entscheidenden Unterschiede zu beachten oder die Gemeinsamkeiten?

Die kleine Kellnerin hat lange seidige Haare und dunkle Augen.

Zwei Kobolde sind ihre Augen, wie fast alle Augen Kobolde sind.
Kleine Wichte.

Patricia Görg

SCHWERE WELT

Christophorus und der Fortschritt

1

Ein Knäblein, Jesuskind genannt, kam auf seiner Reise an einen Fluss. Der war tief – zu tief für einen Knaben. Es schaute sich um: ausgebreitet das menschenleere Panorama aus Felsen und Wasser; einzelne Gewächse ohne Namen; ein Blau, das in den Himmel übergeht, dabei Wellen wie Locken trägt; Stille, in der sich nur die Erdschollen unmerklich bewegen. Noch ohne Zentralperspektive schwimmen die Dinge im karg möblierten Raum. Sie sind groß oder klein, je nach ihrer Bedeutung.

»Ist da keiner?«, rief das Kind.

Da erhob sich ein gutmütiger Riese aus dem Boden, wuchs turmhoch auf.

Schon kniete der Knabe auf dessen Schultern, kaum wissend, wie er dort hingekommen war. Und eine Bilderflut brach los, jenes Motiv unzählige Male variierend, während der Riese gehorsam wie ein Reittier ins Wasser stieg.

Die Heiligenscheine der beiden Figuren, aus punzierten Goldplättchen, beleuchten die Szene. Seiner Zukunft wegen wirkt das Jesuskind ziemlich ausgewachsen. Es schlägt die Augen nieder, erfüllt seine Mission: gewichtig sein.

2

So vergeht die Zeit. Allmählich trübt sich alles ein. Als die Spätgotik sich dieser Geschichte annimmt, ist der Christusträger Christophorus schon bis über die Hüften in einem melancholischen Strom versunken. Ganz entfernt stehen Fischer in ihren Booten. Der bräunliche, zum Horizont hin silbrige Wasserspiegel liegt so weit und ruhig, dass er die Felslandschaften der Ufer wiederholt. Nur rund um Riese und Kind zittern leise, konzentrische Druckwellen, entfalten einen Moment, der nicht länger legendär, sondern menschlich ist. Der bärtige Mann lächelt. Sein obligatorischer roter Mantel umschwimmt ihn, zur Hälfte vollgesogen mit Wasser. Wie immer stützt Christophorus sich auf einen gewaltigen Stecken. Vom Knotenstock bis zum belaubten Baumstamm sind schon sämtliche Versionen durchgespielt, sogar einen Gabenbaum, vollgehängt mit Gebratenem, Gesottenem und einem Bocksbeutel, gab ein Volkskünstler einst dem Riesen in die Pranke – doch noch niemand hat den Stab so gezeigt: angebrochen. Das Holz biegt sich durch, verliert seine Kraft. Dies ist natürlich die

Macht des Jesuskinds. Am anderen Ufer beleuchtet ein frommer Einsiedler die Szene mit einer Laterne, hinter ihm ragt eine Kirche auf.

Dorthin zielt die Reise. Das Kind, außer seiner erhobenen Segenshand bar jeden Herrschaftszeichens, klammert sich an die Haare des Mannes. Beide schauen gedankenverloren, sind Gäste des Wassers, das an seinem Rand einen schönen einzelnen Kalmus nährt.

Der Übergang, hier ist er ein Innehalten. Felsen wie Strom assistieren, während Riese und Knabe inmitten stiller, konzentrischer Ringe sind.

3

Erst die Renaissance macht dingfest, worum es geht. Zwar unterstützt sie Christophorus, welcher gerade mit wallenden Gewändern das Ufer ersteigt, durch einen ganzen ausgerissenen Baum als Wanderstab, bürdet ihm aber ohne Frage etwas auf, was ihn bezwingt. Feist steht auf den Schultern seines Landsknechts der kleine Herrscher der Welt, pflanzt ihm die Siegesstandarte mit Kreuz auf den Schädel, reißt mit der anderen Hand an seinen Locken, um sich oben zu halten, wird dabei umhüllt vom Himmelsglobus, der gewaltiger als jeder Heiligenschein die Verhältnisse klärt. Herr über Sternzeichen und Erdenlandschaften, lenkt das Figürchen, dessen Babyspeck Signum eines bald anbrechenden Zeitalters ist, das Tragtier mit rotem Mantel. Hier zeigt sich, was früher nur angedeutet wurde: Die Last des Neuen.

Von Christophorus' Gesicht, fast völlig verdeckt durch den Arm, der den Baumstamm hochhält, ist nur ein Auge sichtbar. Da er im Unterschied zu seinen Vorgängern von links nach rechts den Fluss gequert hat, also in der Richtung von Geschriebenem, ahnt er das Weitere: Für ihn leuchtet er letztlich nicht, der fackeltragende Fromme, im Hintergrund auf des Imperators Ankunft wartend. Christophorus erreicht kein rettendes Ufer.

Dem Boden entwachsen, eine Elementarmacht, wird er überwunden durch den, der nur scheinbar auf Erden wandelt, in Wahrheit aus höheren Sphären stammt.

Ein Riese trägt ein tonnenschweres Kind.

Ins Bild gesetzt ist der Stabwechsel: Das Holz entlaubt sich, wird zum Kreuz.

4

Haben wir nicht auch die Zukunft auf unseren Schultern – als niederdrückende Ungewissheit, was aus uns wird?

Wieder und wieder muss das Alte das Neue über den Fluss tragen, muss sich beugen unter dem triumphalen Gewicht. Dabei spiegelt sich die Beharrungskraft verschwommen im Wasser, gaukelt sich selber vor, noch Herr der Lage zu sein, verdrängt in chtonischer Gemütsruhe solche Drohungen wie Heilsplan oder Geschäftsklima-Index. Alles scheint, wie es immer war: Erde, Himmel und gelockte Wellen, durch die jemand einen Weg bahnt. Zuerst wirkt das Getragene so hilflos wie ein Knäblein, doch dann hat es uns bald im Griff, dirigiert uns dorthin, wo wir unseren vom Durchqueren der Strömung schweren nassen Mantel auswringen, man uns nicht mehr braucht.

Riesenhaft ist die Unterwerfung unters Kommende. Jedes Säkulum liefert das nächste aus, überanstrengt und ausgebeutet wie ein Paketbote.

5

Oder war alles ganz anders?

Der Knabe, längst kein Wickelkind mehr, hatte gerade einen Wald gleichmäßig gestutzter Bäume durchquert, als sich die Hügellandschaft wieder öffnete. Er setzte sich nieder und schaute zurück. Noch sah der Wald ihm nach, streckte eine wilde, witternde Schnauze zwischen den Stämmen hervor. Der Knabe hob eine begütigende Hand beim Anblick der Teufelsschnauze, lächelte leicht und zog die Schuhe aus. Sein rotes Gewand leuchtete auf blankem Fels. Vor ihm floss ein hellgrün schimmernder Fluss, im Bogen aus den Hügeln kommend. In der ganzen aufgeräumten, abgeschmirgelten Gegend hörte man nur den Ruf eines weit entfernten Vogels beim Wegfliegen. Nichts Schroffes. Behutsam schwang der schattenlose Raum um sich selbst.

Der Reisende war ausgesetzt, aber nicht verlassen, denn dort sitzend war er gleichzeitig schon im zukünftigen Moment, in dem ein freundlicher Mann ihn hochgehoben hatte und schulterte. Die beiden wanderten flussabwärts, mit der Strömung, die kristallklar die Knie des Mannes umspielte. Er trug sein rotes Übergewand aufgebunden, damit es nicht nass würde, schaute sinnend aus seinem Heiligenschein, während die Füße das Flussbett spürten und seine Schulter das vertrauensvolle Fliegengewicht seines neuen Freundes.

Sano di Pietro hat sich im 15. Jahrhundert diese Alternative ausgemalt, getaucht in die zärtlichen Pastelltöne der Sieneser Schule.

Er platzierte am anderen Ufer ein zweites halbdunkles Wäldchen, mit einem Tier darin, dessen Schnauze fehlt, die also, abgeschnitten vom Bildrand, jene sein könnte, die dem Knaben anfangs begegnete – was hieße, dass es ganz gleich ist, auf welcher Seite der Landschaft man lebt, weil sie stets einen Kreis schließt.

Die beiden im Flussbett kümmern sich nicht darum, sind gemeinsam unterwegs aus dem Bild.

Jochen Schimmang

Und jetzt schon in der Mediathek

Einige Krümel aus einem *work in progress*

Anfangsfinder Wäre er ein Ding, wäre er vielleicht der Anfangsfinder einer Cellophanverpackung, oder der Stopper für eine Vorhangschiene. Eventuell auch ein Türschlossenteiser oder ein Lesezeichen. Etwas in bescheidenem Rahmen Nützliches jedenfalls. In gewisser Weise unverzichtbar, solange unsere Gattung existiert. Der Rest der Welt, der unsere Gattung überleben wird, braucht weder Anfangsfinder noch Stopper, weder Türschlossenteiser noch Lesezeichen.

Wäre er ein Tier, gehörte er einer Gattung an, die einen langen Winterschlaf hält.

Das Imaginäre, mobil: nautisch Er liebt die Phantasie, als Mitglied der Crew – Gastronomie, Technik, Einweisung der Fahrzeuge auf die Parkdecks – auf einer Fähre zu arbeiten, idealerweise Norddeich – Norderney – Norddeich, ein Traum vom gleichmäßigen Pendeln zwischen Festland und Insel, das er sich besänftigend vorstellt; ein Nomade zwischen Wasser und Land. Wo würde er sein Lager aufschlagen, jenseits der Arbeit? Auf dem Festland, das ihn mit dem ganzen Land verbindet, auch wenn das vollständig in seinem Rücken liegt? Oder auf der Insel selbst, die ihn vorm Rest des Landes zuverlässig schützen würde? Er weiß, dass die Frage sich leider von selbst beantwortet, denn auf der Insel gibt es für Menschen seiner Einkommensklasse keinen Wohnraum mehr.

Das Imaginäre, mobil: terrestrisch Das terrestrische Pendant dieser Phantasie ist das des Kurierfahrers, der täglich eine bestimmte Strecke fährt und auf der Rückfahrt immer an demselben, mit *Les Routiers* gekennzeichneten Gasthaus an der Straße haltmacht. Das geht auf eine längst vergangene, süddeutsche Periode seiner Erwerbsbiografie zurück, als er zusammen mit einem Freund und Kollegen dreimal wöchentlich etwa 200 Kilometer (hin und zurück) zwischen Wohnort und Arbeitsort pendeln musste. Trügt ihn seine Erinnerung? *Les Routiers* in Deutschland? (Allerdings im Südwesten.) Der Stopp im

Lkw-Fahrer-Restaurant war jeweils das Leuchtfeuer des gesamten Tages. Der Freund (seit Schulzeiten) ist nun schon Jahre tot.

Im Gegensatz zu damals, wo ihrer beider Arbeit pädagogischer Art und mit viel Kommunikation verbunden war, wäre diese beim Arbeitstag des Kurierfahrers sehr reduziert. Es geht ums Ein- und Ausladen, ums Unterschreiben, ein paar Worte Smalltalk, weitgehend standardisiert. Das kommt seiner semi-autistischen Grundverfassung entgegen.

Das Imaginäre, stationär Das stationäre Phantasma versetzt ihn in die elegante Geschäftslage einer kleinen Großstadt. (Großstadt = jede Stadt ab 100 000 Einwohnern, nach der Definition der Internationalen Statistikkonferenz von 1887.) Dort betreibt er, flankiert von einem Juwelier links und einem »exklusiven« Herrenmodegeschäft rechts, einen Schreibwarenladen. Man kann dort keine einfachen Schreibblöcke, Ringhefte oder Kugelschreiber kaufen, wohl aber Briefblöcke mit Büttenpapier, selbst einzelne Bögen mit den dazu passenden Umschlägen. Man kann schön gebundene Bücher (nicht Hefte) in verschiedenen Formaten kaufen, mit Lesefaden, liniert, kariert und blanco, aber keine Rechnungsbücher oder Kalender: Der Laden ist kein Bürofachgeschäft. Dagegen führt er das Füllfedersortiment zweier führender Unternehmen aus Hannover und Hamburg, die Bleistiftsortimente aus Nürnberg und Stein (Mittelfranken), hochwertige Kugelschreiber und passende Lederetuis, etwa von Treuleben.

Im Laden herrscht angenehmes Halbschattenlicht, einerseits nicht die düstere Schwere früherer Kontore, andererseits nicht die gläserne Helle und platte Transparenz neuerer Einkaufspassagen. Es ist selten, dass die zweistufige Ladenklingel (ein absteigender, sonorer Glockenton) ertönt und jemand seinen Laden betritt, meist eine Einzelperson. Bis dahin sitzt er vielleicht in dem kleinen Verschlag, der ihm als Büro dient, und liest; manchmal nimmt er einen kirschfarbenen oder grünen Bogen aus seinem Angebot edler Papiere und einen weichen Bleistift und beginnt zu kritzeln, eine Mischung aus Schrift und Bild; im banalsten Fall macht er seine vierteljährliche Umsatzsteuervoranmeldung. Die Einzelperson, die sein Geschäft dann betritt, weiß in der Regel ungefähr, was sie will; sein Laden ist keiner, in dem Leute sich »einfach mal umschauen wollen«. Ein Herr erwirbt fünf einzelne, verschiedenfarbige Briefbögen und die dazu passenden Umschläge. Eine Stunde danach kommt eine junge Frau, eine Studentin vielleicht, und wendet sich gezielt den Büchern der Leuchtturm-Reihe zu, bis sie ein 250-Seiten-Blanko-Exemplar in der Farbe Puder gefunden hat. So lange hat sie danach gesucht, erzählt sie ihm beim Bezahlen, und nur hier konnte sie es finden.

Die kleine Großstadt, in die ihn sein Phantasma versetzt, ist anfangs unbestimmt, stellt sich aber nach kurzer Zeit immer deutlicher als Grenoble heraus. Ihr liegt offenkundig eine Erinnerung an einen Nachmittag vor dreißig Jahren zugrunde, als er gegen Ende einer mehrwöchigen Frankreichreise dort angekommen war, die Lavendelgerüche eines völlig überlaufenen Touristen-Bazars namens Saint-Remy-de-Provence hinter sich lassend. Es ist die eleganteste, zivilisierteste Stadt, die er auf dieser Reise gesehen hat; selbst die Augustsonne schien hier nachsichtiger zu brennen als in Sète, aus dem er mittags vor den Gerüchen von Fisch und Sonnenöl geflohen war. Er ging über die Boulevards des Zentrums und nahm auf der Terrasse eines »einladenden« Cafés Platz: Dieses von ihm verabscheute Klischeewort schien ihm an diesem Ort völlig angemessen. Dann ging er weiter und stand unvermittelt vor dem Geburtshaus von Stendhal, das nun zum *Musée Départemental de la Résistance et de la Déportation* geworden war. Er trat ein und verließ es eine halbe Stunde später unter Tränen, fort aus der Barbarei und zurück in die Straßen der Zivilisation, die ihn so glücklich gemacht hatten.

»Es ist niemals ein Dokument der Kultur, ohne zugleich ein solches der Barbarei zu sein.« Er hat damals bestimmt nicht an Walter Benjamins berühmten Satz gedacht, aber dieser gab seine Lage wieder. Er hat dann zielsicher, ohne sie zu suchen (genau wie bei Stendhals Geburtshaus), die Universitätsbuchhandlung gefunden und dort in der strengen weißen Reihe der *Editions de Minuit* Robbe-Grillets nicht nur ersten, sondern mit Abstand auch besten Roman *Les Gommes* gekauft: Ödipus an der Küste, vielleicht in Brest, Cherbourg oder Dieppe.

Medial Das Webportal, das er nutzt, bietet seit Monaten täglich den *Ukraine-Krieg im Liveticker.* Er nutzt das Angebot ebenso täglich und ergänzt für sich im Stillen: »und jetzt schon in der Mediathek.«

Bei den Nachrichten über die verheerenden Waldbrände in Südwestfrankreich denkt er: gut, dass Roland Barthes das nicht mehr erleben muss. Der Gedanke ist absurd, denn R. B. wäre inzwischen 107 Jahre alt. Aber er denkt an das Haus in Urt und an *Bayonne, Bayonne, ville parfaite.* Dies soll geschützt bleiben.

Früher Morgen Hannah Arendt fordert ihn auf, über einen nicht sehr hohen blauen Kasten zu springen. Er folgt ihrer Aufforderung lustlos, aber erfolgreich. Nach dem Erwachen versteht er sofort. Sie verordnet ihm *vita activa*, und er hat (noch) nicht den Mut, zu antworten: »Ich möchte lieber nicht.« Offen bleibt nur die Frage, warum der Kasten blau ist.

Dezember 1989 Er weiß nicht mehr, welche Nachricht ihn damals tiefer beeindruckt hat: die vom Sturz und der anschließenden Hinrichtung der Ceauşescus oder die vom Tod Samuel Becketts.

Unwetternovelle Am 29. Juni 2017, einem Donnerstag, checken seine Frau und er aus einem Hotel in der Berliner Chausseestraße aus, um sich auf den Weg zu guten Freunden in der Charlottenburger Friedbergstraße zu machen. Am Abend zuvor hat er eine Veranstaltung im nahen Brecht-Haus bestritten, und sie wollen nun noch ein oder zwei Tage bei dem befreundeten Paar verbringen, nicht zum ersten Mal. Als sie mit dem Auto das Parkhaus verlassen, fallen erste große Tropfen, deren Tempo und Dichte sich sehr schnell steigert, so dass der Scheibenwischer auf die höchste Stufe gestellt werden muss. Die Weiterfahrt gestaltet sich immer schwieriger, aber sie schaffen es immerhin, bis nach Charlottenburg durchzukommen und sogar einen Parkplatz auf der linken Straßenseite zu finden, mit Blick auf das Haus Nummer 26, das ihr Ziel ist, zwei Minuten Weg über die Straße. Als sie die Autotüren öffnen, müssen sie feststellen, dass es nicht möglich ist auszusteigen, ohne bis weit über die Fußknöchel im Wasser zu stehen. Sie schließen die Türen wieder und beobachten eine Frau, die sich durch die immer weiter anschwellenden Wassermassen bis zu ihrem Hauseingang durchkämpft. Sie besprechen die Lage. Dann ruft er in der Wohnung an, schildert die Situation und erklärt den gemeinsamen Entschluss, auf direktem Wege nach Hause zu fahren, so weh es ihnen tut. Sofortiges Verständnis und der dringende Rat, so schnell wie möglich die Hauptstadt zu verlassen. Das ist nicht einfach, Teile der A 10 stehen bereits unter Wasser und sind gesperrt, aber es gelingt schließlich, und es folgt die Fahrt auf der A 24 durch Teile Brandenburgs und Mecklenburgs, ohne dass die Himmelsfluten nachlassen. Die Sichtverhältnisse bleiben miserabel. Ein kurzer Aufenthalt auf der Raststätte Walsleben endet damit, dass sie durchnässt ins Auto zurückkommen. An der Landesgrenze zu Schleswig-Holstein, der ehemaligen Grenzübergangsstelle (GÜSt) Zarrentin, hört der Regen prompt auf.

Dies ist eine wahre Geschichte. »Weh dem, der Symbole sieht!« (Samuel Beckett, Addenda zu *Watt)*

Schrecken der Geselligkeit Er beginnt schnell zu fremdeln, wenn mehr als höchstens vier (besser drei) Personen zusammen sind und Kommunikation betreiben: Essenseinladungen, Vernissagen, gemeinsame Runden nach Veranstaltungen, Eröffnungen von was auch immer, Jubiläumsfeiern, Geburtstage, kurz, alles was unter die Rubrik Geselligkeit fällt. Nicht aus Misanthropie, die ihm fremd ist, denn er glaubt, dass die Mehrzahl der Menschen ganz in Ordnung und sogar lieb ist. Die Leute, wie er sie gern nennt.

Die Geselligkeit entfaltet ihre Schrecken für ihn in dem mit zunehmender Zeit wachsenden Gefühl, dümmer zu werden als an ihrem Beginn und nichts Intelligentes mehr sagen zu können. Für die anderen Teilnehmer dieser Geselligkeit – glaubt er – ist das nicht schlimm, weil für die Kommunikation die Übereinkunft gilt, dass es um die Rede selbst geht, nicht um das Was. Das hindert ihn im Laufe eines Abends (der Abend = Zeit der Geselligkeit) entweder mehr und mehr, überhaupt etwas zu sagen, und er würde am liebsten in der Manier der Cheshire-Katze verschwinden. Oder aber, er »reißt sich zusammen« und nimmt an der Konversation lebhaft teil, wobei er sich besonders um *esprit* bemüht. Diese Anstrengung führt dann regelmäßig zur totalen Erschöpfung, wenn die Geselligkeit vorüber ist. Dagegen kann er ohne Weiteres mit Lust über Stunden ein Gespräch zu zweit oder dritt führen.

Ist das soziophob? Er würde das bestreiten, denn er fühlt sich auf den Rängen im Fußballstadion ebenso wie im Dunkel des Kinos sehr wohl.

Lebenssatz Es wird in den frühen Siebzigerjahren gewesen sein, als ihm der schönste Satz seines Lebens begegnete. Schlank, elegant, nicht auftrumpfend und vollkommen. Friedvoll außerdem. Er hat ihn in der *filmkritik* gelesen, die damals die avancierteste deutsche Filmzeitschrift überhaupt war, so etwas wie die *Cahiers du Cinéma* für Deutschland (West). Es könnte sein, dass er ihn im Café Bleibtreu in Westberlin gelesen hat, das damals sehr neu war und das heute noch existiert: Charlottenburger Beharrungsvermögen. Der Satz – in welchem Kontext, welchem Essay er auftauchte (die *filmkritik* brachte viel mehr als Filmkritiken), weiß er nicht mehr, er meint aber, dass es ein erster Satz war – der Satz also hieß: »In Basel gingen wir einer sauberen Arbeit in geschlossenen

Räumen nach.« Einen schöneren hat er nie mehr gefunden, er will es auch nicht. Und die größte Angst ist die, herauszufinden, warum ihn dieser Satz bis heute so verzaubert: was er über ihn selbst aussagen könnte, was er »bedeuten« könnte. Wunschbiografie? Geborgenheit? Uterus? Thanatos? Halte dich fern, Analyse!

Im Kino bleibt für ihn die schönste Satzsequenz eine Szene aus Jean-Pierre Melvilles *Le deuxième souffle* (*Der zweite Atem*), 1966. Inspektor Blot, wunderbar personifiziert durch Paul Meurisse, stellt dem aus dem Knast ausgebrochenen Altgangster Gustave Minda, genannt Gu (Lino Ventura), endlich erfolgreich eine Falle. Nach dem Coup sagt Blot zu seinen Mitarbeitern: »Ich danke Ihnen, meine Herren, das hat ja sehr schön geklappt. Endlich hat mal was geklappt.« Diese tiefe, durch den begleitenden Sarkasmus von allem Pathos befreite Befriedigung über eine gelungene (Männer-)Teamarbeit, über erfolgreichen Professionalismus, amüsiert und rührt ihn zugleich so sehr, dass er gern Teil der Szene gewesen wäre.

Gisela von Wysocki

Filmszene

Frühstück mit Dino

»Da hinten, schau mal«, sagte sie, »was *ist* das? Ein Tier?« »Wo denn? Ich sehe nur Grün und den kleinen Abhang dort drüben.« Er schaute in Richtung der riesigen Panoramascheiben. Auf dem Weg zum Buffet waren beide schon mehrmals vor den Fenstern stehen geblieben und hatten in den weitläufigen Garten geschaut.

»Ganz links«, sie wies auf eine Baumgruppe, auf die riesigen Stämme von Eichen. »Tatsächlich. Sehr merkwürdig. Was kann das sein?« Er war näher ans Fenster getreten. »Ich glaube, eben hat es etwas den Kopf gedreht.« Sie stellte ihren Teller mit dem Schwarzwälder Schinken auf dem Fensterbrett ab. »Den Kopf? Du meinst, das ist ein Kopf?« »Was denn sonst, da *muss* ja einer sein, da oben.«

Das gestrige Zusammentreffen mit ihren Eltern, sein erstes Auftreten in ihrem Clan, hatte ihn angestrengt. Vielleicht war er noch müde. Man hatte sogar schon über die Hochzeit gesprochen, ein paar Details waren angetippt worden; Orte, Kosten, Gästelisten.

Eigentlich wollte er frühstücken. Und eigentlich wollte er nicht in einen Garten blicken, um den dortigen Tierbestand zu überprüfen. »Es steht jetzt zwischen den Bäumen, siehst Du es denn nicht? Links zwischen den beiden, etwas vereinzelt stehenden Bäumen«, sagte sie und zeigte auf einen sehr entfernten Punkt am Horizont. »Ach, komm. Das kann auch ein dritter Baum sein.« »Es erscheint Dir als Baum, ist aber ein Tier. Ich schwör's dir.« »Willst du behaupten, es gibt da ein Tier, das genauso groß wie ein Baum ist?« »Mein Gott, ja. Das will ich damit sagen.«

Für einen kurzen Moment blieb er neben ihr, dann ging er noch einmal zum Buffet hinüber und suchte dort, offenbar zunächst vergeblich, nach irgendeiner weiteren Delikatesse. Dann hatte er sie entdeckt, die kleine Schale mit der Crème fraîche für seinen Lachs.

»Wo bleibt die Bedienung? Wo bleibt der Kaffee?«, sagte er laut, denn sie befanden sich, etwas verspätet eingetroffen, allein im Raum. »Wenn du recht hast, läuft da hinten ein Dinosaurier herum«. Er hatte einen am Buffetende stehenden Automaten entdeckt, der ihm in strahlendem Gelb ein Glas Orangensaft spendierte. »Tatsächlich ein Dinosaurier.« Sie rief es ihm zu. Oder sich selber.

Unbeweglich stand sie vor dem Panoramafenster. »Hör auf. Du spielst gerade eine Filmszene nach, das kenn ich von dir«, sagte er. Er kam zum Fenster hinüber, in der rechten Hand hielt er sein Orangensaftglas. »Ich sollte eigentlich gar nichts essen. Irgendwas ist mir gestern Abend bei Euch nicht bekommen. Ich glaube, das Öl. Oder der Fisch war nicht mehr gut.« Sie müsste protestieren, müsste die gute Küche ihrer Mutter verteidigen. Hat sie seine Worte überhört? »Schau nur, diese typisch sprunghaften Bewegungen, die kennen wir aus Dokumentarfilmen!«

Er mochte sich das Gesicht mit einem Tempotuch abwischen, er wollte dieses merkwürdige Geschehen beseitigen, er wollte frühstücken und Ruhe bewahren und seiner Geliebten, bald Ehefrau, zur Seite stehen. Tatsächlich nahm er jetzt eine Bewegung wahr, sah er den langen, gebogenen Hals eines eigentümlichen Objekts, das beinahe die Bäume überragt. »Irgendein Trick des Hotelmanagements«, sagte er. »Ein Standbild, motorisiert. Elektronisch gesteuert. Was weiß ich!«

»Meinst du?« Aber sie wusste, dass er sich irrt. »Klar. Es könnte sowas wie ein Denkmal sein, das sich die Leute hier hingestellt haben. Zur Erinnerung an frühere Familienmitglieder. Schließlich sind das Vorfahren von uns.«

Das Tier war stehen geblieben, als würde es Witterung aufnehmen. »Schau, als ob es Witterung aufnimmt«, sagte sie. »Vermutlich hat es ein anderes Tier entdeckt.« Ihr Gesicht glühte, ihr Herzschlag tobte, so hatte sie ihr Herz noch niemals erlebt. »Ich finde, so richtig deutlich ist es nicht zu erkennen«, sagte er. »Sag bloß, Du würdest dieses Monstrum noch immer nicht richtig sehen.« »Okay, okay. Wirklich gut gemacht. Sehr gut sogar! Da haben die eine Klassefirma an der Hand gehabt.« Er blieb bei seiner Automatentheorie, er war wütend über diesen Zwischenfall. Etwas lief schief, etwas entglitt ihm an diesem Morgen.

»Und wie es wippt, beinahe rhythmisch!« »Kein Wunder, wenn sie damit nur bis zur Kreidezeit gekommen sind«. Er versuchte es mit Ironie. Dann rief er nochmals nach dem Kaffee und ging zum Tisch hinüber.

»Das muss ich mir aus der Nähe ansehen«, sagte sie, obwohl sie jeden Herzschlag einzeln fühlte. In diesem Moment, sie wusste das, hatte sie sich gegen ihr Leben zu zweit, gegen eine Zukunft mit ihm entschieden. »Ich würde dir dringend davon abraten«, sagte er, »in Gefühle hineinzugeraten, die mit Verlust und Misstrauen und Wut zu tun haben. Gleich kommt unser Kaffee. Dann fragen wir den Ober unauffällig nach der hiesigen Fauna aus.«

»Ich gehe jetzt über die Terrasse in den Garten runter«, sagte sie. »Ungefrühstückt?«, rief er ihr zu. »Das finde ich heldenhaft.« Sie ging auf die Glastür zu, eine weiße Steintreppe führte in den Garten hinunter. Sie drehte sich zu ihm um und winkte ihm zu. Er hätte, um zurückzuwinken, vielleicht ans Fenster treten sollen. Aber der Ober trug das Tablett herein. Ein älterer Herr, der in dieser abgelegenen Region dankbar sein mochte für seinen Halbtagsjob. Er setzte zwei Kaffeekännchen auf den Tisch und rief dem Gast zu, er würde noch eine Platte mit Roastbeef aus der Küche holen.

Von dem auf dem Tisch abgesetzten Kännchen stieg frischer Kaffeegeruch auf, er schnitt sich mit einer kleinen, am Tellerrand abgelegten Säge ein Brötchen auf. Die Säge war batteriebetrieben und zerteilte die Butter, die zu lange im Kühlschrank gestanden hatte, in akkurate Scheiben; in kleine Scheite aus gesättigten Fettsäuren und Proteinen. Er saß mit dem Rücken zum Panoramafenster.

Auf keinen Fall wollte er in den Garten schauen. Er sollte sich zusammennehmen. Denn eben hatte er sich, statt des Brötchens, die Säge halb in den Mund geschoben. Er achtete jetzt genau darauf, dass die Säge erst wieder beim zweiten Brötchen zum Einsatz kam; dass er den Hartkäse damit zerlegte und nicht seine Hand. Der Ober hatte noch Zucker herbeigeschafft, in einer Dose, die als Glockenblume oberhalb seines Tellers Aufstellung bezogen hatte.

Er verlangte nach der Rechnung, in wenigen Augenblicken würde er in seinem Wagen sitzen, in Richtung Autobahn unterwegs sein. Sie hat sich inzwischen dem Wäldchen genähert, wird angekommen sein und mit dem Zug nachkommen, dachte er. Sie weiß ja, dass ihn am frühen Nachmittag in Hamburg ein Termin erwartete. Sie würde ihm ihr Erlebnis erzählen wollen. Später, nach ihrer Rückkehr.

Kurt Drawert

Die verlorenen Orte der Rede

Rede zur Verleihung des Italo-Svevo-Preises

Sehr geehrter Senator für Kultur und Medien, Herr Dr. Brosda; verehrte Jury, Veranstalter und Initiatoren; lieber Wolfgang Hegewald, dessen Idee dieser schöne Preis seine Geschichte verdankt und nun – ich schätze mich glücklich, ihn empfangen zu dürfen – zum zwanzigsten Mal vergeben wird; lieber Jan Wenzel, Verleger von Spector Books in Leipzig, wo soeben – man kann auch sagen, heute Abend – mein neuester Band erschienen ist, den er druckfrisch mitgebracht hat: »Die große Abwesenheit. Essays, Reden, Figuren der Literatur«; liebe Freundinnen und Freunde, sehr geehrte Damen und Herren!

I

Es tut mir leid: aber ich bin, was ich bis vor kurzem selbst noch nicht wusste, schon tot. Gestorben am 15. Juli 2021 in Frankfurt am Main. Über die Todesursache ist nichts überliefert, aber der Nachruf klingt freundlich, Zitat: »Kurt Drawert war ein deutscher Schriftsteller, Lyriker und Essayist. Er wurde bekannt für seine vielseitige literarische Arbeit, die sich mit Themen wie Identität, Geschichte und gesellschaftlichen Veränderungen auseinandersetzte. Seine Werke sind für ihre tiefgründigen Reflexionen über die deutsche Geschichte und Kultur bekannt.« Dieser mich elementar erschütternden Nachricht vorausgegangen war, dass ich auf einer Onlineseite zu beweisen hatte, kein Roboter zu sein. Dafür wurde mir das Rasterfoto eines Baumes vorgeschaltet mit der Aufgabenstellung, überall dort ein Häkchen anzubringen, wo ein Detail dieses Baums zu sehen war. Diese Prüfung habe ich nicht bestanden. Irgendwo übersah ich wohl immer noch einen Ast oder ein Blatt, und der Vorgang wurde beendet. So also kam ich meinem Tod auf die Spur. Denn einen Beweis zu erbringen, leibhaftig zu sein, anwesend, ein Mensch unter Menschen, war ich mir nun immerhin noch selbst schuldig geblieben. Und dann gab es wohl auch noch die mehr unbewusst empfundene Begründungspflicht für meine Anwesenheit an und für sich, die zu meiner Arbeit als Schriftsteller gehört – fortwährend zu fragen, was sich in dieser Dringlichkeit wohl kaum jemand fragt: wer bin ich, wofür und wozu? In dieser Verkettung der Ereignisse nahm das Unglück seinen Lauf. Da gerade die halbe Welt recht erregt von Chat-GPT spricht, erlaubte ich mir einmal dasselbe und schaute eben dort meine Person betreffend nach – Ergebnis bekannt. Nun konnte ich natürlich empirisch vorgehen und mich, um den Beweis meiner Existenz festzustellen, selbst berühren und sagen, die KI-Maschine irrt. Aber wenn die Auskunft fortwährend dieselbe bleibt – und ich habe, mit der Zeit immer hysterischer werdend, mindestens drei Mal nach mir gefragt; und drei ist die Zahl einer verifizierten Vermutung –, dann sind wir in der digitalen Moderne der Jetztzeit und sehen unserem eigenen Ableben zu. Oder wie kommt man gegen eine Auskunft an, die im virtuellen Kosmos eingebrannt ist und die schon die Spatzen von ihren elektronischen Dächern pfeifen? Mit einem klassischen: »Ich denke, also bin ich, also existiere ich«? Das Subjekt kann denken, was immer es will: Wenn es keine Korrelationen zu einem Algorithmus der Wahrscheinlichkeit herstellt, wird, was es dachte, irrelevant und so lange von Datensätzen zugeschüttet, bis es sich selbst nicht mehr findet. Diese Position des Subjekts, über keine Kohärenz mehr zu verfügen, durch die es auf sich selbst verweisen kann, ist die neue, digitale Situation, in der wir uns befinden. Das Schema der drei psychogenen Register – Reales, Symbolisches und Imaginäres –, die dynamisch ineinandergreifen, scheint außer Kraft gesetzt zu sein. Eine Maschine entscheidet über den Ort, von dem aus das Subjekt sich erfährt, und dieser Ort ist immer ein Irrtum, weil er in einem Außen platziert ist, in einem Netz elektronischer Kausalitäten. Wenn es bei Foucault noch heißt: »Irgendwer spricht, doch was er sagt, sagt er nicht von irgendwo her«, so müssten wir die Verneinung am Ende des Satzes heute selbst verneinen und damit den festen Ort der Rede an und für sich; denn von wo aus gesprochen wird, ist immer schwieriger zu bestimmen.

II

Nun will ich gar nicht weiter darüber sprechen, was die maschinelle Wirklichkeit des Netzes mit uns macht, mit unseren Körpern, Seelen und Sprachen, und wo sich das Subjekt hier noch authentisch verankert oder schon dispersiert ist; und ganz und gar nicht ergehe ich mich in einer blinden Technologiefeindlichkeit, wohl wissend, welche enormen Produktionen sie gleichsam auch bietet. Mich interessiert an dieser Stelle der Bezug zu Italo Svevo, ohne den es diesen Preis gleichen Namens nicht geben würde, und ob er meine kleine Geschichte des Todes im Internet heute aufgeschrieben und zu einem Roman, sagen wir mal von 500 Seiten und in zwei Wochen geschrieben wie »Zenos Gewissen« – eine Legende, der ich nicht so ganz über den Weg traue –, gebracht hätte. Wahrscheinlich wäre es eine Collage vieler körperloser Stimmen geworden, in der jeder einzelne Ton ungehört verklingt. Denn Italo Svevo ist ein (auch heute noch) moderner Autor, der die veränderten Positionen der Subjekte im Text sicher aufgespürt und abgebildet hätte. Unser heutiges Digitalzeitalter, fast möchte ich es so zugespitzt sagen, ist der letzte große Angriff auf die Autonomie des Subjekts, wie er im beginnenden Industriezeitalter des späten 18. Jahrhunderts seinen Anfang nimmt. Diese Bruchlinie des Selbst, ihr Riss, gespiegelt und lesbar geworden in berühmten Figuren der Romangeschichte – von Anton Reiser über Wilhelm Meister bis zu Emma Bovary oder Effi Briest –, bewegt sich fast parallel zur Geschichte der Technik und wird, von der Romantik an aufwärts, immer fragiler. An der Schwelle zum 20. Jahrhundert beginnt sie zu reißen. Das Subjekt nimmt nicht nur wahr, über einen Mangel zu verfügen, sondern es füllt diesen Mangel mit sich selbst. Und es leidet. Aber es leidet nicht mehr *an etwas*, sondern *an und für sich*. Gewiss bleibt die Semantik konkret, sind die Geschichten in ein soziales Feld eingeschrieben, aber das Zentrum der Krise hat nicht nur ein, sondern mehrere Objekte, die einander ablösen und eine nächste und abermals nächste Krise begründen. Ein Syntagma entsteht, eine fortlaufende Kette der Verfehlungen, die nicht geschlossen werden kann und ein Ende nur dadurch findet, dass die Materie selbst es ist, die verfällt. In dieser neuen Form des Erzählens, in der die Krisen nicht mehr gelöst, sondern nur noch beschrieben werden können und die Erzählfigur eher komisch als tragisch erscheint, können wir auch Italo Svevo lesen. Mit dem historischen Abstand von heute betrachtet, verwundert es auch nicht, dass ihm so lange keine Anerkennung zuteil geworden ist und er schon verbittert darüber mit dem Schreiben ganz aufhören wollte. Dabei ist er weder so enigmatisch wie Kafka, noch so radikal auf die Sprache selbst bezogen wie sein großer Entdecker James Joyce – die beide ihrerseits noch Glück haben mussten, um gelesen und geschätzt zu werden. Svevo ist leicht, wie die Feder eines Vogels, die am Fenster vorbeifliegt, wie

Schneeflocken, wenn sie zur Erde tänzeln, und auch so verspielt. Aber »Zenos Gewissen«, um hier sein wohl bekanntestes Werk zu zitieren, hat nur eine andere Struktur von Kompliziertheit, die sich im Einfachen aufhält, im Beiläufigen und fast schon Banalen. Da alle Tiefe immer auch an der Oberfläche liegt – oder, um es psychoanalytisch zu sagen: Das Unbewusste ist außen –, bleibt es eine dramaturgische Entscheidung des Autors, wo er sie sucht. Im einen Fall entsteht die Metapher, also der Sprung von der einen in eine andere Bedeutungsebene, im anderen die Metonymie, das Syntagma, die Reihung von Signifikanten. Und hier auch verliert sich die erzählerische Spur in »Zenos Gewissen«, nicht mehr genau sagen zu können, was zu sagen notwendig ist, und was, aus Gründen von sprachlicher Ökonomie, verschwiegen werden kann (oder nicht einmal »verschwiegen«, was sich ja immer noch auf einen Text beziehen muss, den es schon gibt, sondern semantisch gar nicht erst aufgerufen). Über doch recht zäh werdende erste fünfzig Seiten lesen wir, wie sich unser Anti-Held Zeno Cosini – ein Seelenverwandter Leopold Bloom's von James Joyce – das Rauchen abgewöhnt, immer wieder von einer vorletzten Zigarette redend, die schließlich auch das unendliche Weitersprechen ermöglicht. Das ist natürlich urkomisch, zumindest am Anfang, aber auf die Länge gesehen schon auch eine Strapaze. Und genau hier kann der Leser seiner Zeit verstört gewesen sein oder einfach nur gelangweilt. Denn was geht es ihn an, wie viele Zigaretten oder auch nicht jemand raucht? Übersehen dabei wird, dass der Strom der Rede, der obsessiv um ein Objektzentrum kreist, von dem wir nicht wissen, wofür es steht, literarische Absicht und nicht Zerfahrenheit ist. Zeno Cosini sitzt zur Behandlung bei einem Psychiater – eine Referenz an Sigmund Freud und dessen Entwicklung der Psychoanalyse – und begibt sich in den Prozess eines Sprechens, der nicht geschlossen werden kann und den Freud »Redekur« nannte. Von diesem Motiv aus entfaltet der Text seinen immanenten Sinn – nicht in der Art, ihn zu finden, sondern ihn quasi vor sich herzuschieben und am Schluss zu verfehlen; ganz so, wie der »letzten« Zigarette immer noch eine weitere folgt. Lacan nennt es den verlorenen Stepppunkt, und es besagt, dass die Signifikanten immer unter die Signifikate fallen und nie zu einem Abschluss kommen, zu einem Punkt (von dem aus ein Satz erst gelesen und verstanden werden kann). Da diese Form der Rede nur ein zeitliches, nicht aber ein signifikatives Ende hat, bleibt in ihr eine Leere zurück, die sich nicht auflösen lässt – und es ist die Leere eines nie erreichbaren Begehrens. Übertragen auf Zeno, unsere literarische Figur, die zwischen Komik und Tragik ihr Schicksal empfängt und jedes Pathos verliert, wesentlich zu sein, ist genau das die moderne Dimension dieses großen italienischen Autors, Zeitgenosse vieler anderer Autoren der Klassischen Moderne auf der Schwelle des 19. zum 20. Jahrhundert: Ein Subjekt ohne subjektiven Kern zu beschreiben, eingespannt in die Matrix seiner Umstände und gleichsam hilflos wie ich, wenn ich meine Identität im Internet suche.

III

Wie anders als in Ehrfurcht kann ich also einen Preis empfangen, der den Namen dieses Autors trägt, und ich danke allen Initiatoren, der Jury, vor allem aber dem Erfinder des Preises, Wolfgang Hegewald, recht herzlich dafür. Noch größer allerdings wird meine Ehrfurcht, wenn ein Wort fällt, das bezeichnet, wofür der Preis seiner Bedeutung nach vergeben wird: für »literarischen Eigensinn«. Das ist großartig – eine besondere Ehre. Aber was ist »literarischer Eigensinn«? Könnte man nicht annehmen, dass jede Literatur, die ihre Bezeichnung verdient, eben darüber verfügen muss – literarisch eigensinnig zu sein? Und wäre dann nicht eine Begründung mit diesem Titel, nun ja, eine Tautologie? Nein, ich werde gleich selbst widersprechen; ich möchte es mir hier nur nicht so leicht machen, diese ehrenvolle Begründung einfach so entgegenzunehmen, wie man vielleicht auch etwas anderes bekommt. Denn es ist ein zähes Geschäft, diesen Eigensinn nicht nur zu haben, sondern ihn auch durchzuhalten – und damit meine ich auch, die prekäre Lage zu ertragen, in die man mit seinem »Eigensinn« geraten kann; denn es ist ja klar, dass sich besser verkauft, was tröstet, anstatt zu irritieren, und Bekanntes nur wiederholt, anstatt es in Frage zu stellen. Die andere Stimme, der andere Text. »Literatur beginnt, wo die Antworten enden«, so habe ich ihn unlängst in einem Gespräch mit der FAZ genannt, diesen im Grunde ungeheuerlichen Anspruch darauf, neue Räume des Denkens und Sehens zu öffnen, in denen es keine Ressentiments mehr gibt (was natürlich nie ganz gelingt). Man kann es Wahrhaftigkeit nennen, die noch nicht zur Wahrheit gehört, ihr aber nahekommt und eine Ahnung davon vermittelt, dass es sie gibt. Gewiss, es ist ein Abenteuer, das in der Sprache selbst begründet liegt. Aber es ist auch eine Haltung, auf der Suche zu sein und nicht schon Bescheid zu wissen, noch ehe etwas begonnen hat. Ohne diese naturgemäß mit Gefahr und Gefährdung einhergehende Position zum eigenen Text kann Literatur nicht entstehen – diese Literatur, die ihr Zentrum findet, ihren internen Ort der Selbstbegründung. Denn es gibt ja auch die andere Seite der literarischen Konsumtion, die schon zum *Lifestyle* gehört und in der wir nur das wiederfinden, was wir immer schon wussten. Eher entbehrlich, möchte ich sagen, aber ganz und gar nicht erfolglos, wenn man auf die Verkaufszahlen blickt, von denen ich besser gar nichts erfahre. Was also, auf die Literatur übertragen, ist ein Erfolg und ab wann ein Geschäft? Italo Svevo hatte die Literatur schon aufgegeben, weil er sich von ihr aufgegeben fühlte; aber immerhin hatte er das Geld, um diese schon ökonomisch ruinöse Situation zu bestehen. Was aber, wenn man dieses Geld nicht hat? Schreibt man dann *anders*? Angepasster? Verständlicher oder weiß der Himmel was noch? Oft höre ich es sagen: »Schreib doch mal einen Thriller« oder dergleichen. Aber erstens kann ich das gar nicht, und zweitens – und deshalb vielleicht kann ich es auch nicht –, etwas in mir lässt es nicht zu. Da haben wir ihn wieder, diesen Eigensinn, den man auch Sturheit oder Trotz nennen könnte. Nein, ich will diese Sprache der Vorurteile nicht, der Macht und der Unterwerfung, der Missverständnisse und kommunikativen Verfehlung. Mein ganzes Schriftstellerleben, von meinem ersten Buch an seit nunmehr fast vierzig Jahren, war und bin ich auf der Suche nach dieser anderen Sprache, die nur poetisch sein kann, literarisch, und sie zu suchen führt tief in meine Kindheit zurück, in der eben diese Sprache unmöglich war. Bei meinem verehrten Gustave Flaubert habe ich gefunden, dass er lange Zeit weder schreiben noch lesen konnte, weil er die Sprache (seines Vaters, des großen Anderen) verweigert hat. Die Psychoanalyse nennt es Abwehr der symbolischen Kastration – also der Einordnung in ein soziales System, wie es die Gesellschaft verkörpert. Bei Flaubert führte es dazu, dass er die Sprachanerkennung (die Kastration) nur leisten konnte, indem er sie auf sein Subjekt zurückgeführt hat und sofort literarisch gebrauchte – in kleinen Theaterstücken, die er mit seiner jüngeren Schwester Caroline an den Sonntagen der Familie zur Aufführung brachte. *Parole* statt *Langage*, wie es die Linguistik bezeichnet, der aktive Gebrauch der Signifikanten anstelle einer passiven Anerkennung von Regeln und Gesetz. Irgendwo in diesem Labyrinth der Gründe dafür, schreiben zu müssen, literarisch, poetisch, auf der Suche nach Wahrheit und eben: mit einem eigenen Sinn, finde ich auch mein Schreibbegehren, noch nicht ausreichend erklärt, aber doch zumindest mit einigen Vermutungen dazu begründet. Denn »Lang ist / Die Zeit, es ereignet sich aber/ Das Wahre«, wie es in *Mnemosyne* bei Hölderlin heißt.

IV

Es ist spät geworden. Ich habe vieles nur angedeutet. Das ist so, wenn man alles im Blick haben will. Denn es geht, in der Literatur, im Grunde immer um alles, auch wenn man nur einen Ausschnitt beschreibt, ein Detail, einen Regentropfen, und wie er abspringt vom Glas einer Scheibe. Ich bedanke mich für den wunderbaren Preis, für die Zuversicht, die er vermittelt, daran festzuhalten, was nur mit »Eigensinn« geleistet werden kann. Ein besonderer Dank aber gilt dem Mäzen, der diesen Preis zu seiner Sache gemacht hat, zu seinem eigenen »eigenen Sinn«.

Dank Ihnen allen, für Ihre Anwesenheit und dass Sie mir zugehört haben.

Hamburg, am 27. September 2023

Sieglinde Geisel

Der Erfinder Ostdeutschlands

Laudatio auf Kurt Drawert zum Italo Svevo-Preis

Lieber Kurt Drawert, liebe Festgäste,
vor zwei Jahren stand ich schon einmal hier, und wer von Ihnen damals im Publikum saß, mag sich an den Satz erinnern: »Schriftsteller erfinden Gefühle.« Dieser Satz von Hans Magnus Enzensberger begleitet mich, seit ich ihn das erste Mal gehört habe. Bei Kurt Drawert bin ich einer Antwort darauf begegnet: »Gedichte sind Affektreservate, Geschichtsbücher der Gefühle, oder sie sind reinweg gar nichts.«

Gefühle kann man nicht erfinden, wie die Glühbirne oder das Fahrrad. Wenn ein Autor Gefühle erfindet, hebt er sie aus einer Ahnung ins Bewusstsein. Er übersetzt sie in Sprache – und auf einmal sind sie da. Wir Leser:innen erkennen uns entweder in ihnen wieder, oder wir finden Zugang zu fremden Gefühlen. Die Gefühle, die so ›erfunden‹ werden, sind keine privaten Empfindungen, sie sind etwas Existenzielles.

Schreiben heiße, »verstehen, wie wir wurden, wer wir sind«, sagt Kurt Drawert. Er möchte »das Reich hinter der Sprache« erzählbar machen. »Wo war der Schnitt zwischen Körper, Gesellschaft und Sprache gesetzt? Wer war, woran, *schuld*, und warum?«, fragt er in seinem Roman *Dresden. Die zweite Zeit.*

Vor zwei Jahren durfte ich die Laudatio auf Jochen Schimmang halten. Ich habe ihn damals als »Erfinder Westdeutschlands« bezeichnet. Nun bin ich versucht, Ihnen Kurt Drawert als »Erfinder Ostdeutschlands« vorzustellen. Beides hat mit der ›Erfindung‹ von Gefühlen zu tun.

Wikipedia listet nicht weniger als dreißig Bücher von ihm auf – Prosa, Lyrik, Essays – und mit jedem von ihnen macht Kurt Drawert in der einen oder anderen Weise das Ungesagte erzählbar. Als »Erfinder Ostdeutschlands« erkundet er zum einen, was es bedeutet, in der DDR gelebt zu haben. Zum anderen erforscht er, wie es sich anfühlt, danach im Westen zu leben. Er spricht von einer »Enteignung an Erfahrung«: »ostdeutsch verwundet und westdeutsch verwaltet«, heißt es in einem Gedicht.

Sein Schreiben erwächst aus der eigenen Erfahrung: Vor zwei Jahren hat er den Walter-Kempowski-Preis für biografische Literatur erhalten – eine weitere Parallele übrigens zu Jochen Schimmang. Der Begriff Autofiktion liegt nahe – Kurt Drawert schrieb Autofiktion zwanzig Jahre *avant la lettre*. Autofiktionales Schreiben findet sich häufig in dem, was man Migrationsliteratur nennt: Der

Übergang von einer sozialen Welt in eine andere ist eine Erfahrung, die zur Erzählung drängt. In gewisser Weise ist Kurt Drawerts Schreiben in der Tat mit einer Migration verbunden: der Migration aus der DDR in den Westen.

Die DDR habe ihn zum Schriftsteller gemacht: durch ihr Verschwinden. »Literatur entsteht aus einem Mangel heraus«, heißt es in einem Essay. »Es muss ein Loch geben, einen Riss, einen Schmerz. Es muss etwas fehlen.« Diese Sätze finden sich in einem Band, der nicht zufällig den Titel *Die große Abwesenheit* trägt.

Kurt Drawert schreibt keine Befindlichkeitsprosa. Es gehe nicht darum, die Weltgeschichte zu erzählen »am Beispiel von mir«, sondern umgekehrt: »Ich bin ein Ich, das von der Weltgeschichte geprägt wird.« Das Private ist politisch, heißt es im Westen, doch in der Diktatur verhält es sich umgekehrt: Hier dringt die politische Macht ins Private ein. Kurt Drawert erzählt von der Entfremdung der Gefühle, die von der Diktatur erzeugt wird – und die ihrerseits Diktatur möglich macht.

Sein Vater war Polizeioffizier und damit ein »Staatsvater«, die Familie eine »Systemfamilie«. Am Küchentisch erlebt der Autor als Kind »die nicht sprechende Sprache der Macht«. Es ist eine Sprache, »die nicht zu einem anderen redet, sondern ihn sich unterwirft«, eine Sprache, »die nur die Bestätigung oder den Ausschluss kennt«. Das Kind Kurt reagiert mit Verstummen, doch viele Jahre später bricht sich die unterdrückte Sprache Bahn: *Spiegelland. Ein deutscher Monolog* erscheint 1991. Es ist der erste Prosatext des Lyrikers Kurt Drawert, und der sprachliche Furor, die verdichtete Energie, ist vielleicht nur einem Lyriker möglich. *Spiegelland* sei aus ihm herausgebrochen, ein Text, der »geschrieben werden musste«. Einerseits schreibt Kurt Drawert aus einem Mangel, einem Schmerz heraus, andererseits ist sein Schreiben auch eine Form von Widerstand. Dabei geht es nicht um Kritik auf der Sach-Ebene, sondern es ist ein Widerstand in der Sprache selbst: nicht in dem, *was* sie sagt, sondern in dem, *wie* sie es tut.

Es ist nicht leicht, aus *Spiegelland* zu zitieren, denn hier finden sich keine Sentenzen. Vielmehr ist die Sprache Musik. Um Ihnen einen Eindruck von der Radikalität dieses Texts zu vermitteln, lese ich eine etwas längere Passage. Es handelt sich um eine Kindheitserinnerung des Ich-Erzählers an die Schule: Das Kind muss eine sogenannte Aussprache über sich ergehen lassen.

»Ich habe in der hintersten Bankreihe des Klassenzimmers zu sitzen gehabt, so dass ich laut ja und nein sagen musste, immer nur ja oder nein, die Aussprache, die ich erlebte, ließ immer nur ein Ja oder ein Nein für mich übrig, wobei auch das Ja und das Nein vorbestimmt war, sie redeten, da ich in der hintersten Bankreihe des Klassenzimmers saß, laut auf mich ein, und ich konnte nur ja dazu sagen oder nein, und dieses Ja oder Nein hatte ich laut zu sagen, da ich in der hintersten Bankreihe des Klassenzimmers saß, und wenn ich das Ja oder Nein nicht laut genug gesagt hatte, habe ich es wiederholen müssen, und immer, wenn ich ja zu sagen hatte oder nein oder zum zweiten Mal ja oder zum zweiten Mal nein, musste ich aufstehen und musste laut ja sagen und laut nein sagen und mich laut ansprechen lassen [...].«

Der Text *ist*, was er erzählt: Die Qual des Kindes wurde in Sprache verwandelt, und wir erleben sie beim Lesen mit.

Dreißig Jahre später wird der Autor die folgenden Sätze schreiben: »*Spiegelland war mein Vatermord*, um es symbolisch zu sagen, und ich bin mir gar nicht sicher, ob ich meinen Vater überhaupt meinte, als ich ihn, Satz für Satz und Seite für Seite, zu töten begann, oder nicht doch nur ein System, in dem er eingesperrt war, ganz so, wie er andere einsperren ließ.«

Am weitesten geht Kurt Drawert in der literarischen Inszenierung dessen, wogegen er anschreibt, in seinem Roman *Ich hielt meinen Schatten für einen anderen und grüßte* von 2008. »Ein Schelmenroman aus der Hölle«, so ein Kritiker, Drawert selbst spricht von einer »absoluten Metaphorisierung von DDR-Realität«. Die DDR, die er in diesem lyrischen Parforceritt erfindet, ist eine »Höhlenrepublik«. Die »Erdlinge« heißen allesamt Tutti; sie sind in einem Trichter lebendig begraben, zu den Menschen über der Erde haben sie kaum Verbindungen. Der kleinwüchsige Ich-Erzähler Karl wurde in den neunten Schuldbezirk verbannt (Dante lässt grüßen). Er ist eine Kaspar-Hauser-Figur mit Hasenscharte, kaputtem Auge und Klumpfuß; unweigerlich denkt man an Oskar Mazerath und den pferdefüßigen Teufel. Über die unterirdischen Tutti sagt diese wandelbare Figur:

»Jeder war stets beides, abgestorbener Winterast und Vogel, der darauf saß und den Zweig brechen hörte, glücklich im Unglück und vergnügt in der Verzweiflung geworden [...], sich selber so ungewiss, dass er noch seinen Schatten für einen anderen hielt und ihn grüßte.«

Wenn ich behaupte, Kurt Drawert erfinde Gefühle, dann meine ich Metaphern wie diese: Auf dem Ast sitzen und ihn brechen hören. Glücklich zu sein im Unglück und vergnügt in der Verzweiflung. So geht das für richtig befundene Leben im Falschen. »Ich hielt meinen Schatten für einen anderen und grüßte«: den eigenen Schatten nicht wiedererkennen – was für ein Bild für den Selbstverlust, für die Vernichtung der Individualität! »Die DDR war ein Land, das sich am Ende selbst nicht mehr kannte«, so wird der Gedanke im Roman *Dresden. Die zweite Zeit* zu Ende geführt.

Ich spreche die ganze Zeit von Romanen, und diese Gattungsbezeichnung findet sich tatsächlich auf den Buchumschlägen. Dem allerdings, was man von einem handelsüblichen Roman erwartet, entspricht keins dieser Bücher. In Kurt Drawerts Werk sucht sich jeder Stoff sein eigenes formales System, deshalb gleicht keins seiner Bücher einem anderen. Im Gespräch mit seinem Lektor Martin Hielscher sagt er über den Schreibvorgang: »Es ist ein Abenteuer, ein Gang über ein Minenfeld. Wenn es irgendwo hochgeht, bin ich richtig gelaufen.« Dann wieder vergleicht er das Schreiben mit dem Eindringen in ein Bergwerk, von dem er noch nichts weiß. Wenn er sich in diesem Bergwerk befindet, »herrscht der Berg mit allen Gesetzen der Natur«. Der Schreibende schreibe immer aus einer Ahnung heraus. »Wenn er aus einem Wissen heraus schreibt, kopiert er, was schon bekannt ist.«

Kurt Drawert ist ein Autor, der auf Risiko geht: Er gibt die Kontrolle ab und lässt das Unbewusste mitschreiben. Dies hat zur Folge, dass er sich beim Schreiben selbst überrascht, und uns ebenso. Dass man nie weiß, was einen nach dem nächsten Absatz erwartet, gehört zu den Zumutungen dieser Lektüre. Und zu ihrem Genuss.

Nach fünfzig Jahren kehrt Kurt Drawert in die Stadt seiner Kindheit zurück, als Stadtschreiber. »Ich erinnerte und erlebte gleichzeitig«, so beschreibt er diese Erfahrung, aus der das Buch *Dresden. Die zweite Zeit* hervorgegangen ist. Die DDR sei ein System, »in das alle Konflikte und Verdrängungen und Verwerfungen eingeschweißt waren wie in Folie verpackt«. In gewisser Weise packt der Autor mit diesem Buch das alles wieder aus. Es ist eine psycho-politische Inventur der eigenen Herkunft: Der Ich-Erzähler erzählt vom Tod seines Vaters und, in erschütternder Weise, von seinem Bruder Ludwig, der dem System und der Familie zum Opfer fiel. Er erzählt von Besuchen bei der Mutter, ihrer zwanghaften Ordnung und den erstarrten Ritualen. »Das Land hat uns vernarbt.«

Dresden. Die zweite Zeit ist ein Essay-Roman, die Übergänge von der Philosophie zur Literatur sind fließend. Der Erzähler denkt über »die Wende« nach – ein Wort, an das er sich nie habe gewöhnen können. Diese zweite Zeit in Dresden konfrontiert ihn mit der Frage, was von der DDR geblieben sei. Die DDR gibt es so lange, wie sie »in uns, die sie erlebten, ihre Bilder, ihren Ton, ihre Sprache behält«.

Geradezu verstört ist der Ich-Erzähler von Pegida. Er sucht nach einer Erklärung für Gefühle, die sich seinem Verständnis entziehen. Im pauschalen Dagegensein, dessen Widerpart völlig austauschbar scheint, erkennt er »eine Leerstelle im Diskurs«. Seine Analyse ist bestechend: Je weniger man sich damals gegen die DDR erhoben habe, desto mehr sei man jetzt »im Widerstand« gegen »das System«.

Seit dreißig Jahren lebt Kurt Drawert im Westen Deutschlands. Sein Blick für die Beschädigung des Menschlichen ist hier nicht weniger scharf als sein Blick auf die DDR. Im Westen ist es die Ökonomisierung, die das private Leben durchdringt: die Gleichsetzung aller Dinge mit einem Geldwert. Nichts ist sicher vor der Gewinnmaximierung, nicht einmal der Körper. Anhand einer Schulterverletzung erlebt der Erzähler die gewinnorientierte Medizin buchstäblich am eigenen Leib: Sein Körper sei »eine einzige Arbeitsbeschaffungsmaßnahme«, so die bittere Ironie zwischen Operation und Physiotherapie.

Jeder Tag kostet Geld, lautet der Titel eines Gedichtzyklus.

Jedes Gedicht, sagte Herr Müller
von der HypoVereinsbank,
ist ein Schuldschein,
und Sie schreiben zu viel.

So elegant kann man ausdrücken, dass mit Gedichten kein Geld zu verdienen ist. Die Ökonomie macht vor der Literatur nicht halt: »Die Literatur wird gemessen an dem, was sie monetär abwirft, nicht, was sie leistet.«

Dieser Satz stammt – wie viele andere, die ich zitiert habe – aus Kurt Drawerts neustem Buch. *Die große Abwesenheit* enthält Essays, Reden und Gespräche; erschienen ist es nicht bei C. H. Beck, sondern bei Spector Books.

»Literatur kann keine Rücksichten nehmen«, so heißt es in dem neuen Buch, »sie kalkuliert nicht, sie trifft keine Verabredungen und hält keine Verabredung ein [...], und sie kann nicht geschrieben [...] werden – sie entsteht und ist als Entstandenes nicht wieder wegzudenken.«

Lieber Kurt Drawert, ich gratuliere Ihnen herzlich zum Italo-Svevo-Preis!

ruhe. sturm. schwingungen
Mario Reis zum siebzigsten Geburtstag

Lammischbach, Kruchten, Neu-Afrika-Straße, © MR

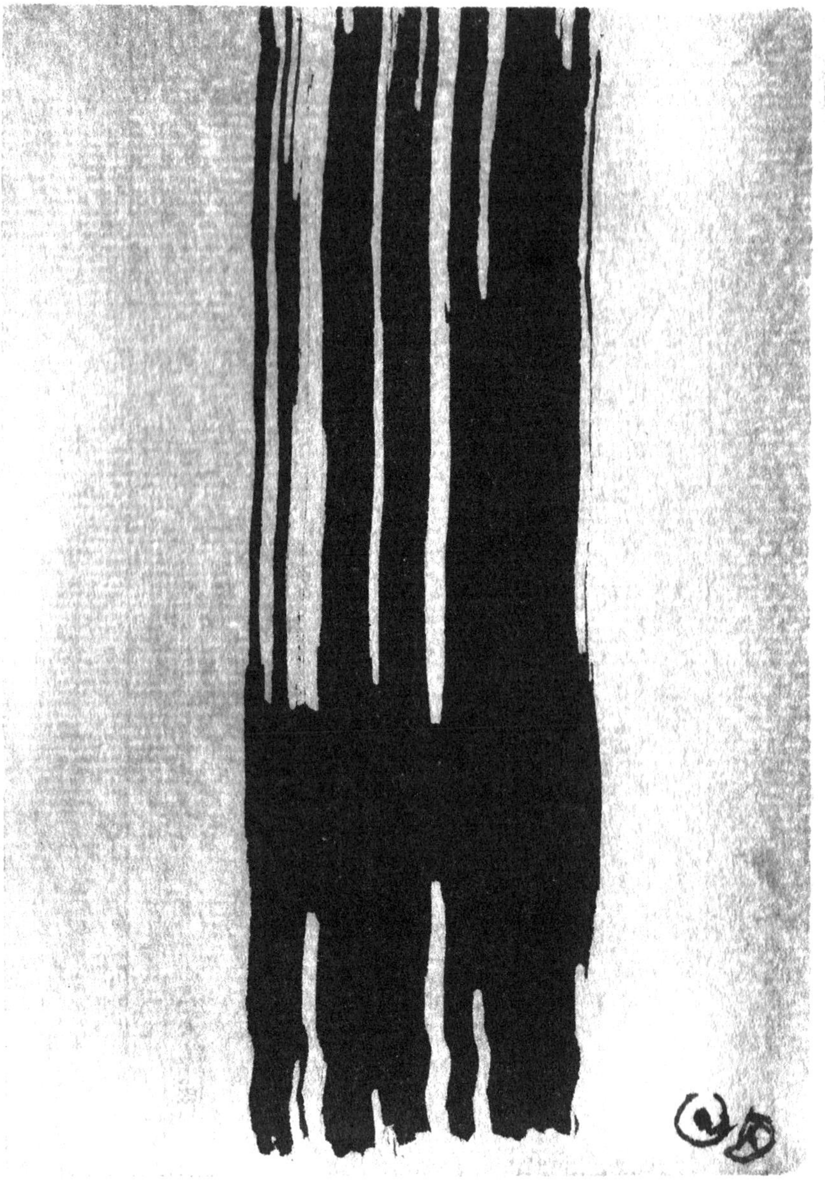

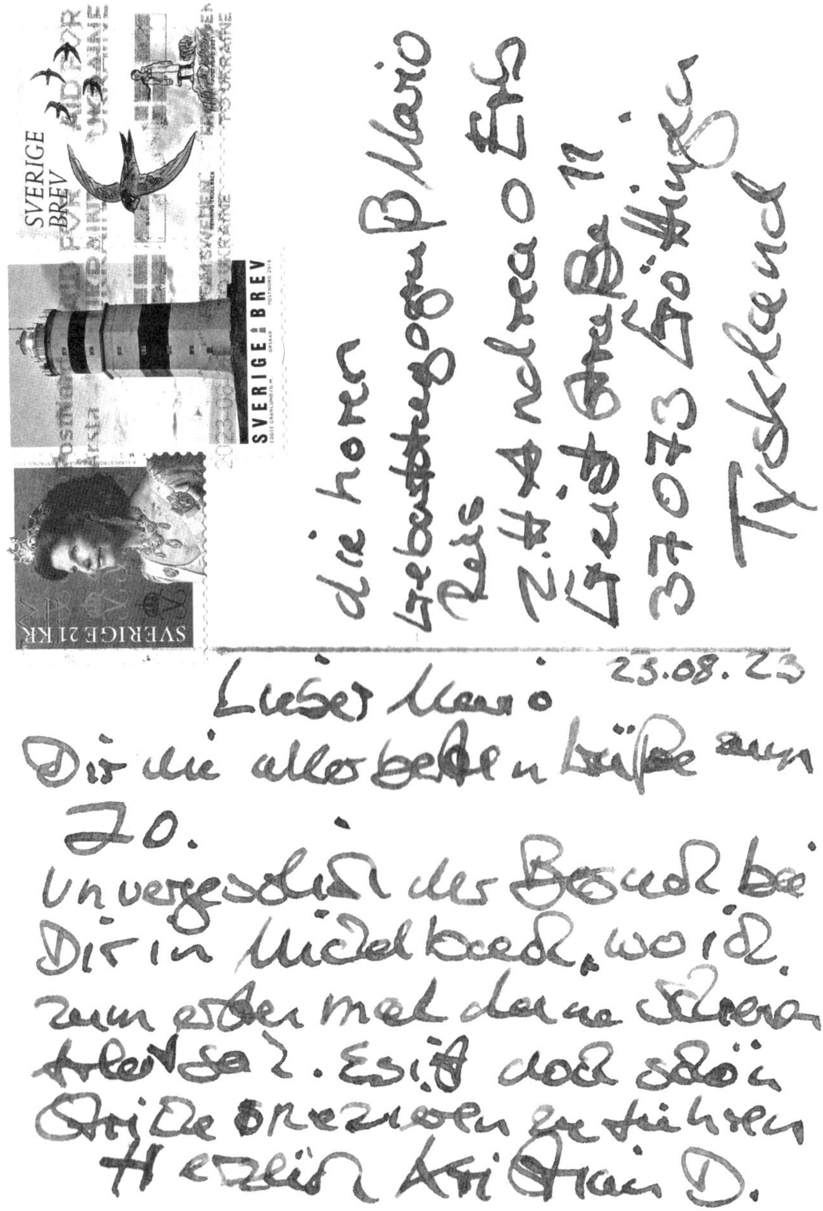
SVERIGE BREV
SVERIGE BREV
SVERIGE 21 KR
37073 Göttingen
Tyskland
23.08.23
Lieber Mario
Dir die allerbesten Grüße zum 20.

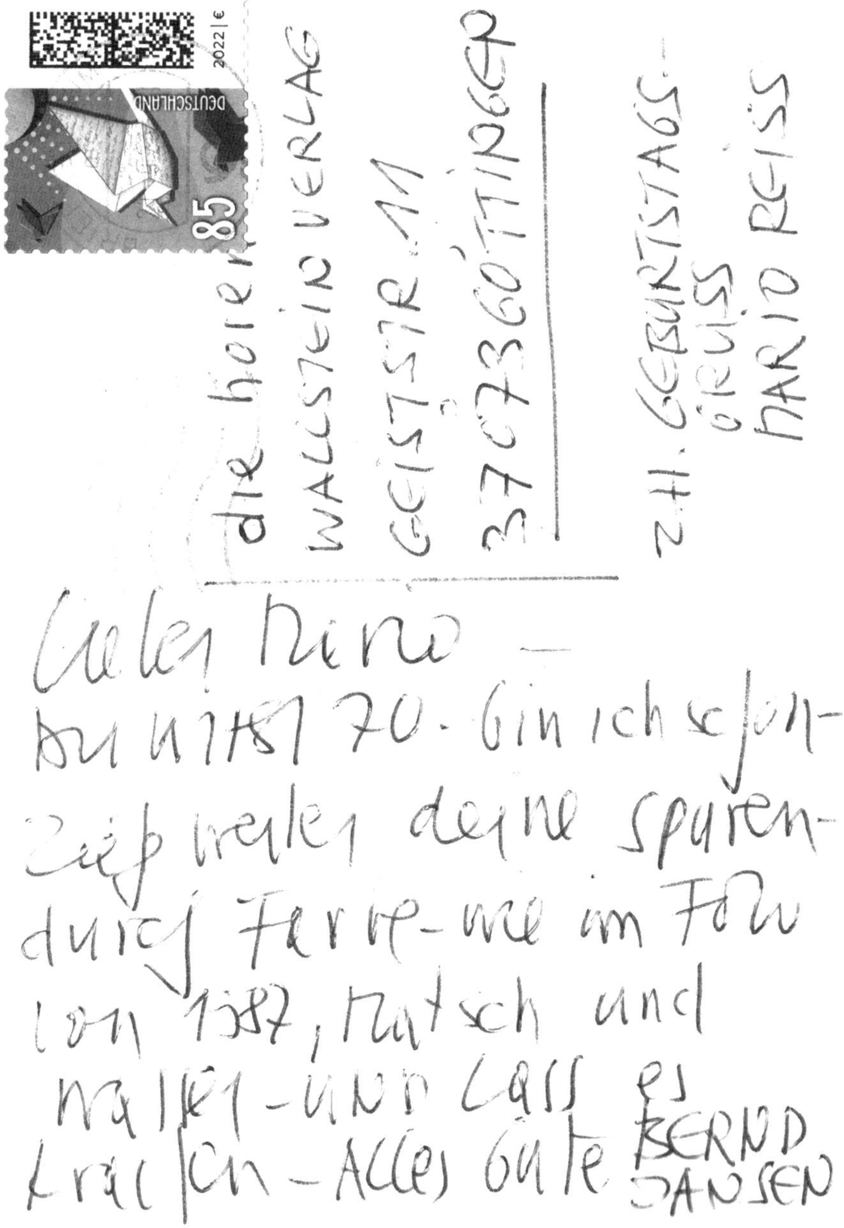

die horen
Wallstein Verlag
Geiststr. 11
37073 Göttingen

z.H. Geburtstags-
Gruss
Mario Reiss

Lieber Mario –
Du wirst 70 - bin ich schon -
Zieh weiter deine Spuren-
durch Farbe - wie im Foto
von 1987, Klatsch und
malen - und lass es
krachen - Alles Gute BERND JANSEN

5.09.2023

Lieber Mario!
Es ist doch immer
wieder ein Vergnügen deine
große Schnauze auszu-
hören. Alles Beste zu
Deinem 70zigsten!
Cheers aus Paris
Dein Gedeon

Andreas Erb
Wallstein Verlag GmbH
Geiststraße 11
37073 Göttingen
ALLEMAGNE

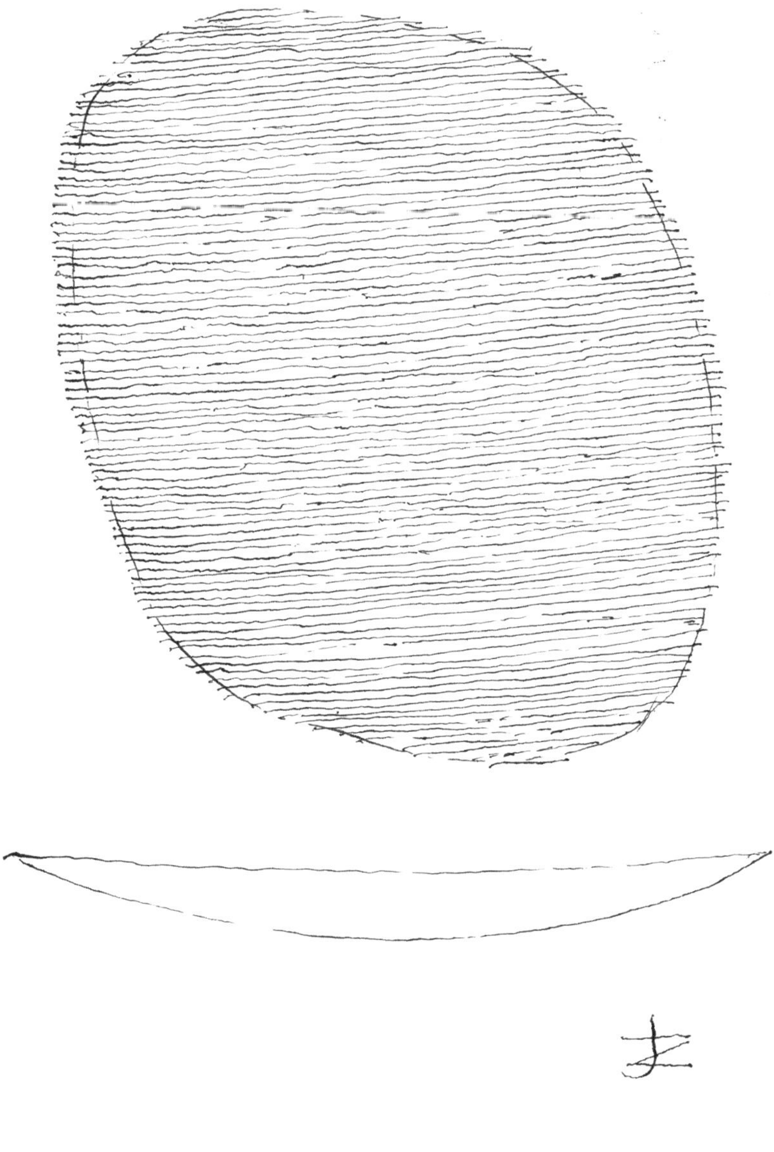

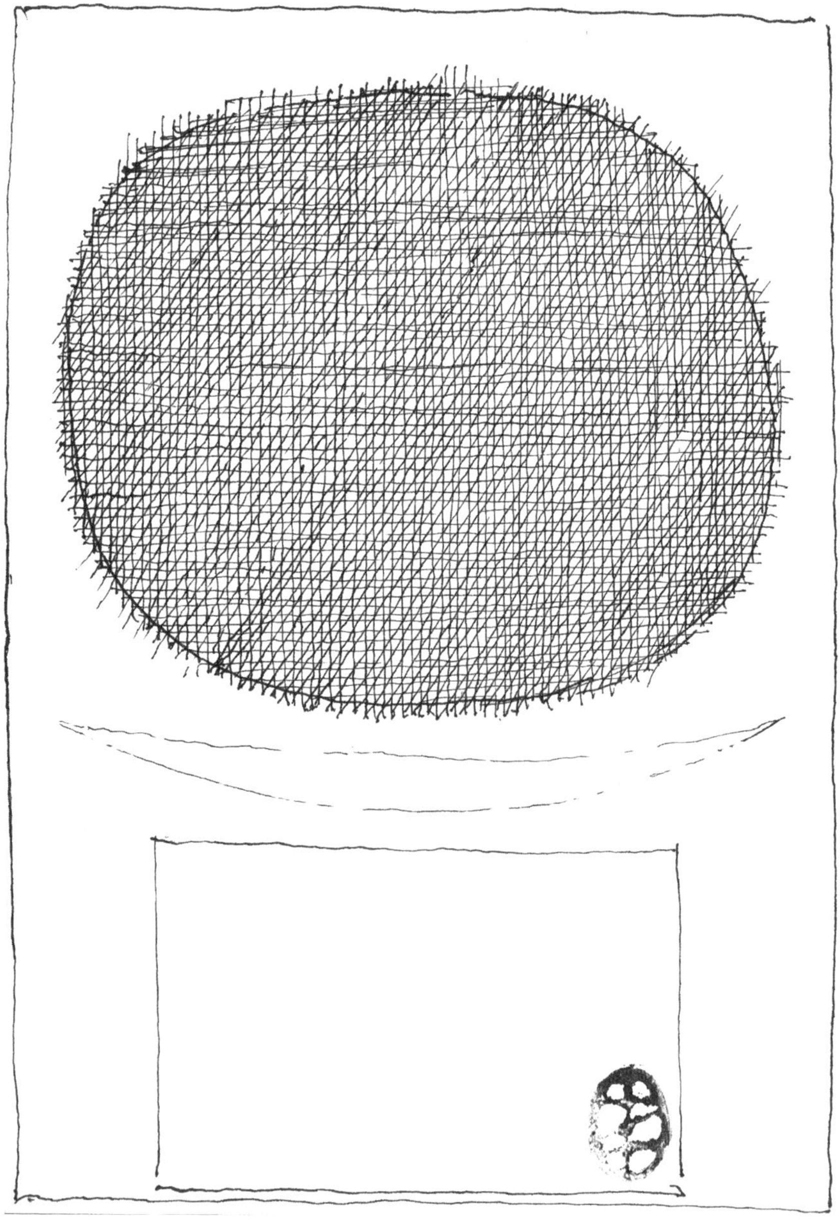

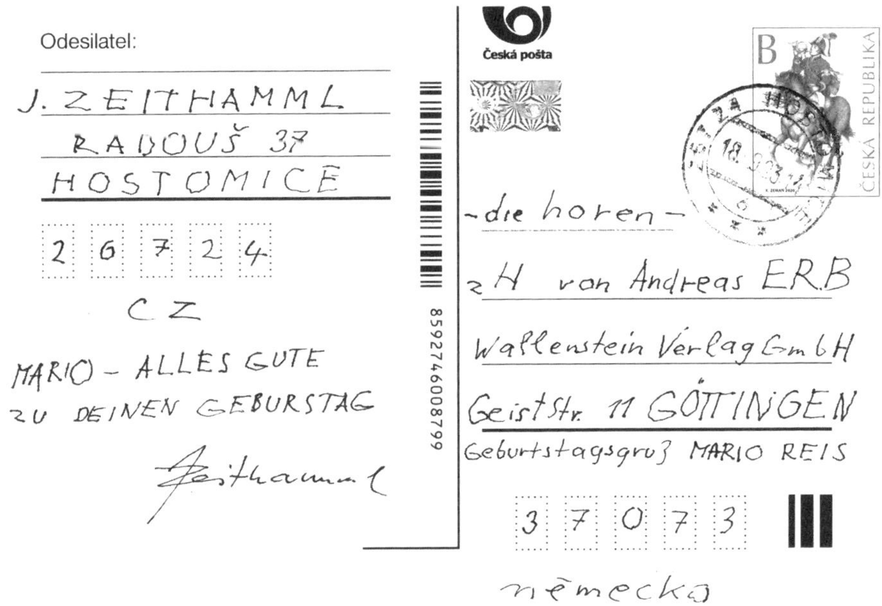
Odesilatel:

J. ZEITHAMML
RADOUŠ 37
HOSTOMICE
26724
CZ

MARIO – ALLES GUTE
ZU DEINEN GEBURSTAG

Zeithamml

Česká pošta

ČESKÁ REPUBLIKA

– die horen –
zH von Andreas ERB
Wallenstein Verlag GmbH
Geist Str. 11 GÖTTINGEN
Geburtstagsgruß MARIO REIS
37073

německo

85927746008799

2023

Mario,

Ils t'aiment tous,
les fleuves du monde
dont tu t'es occupé

La Seine

(Peter)

die hören.
Geburtstagsgruß
Mario Rais

z.H. von Andreas Erb.
Wallstein Verlag GmbH
Geiststraße 11
37073 Göttingen

am 24. März 2023

Lieber Mario Reis,
ich kann mich, Sie, uns nur wiederholen. noch immer sitze ich von Zeit zu Zeit am Schreibtisch angesichts (wörtlich "an-gesichts") Ihres, unseres dunklen Sandes vom Mount St. Elias / Alaska, so auch jetzt, und noch einmal "jetzt!" (Aufforderung an mich selber), als ich mich gerade unterbrochen habe im Schreiben, um Ihr Quadrat (?) als Gegenüber zu haben, wie bald schon eh und je, und mir ist, als habe sich aus der Sandfläche da und dort ein Vulkansternbild herausgebildet, -gestrichelt, - geschachtelt.

Alles Gute zu Ihren
Siebzig Jahren
und weit darüber
hinaus –

Ihr
Peter Handke
(geschrieben mit einem indischen Bleistift mit der Aufschrift SUPER DARK...)

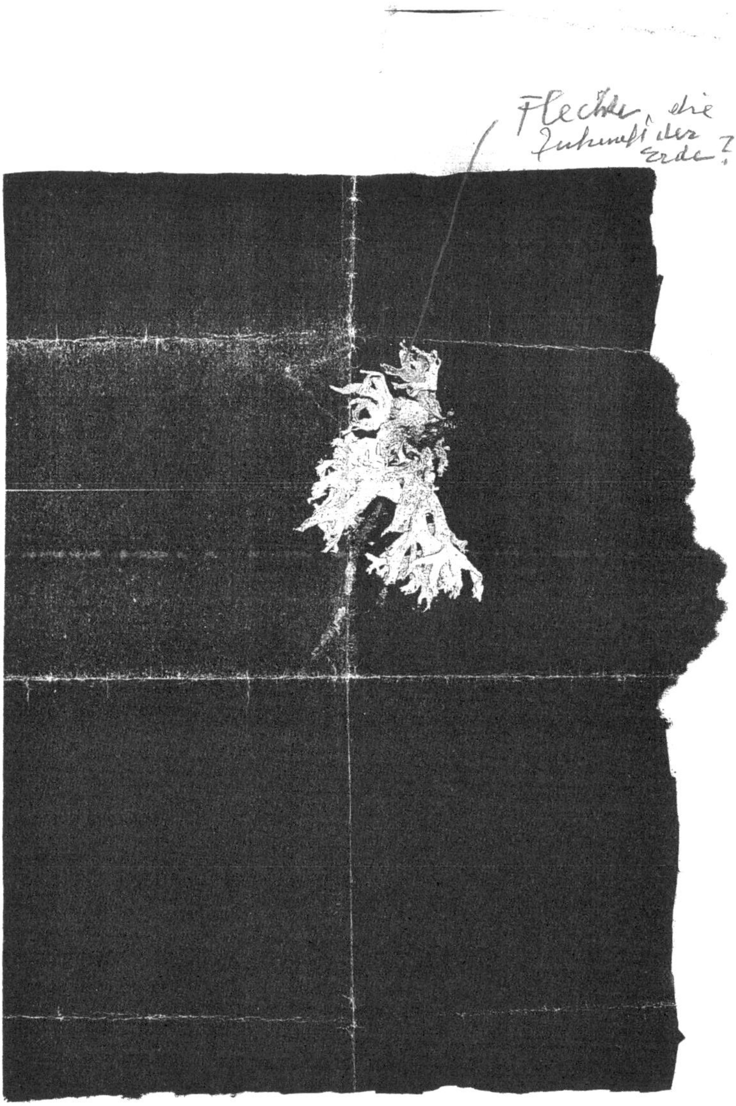
Flecken, die
Zukunft der
Erde?

Lieber Mario,
»Umkehrungen und Verwirbelungen: Landschaftsfragmente« lautete der Titel einer Ausstellung, die Du 2018 zusammen mit Andreas Erb, neun Literat:innen und mir im Düsseldorfer Malkasten-Park gemacht hast. Ich erinnere mich gut, wie Du dabei einen bespannten Keilrahmen in die sommerliche *Nördliche Düssel* versenkt hast. Diese Aktion war eine weitere Station auf Deiner 1977 begonnenen weltumspannenden Flussreise, auf der Dir Sedimente und Schwerkraft als natürliche Pinsel dienen.

Der visuelle Fußabdruck, den Minerale und organische Substanzen auf Deinen Flussaquarellen hinterlassen haben, löst bei mir Assoziationen aus, die u. a. mit einer Filmreise 2007 auf die arabische Halbinsel verbunden sind. Sie führte mich in die Oase von Mā'rib und zum sabäischen *Großen Damm*, einem der Weltwunder der Antike. Mit ihm wurden die Monsunfluten, die aus dem Gebirge ins Wādī Danah strömten, gebändigt und zusammen mit den Ton- und Silt-Sedimenten auf die Felder der Oase geleitet. Jahr für Jahr wuchs so die fruchtbare Sedimentschicht um 1 Zentimeter. Beim endgültigen Bruch des Damms im 3. Jahrhundert n. u. Z. hatte sie eine Höhe von 33 Metern erreicht.

Von ›furchtbaren Sedimenten‹, scharfen Asbestfasern, die sich beim Einatmen in der menschlichen Lunge ablagern, erfuhr ich 2008 bei meiner Recherche für den Film »Milltown, Montana«. Zusammen mit dem Trickfilmer Andy Smetanka und seinem kleinen Sohn Asa war ich nach Libby/MT gefahren, um dort die Umweltaktivistin Gayla Benefield zu besuchen. Gayla hatte schon mehrere Familienmitglieder, darunter ihre Eltern und ihren Mann, durch Asbestose und dadurch ausgelöste Krebserkrankungen verloren. Sie selbst und vier ihrer fünf Kinder waren auch mit der Krankheit konfrontiert, verursacht durch die Asbest-(Vermiculit)-Mine von W. C. Grace & Co.

Der Weg zu ihrem malerisch am Kootenay River gelegenen Grundstück führt über ein Eisenbahngleis. Als wir zurückfuhren, legte Andy für Asa kupferne Pennies auf die Schienen.

Vermiculite

Glühwürmchen schweben (schwirren) durchs Blätterwerk
hinterm Wald in der Kurve kreischen Räder auf den Schienen
Leg 'nen Penny drauf oder zwei oder drei – bringt vielleicht Glück
an den Ufern des schaurig-schönen Kootenay River … to tack to tack … to tack to tack … to tack to tack

Auf ›braune Sedimente‹, die sich in menschlichen Gehirnen und Gedärmen ablagern, stieß ich bei einer Kanutour auf der Havel im August 2023. Bei Stromkilometer 92 sichtete ich eine Armada von sechs Hausbooten, die neben einer Sandbank, auf der sich eine Feuerstelle befand, festgemacht hatte. Zwischen Bierkästen bewegten sich dunkle Gestalten mit den blaugelben Fan-Schals von Lokomotive Leipzig. Beim Näherkommen entdeckte ich T-Shirts der Marke Thor Steinar und ein Banner der »Legion Germania«. Bei dieser Flusskameradschaft im *Naturschutzgebiet Untere Havel Süd* handelte es sich offensichtlich um einen Auflauf Leipziger Neonazis.

Mario, wir nähern uns Deinem 70. Geburtstag. Dein weltoffener, künstlerischer Geist bildet einen unzerstörbaren ›Großen Damm‹, der die fruchtbaren Sedimente in die menschlichen Köpfe und Herzen lenkt und die furchtbaren Sedimente stoppt. In meinem Kühlschrank lagert für Dich eine Flasche »Wolfberger«, ein Crémant d'Alsace, die ich am 24. Dezember öffnen werde, um mit Dir auf Dein Wohl und Deine Kunst anzustoßen – Hommage au Champagne!

Herzlich, Rainer Komers

[anlässlich der Ausstellung Andreas Erb, Mario Reis: Umkehrungen und Verwirbelungen. Landschaftsfragmente; Künstlerverein Malkasten Düsseldorf; Gartenpavillon 2018, © AE]

Andreas Erb

Mario Reis

Ein Panorama in sieben Abteilungen

Abteilung 1: Entree

Abdrücke und Spuren hinterlassen. Was geschieht, wenn ein handelsüblicher, gewöhnlicher Knallfrosch in Farbe getaucht, auf einem Stück Stoff oder auf Papier befestigt ist und angezündet wird, was geschieht, wenn eine Lokomotive über eine dünne Bleiplatte oder eine aufgespannte Leinwand rollt, was geschieht, wenn ein Mensch blind zeichnet, dabei an jedem Finger ein Bleistift befestigt ist oder wenn er einen Bleistift hält, der Arm dabei bis zu einer Stunde ausgestreckt ist und die Bleistiftmine sachte das Papier berührt, was geschieht, wenn Salz und Kupfer mit Gold(acryl)tönen zusammengeführt werden, was geschieht, wenn Hunderte von unterschiedlichen Champagnerkorken Hunderte von Papieren bestempeln, was geschieht, wenn Leinwände tagelang in Flüssen hängen, was geschieht, wenn Rosenblätter auf einem Untergrund zerrieben werden? – Alle Werkgruppen von Mario Reis arbeiten mit dem Nichtvorhersehbaren. Der Künstler ist hier nicht derjenige, der alles kontrolliert, alles seinen ästhetischen Maßstäben berechnend unterwirft – er befreit sich vielmehr vom Zwang der Dominanz über das Material, entzieht sich aber auch der permanenten Selbstkontrolle. Mario Reis gibt seine Autorität ab nachdem er das Setting arrangiert hat; von diesem Zeitpunkt an gestaltet eine andere Kraft das Kunstwerk mit und hinterlässt jene Spuren und Abdrücke, die gleichermaßen auf die Versuchsanordnung des Künstlers und die dadurch provozierten Effekte verweisen, die sich jedoch vom Künstler unabhängig gemacht haben. Das Zusammenspiel von Einfall und Zufall wird bei Mario Reis zum zentralen Bestandteil jeder einzelnen Arbeit. Kritisch befragt werden kann die Konstellation, die von Wiederholung und Serialität bestimmt ist – nicht jedoch das je einzelne Endprodukt, das ein Original im besten Sinne darstellt.

Abteilung 2: Paris

Offenbar waren es am Anfang Briefe. Zumindest wäre das eine schöne Legende. Briefe an die Seine. Die Seine hieß Sequana. Seine Göttin an der Quelle seines ersten Flusses. La seine. In Paris schrieb er ihr, adressierte insgesamt 37 Briefe an 37 Brücken, wo er Sequana, die Seine, vermutete – die Post wollte die Briefe nicht zustellen. »Retour a l'envoyeur« – die Seine wohnt weder an, noch unter einer Brücke: »n'habite pas a l'adresse indiquee«. Ist unbekannt. »INCONNU«.

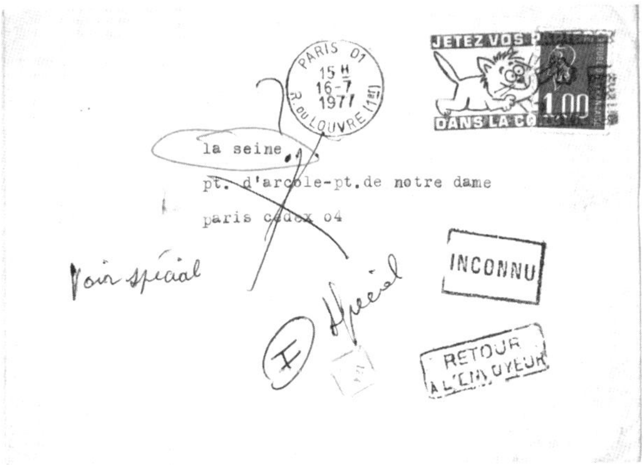

Die Briefe, geschrieben 1977 während eines Stipendiums an der Cité international des Arts, sind bis heute allesamt erhalten, verschlossen, gezeichnet von der Unzustellbarkeit; sie sind Zeugnisse einer Abwesenheit. Nicht ganz. Denn Mario Reis begibt sich zuvor an den jeweiligen Ort der unterschiedlichen Adressen und taucht auf Rahmen gespannte Leinwände ins Wasser, belässt sie über einen gewissen Zeitraum darin und fixiert die getrockneten Tücher nach einem eigens entwickelten Verfahren. Was zum Vorschein kommt ist als Botschaft des Flusses selbst zu lesen, seine mitgeführten Eigentümlichkeiten, Eigenarten, Besonderheiten, die die Membran nicht passieren und sich in der Leinwand verfangen. Auf diese Weise entstehen Festschreibungen eines Augenblicks, Protokolle einer Einschreibung und Aufzeichnung. Die Einzigartigkeit des Charakters, festgehalten an einem bestimmten Ort und zu einer bestimmten Zeit, gerinnt auf der Leinwand zu einem individuellen Portrait des Flusses. Mario Reis hat solchermaßen 37 Selbstbilder der Seine initiiert.

So viel wir über die Geschichte und Geschicke des Flusses und seiner einzelnen Brücken wissen, so sehr sie im touristischen Scheinwerferlicht erscheinen und verblassen, so medial sie auch präsent sind, so wenig kennen wir das Eigenleben der Seine unterhalb ihrer Oberfläche. Sie ist Gegenstand von Gesängen, Erzählungen, von Bildender Kunst, gar von Plastik, natürlich von Fotografie und Film, immer gilt all die Aufmerksamkeit ihrer äußeren Erscheinung. Zum Vorschein kommen zumeist die Projektionen, die Einbildungen und Zudichtungen, die Überlagerungen der jeweiligen Moden und Ansichten. Anders die Tücher des Mario Reis. Sie offenbaren, begründet durch die kurze Verweildauer der Leinwände im Wasser, lichte Augenblicke, changierendes Cremeweiß, hier mit einem leichten Gelbschein, dort mit einem Hauch von Rosa, dann einzelne Leinwände mit kräftigen Ocker- und Brauntönen, insgesamt finden sich neben den Schwebeteilchen und Sedimentspuren kaum Ablagerungen von nennenswerter Größe – alles in allem eine feine Textur mit einer eigenen Grammatik, die es zu entschlüsseln gilt. Bezogen auf die Kommunikation von Mario Reis mit dem Fluss lassen sich die Wasserbilder als Antwort der Seine avant la lettre lesen.

So abwesend und unerreicht die Seine im Briefverkehr, so präsent ist sie bei den Naturaquarellen, wie Mario Reis diese Leinwände selbst nennt. In beiden Fällen kommt es zu einer Begegnung, die vorgibt, dialogisch zu sein, tatsächlich im Monolog endet. »Briefe schreiben fingiert Lebendiges im Medium des erstarrten Wortes« schreibt Theodor W. Adorno über Walter Benjamin, den Briefschreiber. Mario Reis' Worte an die Seine sind vollkommen erstarrt, sie sind gleichsam Inschrift des Unzugänglichen, dabei selbst verborgen, wollten auch kaum etwas anderes, als das Selbst zu verbergen. Der Brief als unzustellbarer Monolog, dazu bestimmt, zu sich zurückzukehren. Die Textur der Seine, ihr Abbild im Gewebe, dagegen ist offen, immer aufs Neue lebendig, lesbare Mitteilung. Im Zusammenspiel mit dem korrespondierenden Brief legt Mario Reis programmatisch sein Kunstverständnis offen, das sein Werk bis heute durchdringt. Das Subjekt verschwindet im Vorgang des Schaffens – es präsentiert sich nicht als welterzeugendes Ich, tritt vollkommen zurück, bleibt Chiffre im Verschlossenen. Es ist vielmehr Medium im Prozess der Selbstdarstellung des Objekts. Die Seine wird zur Erzählerin, Mario Reis ist bloßer Verwalter, Buchhalter. Seine eigene Autorschaft gibt er zugunsten des Arrangements ab. Er schafft eine Situation, in der es zum Zusammenspiel von Zufall und fremder Entäußerung kommt, er stellt das Material zur Verfügung, das beschrieben und gestaltet wird, ohne dass ein Gestaltungswille erkennbar ist. Die Verweigerung der Zustellung der Briefe geht einher mit einem festgelegten Verfahren des Stempelns, Durchstreichens, der verwaltungsgemäßen Zurückweisung und Rücküberführung an den Absender – die Gesten dieser Ablehnung bilden das Ornament des kommunikativen Scheiterns: Die Seine bleibt postalisch unerreichbar. Eine Annäherung kann nur körperlich-unmittelbar erfolgen, etwas von dem begehrten Objekt zu erfahren, dazu bedarf es eines Verfahrens der Filtrierung, der, ist der Prozess in Gang gesetzt, nicht weiter beeinflussbar ist. Die Grundfrage, die dahintersteht, ist alt und nicht auflösbar, hängt zusammen mit dem Wunsch, den Kern des Selbstverständlichen sichtbar zu machen, zu zeigen, wie sich unterhalb der Oberflächen Wesenhaftes generiert und gestaltet. Mario Reis hat dabei die umfassendste Naturkunde der Flüsse verfassen lassen. Paris und die Seine waren der Ausgangspunkt. Briefe an Flüsse hat er meines Wissens nicht mehr geschrieben – die Unzustellbarkeit hätte zunehmend den Monolog des Briefstellers zum (ungelesenen/unlesbaren) Nekrolog werden lassen, während die Naturaquarelle als beredte Zeugnisse vitaler Flussbewegung fortdauern.

Abteilung 3: Flussenzyklopädie

»The rivers in my paintings are both the object and subject of my work. I am not creating an illusion of rivers, but catching some of the real essence of the rivers in my painting. They leave their imprint on the cotton and show us how they are.«
MR in einem Interview mit John K. Grande

Innerhalb der historischen Flussforschung haben sich unterschiedliche Disziplinen multiperspektivisch dem Wesen, dem System, der Geschichte etc. von Flüssen angenommen; Flussforschung ist dabei immer auch Raumforschung, erweitert um den Faktor Zeit, da sich der untersuchte Raum permanent bewegt. Im Angesicht des Flusses sind Vergangenheit und Zukunft so gegenwärtig wie jeder Augenblick der Jetzt-Zeit. In dem Maße, wie sich Flüsse durch Raum und Zeit bewegen, sind sie Handelnde – sie formen Räume mit unübersehbaren klimatischen, geographischen und sozialen Folgen; gleichzeitig prägen Gesellschaften Flusslandschaften und gestalten sie nach ihren Interessen. Die Geographie, die Geschichts- und Kulturwissenschaft, die Archäologie, die Literatur, die Kunst und Kartographie verfolgen, kommentieren, beschreiben, verzeichnen diese Raumbewegungen. »Le fleuve est donc acteur, marqueur et objet d'histoire parce que, comme un individu, une ville ou une société, il se transforme au cours du temps dans sa chair, ses fonctions, son statut, et parce que l'homme qui l'a nommé [...] a pris sa part des métamorphoses tant par ses actes que par ses discours – des millénaires de littérature – plus encore que la nature.« Jeder Fluss, so der Historiker Jacques Rossiaud (*Le Rhône au Moyen Âge. Histoire et représentations d'un fleuve européen*. Paris 2007), ist damit ebenso handelndes Subjekt der Geschichte, wie Gegenstand von gesellschaftlichen Handlungen und von Geschichten. Dazu gehören selbstverständlich auch alle ästhetischen Markierungen und Aufladungen, alle Mythisierungen, alle Formen ikonographischer Darstellung des Flussraumes, von der orientierungsstiftenden Landkarte bis zur Ansichtskarte. Es ist nur ein kleiner Schritt, die Wasserarbeiten von Mario Reis in dieser Reihe zu verorten. Die Besonderheit der Naturaquarelle offenbart bereits die Bezeichnung selbst. Es sind natürlich Repräsentationen der jeweiligen Flüsse, jedoch solche, die das Subjekt des Flusses in Erscheinung treten lassen. Der Künstler Mario Reis ist dabei nur Gehilfe, der sich in den Dienst stellt, und dem Fluss lediglich die Mittel der Selbstdarstellung an die Hand gibt. Heraus kommen wunderbar anzusehende Bilder, zusammengetragen von der fluvialen Energie, ästhetische Objekte, die uns hineinführen in die

Kulturgeschichte unserer Natur und Auskunft geben über Flusslandschaften im Anthropozän. Jede einzelne Flussarbeit ist damit eine Selbstoffenbarung des Flusses wie Ausdruck des gestaltenden Menschen. Mario Reis ist abwesend und anwesend gleichermaßen. Abwesend auch räumlich, wenn er das Gewebe dem Fluss überlässt (bis hin zum Verlust, zur Auflösung und Zerstörung der Leinwand), anwesend als Herr des Verfahrens und anschließend als Verantwortlicher der Inszenierung der einzelnen Tücher zu Flusslandschaften in Galerien, Sammlungen und Museen. Und der jeweilige Fluss? Ist anwesend in seiner künstlichen, fixierten, lichtecht präsentierten Zweidimensionalität, die zum Ausdruck seiner rätselhaften zeiträumlichen und materiellen Vielschichtigkeit wird, und er ist natürlich, ganz im Zeichen der Repräsentation, abwesend.

Einmal und mit Bedacht in die Tiefe der Flussaquarelle geschaut, verändert sich fortan jede Flusslandschaft. All das historische, gesellschaftliche, soziale, geologische, hydrologische, biologische Leben, selbst das persönliche Erleben mündet letztlich in die Frage nach der Erscheinung des Flusses auf dem Aquarell. Jedes Gewässer weltweit ist damit überformt von den Ansichten der Flusstücher. Mario Reis ist sich dessen bewusst. Und wie jeder Kartograph ist er angezogen von den weißen Flecken auf der imaginären Landkarte. – Wenn das Schwimmen in der eiskalten Hesselbach zwischen Schönmünzach und Forbach, jenem wunderbar-magischen Teilabschnitt der Murg, gelegen in jenem »heitere[n] Thal«, von Bergesgipfeln umzingelt, »deren entferntere Häupter sich durch Lichtblau malerisch abzeichnen«, wo sich die Murg durch den Buntsandstein durchgeschoben und tief in den Granit eingegraben hat und nun also »schäumend [...] durch die Tiefen waldüberwachsener Höhen [tobt], deren Grundveste sie benetzt«, wenn also die Haut von Abermillionen von Kältenadeln belebt wird, das Herz gegen die Strömung anklopft, wenn das Schwimmen in jenem »felsbekränzte[n] Thal«, in dem »ausser dem Wassergeräusch«, dem Gurgeln, Rauschen, »feierliche Stille« herrscht, wenn das Wasser den Körper noch durchströmt, nachdem er längst die Gumpe verlassen hat, an der sich die kleine Gruppe der »Roten« traf, während sich talabwärts der faschistische Taumel Bahn brach, wenn die Murg also durch den Körper und in seinem Bett fortströmt, hinunter nach Forbach, weiter nach Gernsbach, dort wo einst das Triftholz zu Flößen zusammengebunden und bis in die Niederlanden geflößt wurde, wenn Mario Reis von alldem hört, dann schreibt er: »Hättest für mich einen Rahmen reinhängen können.« Was selbstverständlich als Witz gemeint war. Niemals würde Mario Reis eine Stellvertreterarbeit initiieren – dies widerspricht zutiefst seinem Verständnis der Flussarbeiten, die immer auch Ergebnis sind einer Auseinandersetzung mit seinem Gegenüber, die einer dialogischen Beziehung zwischen ihm und dem Gewässer gleichkommen. Und dennoch blitzt, wie bei jedem Witz, etwas Wahres durch: Denn die Murg fehlt auf der Flusskarte des Mario Reis.

Hesselbach, 2023 © AE

[Die Zitate der Murgbeschreibung sind dem Kapitel »Forbach im Murgthal« aus Gustav Schwabs Wanderungen durch Schwaben, Leipzig 1840, S. 208 ff. entnommen]

Abteilung 4: Die Rose

Rosen allenthalben. Als Verb heute eher befremdlich, zur Rose werdend, »der neʒʒelen ursprinc (wurzel) / der rôset ob der erden«, *Tristan*, oder Konrad von Würzburg, »nein, frouwe, ir sît gerœset / mit êren und mit hôher tugent«; hiernach folgen im Grimm'schen Wörterbuch von Rosenader bis Rosenzweiglein seitenweise Einträge mit Komposita, die in alle denkbaren Verästelungen der Familie der Rosengewächse führt, kaum eine Bedeutungsübertragung, -verschiebung auslassend. Und natürlich darf bei einem derartigen Rosenbouquet auch Getrude Steins »Rose is a rose is a rose is a rose« nicht fehlen, auch nicht das Füllhorn an klingenden Rosennamen wie Rose de Resht, Comte de Chambord, Louise Odier, Jacques Cartier, Rosa Centifolia, Rosa Lutea, Foetida Bicolor, Lawrence Johnston, Aimée Vibert oder Clg. Etoile de Hollande. Und ein weiterer, flüchtiger Blick auf die Kulturgeschichte zeigt: Alles ist Rose. Kaum etwas ist dabei bei Mario Reis zu finden – vielleicht aber eine Antwort auf Rainer Maria Rilkes Gedichtfrage in »Das Rosen-Innere«: »Wo ist zu diesem Innen / ein Außen? Auf welches Weh / legt man solches Linnen? / Welche Himmel spiegeln sich drinnen / in dem Binnensee / dieser offenen Rosen / […].«

Andreas Erb und Mario Reis: *Umkehrungen und Verwirbelungen. Landschaftsfragmente*; Künstlerverein Malkasten Düsseldorf; Gartenpavillon 2018 © AE

»Im Sommer des Jahres 1978 verbrachte ich einige Monate mit dem Casa Baldi Stipendium in Olevano Romano, Italien. In dieser Zeit setzte ich meine Arbeit an meiner Serie der Naturaquarelle fort. Ich hatte erkannt, nachdem ich bereits an der Seine in Paris, am Rhein in Düsseldorf, am Bahnhof Rolandseck und an der Emscher in Gelsenkirchen gearbeitet hatte, dass diese Werkgruppe sich zu einem weltweiten Projekt entwickeln würde. So entstanden während meines Aufenthalts in Italien Naturaquarelle in Rom, vom Tiber und in der Nähe von Olevano Romano, vom Sacco.

Ob es in der Gegend von Olevano noch die üppigen Mohnfelder und wildwachsenden Rosensträucher gibt, wäre eine Reise dorthin wert. Schon allein wegen der Weintankstelle. Ein offenes Häuschen, es könnte auch als Wartehäuschen dienen, bis ein Bus vorbeikommt. Die Innenwände und der Boden waren komplett gekachelt. So meine Erinnerung. Auf der rechten Seite des Raumes befand sich eine große Waage, links davon eine Box für den Geldeinwurf. An der Hauptwand gab es drei Zapfhähne für Vino bianco, Vino rosso und Vino rosso superiore. Man musste also einen Kanister mitbringen, diesen nach Weinvorliebe füllen, das Gewicht ermitteln und den Gesamtpreis in die Box werfen. Großartig. Und jedes Mal, wenn ich dorthin fuhr, faszinierten mich diese Mohnfelder. Das inspirierte mich und es entstand die Werkgruppe der Mohn- und Rosenbilder. Da ich Keilrahmen und weißen Baumwollstoff hatte, war der Bildträger bereits vorhanden. Es ging nun darum, Blütenblätter zu sammeln und sie im Atelier, das damals noch ein Wohnhaus war, auf dem Stoff in gestischen, strukturierten Bewegungen zu zerreiben, wodurch der Farbsaft den Stoff einfärbte. Dadurch entstanden die Farbtöne nicht aus gekauften Farben, sondern waren direkt aus der Natur gewonnen. Da diese Farben nicht opak sind, ergaben sich durch das Auftragen zahlreicher Schichten auch räumliche Tiefen auf einer Fläche.« (MR in einem Gespräch am 19. 9. 2023)

Mario Reis geht den direkten Weg: Er gewinnt nicht erst die Farbe aus dem Pflanzenmaterial und trägt sie dann auf, sondern bearbeitet die Leinwand direkt; Schicht um Schicht werden die Blütenblätter eingerieben, tief in das Gewebe wird der Rosenfarbstoff eingewirkt. Rosengewirke also. Jede kulturelle Assoziation, jede figurative Vorstellung, jede Symbolik geht auf diese Weise verloren, bzw. werden all diese Narrationen schichtenweise eingearbeitet zu einer monochromen Fläche (streng genommen müsste es monorosen/monorosaceaen Fläche heißen), die alle Farbabstufungen und -nuancen von Rosenrot offenbart und ihre Lebendigkeit in der Betrachtung entwickelt. Es ist die vollkommene Abstraktion, in der die Natur selbst, aber auch ihre kulturellen Aneignung ebenso in der Tiefe des Gewebes verschwinden wie der subjektive Zugriff des Künstlers – und dies gerade unter Einbeziehung der Natur (Rosenblatt) und der physischen Wirk-Kraft des Mario Reis. Insofern lebt die Rosenwerkgruppe, wie auch die Naturaquarelle vom Spannungsverhältnis der gleichzeitigen An- und Abwesenheit der Natur und des Künstlers.

Abteilung 5: Der Zug

Duisburg-Hamborn, 1956. LD hatte im Leben eine einzige Lederhose, im März wurde sie aus dem Schrank herausgeholt, die Wollunterhose drunter, Ende Oktober wurde sie wieder zurückgelegt. Es war die beste und stabilste Lederhose der Welt, so war sich der Sechsjähre sicher, prahlte damit und legte seine geliebte Hose vor den Augen der Freunde auf die Gleise der privaten Eisenbahnstrecke der August-Thyssen-Hütte. Die Hose ist nicht mehr erhalten, die anschließende väterliche Prügel wirkt noch heute, 70 Jahre später, nach. Generationen von Kindern formten so aus Nägeln Pfeilspitzen, aus Pfennigstücken antike Münzen oder kleine Wurfscheiben. Der Schienenstrang als Abenteuerspielplatz, als Initiationsraum. Für Mario Reis als Experimentierfeld. Nach den Flüssen und Rosen ist die Werkgruppe der Schienenarbeiten gänzlich befreit von der physischen – nicht jedoch von der physikalischen Natur. Stahlräder rollen auf Stahlschienen. Die kleine Aufstandsfläche zwischen Rad und Schiene sorgt dabei nicht nur für einen geringen Rollreibungswiderstand zwischen den Stahlflächen, sie ist in den achtziger Jahren Mario Reis ein weiteres Medium der gestalterischen Arbeit.

»Bahnhof Rolandseck«. Dort entstand 1978 die Idee der Schienenarbeiten, diese nenne ich auch *Train-Tracks*. Zu diesem Zeitpunkt war ich noch Student an der Staatlichen Kunstakademie Düsseldorf und war in der Klasse von Professor Günther Uecker eingeschrieben. Uecker war mit Johannes Wasmuth, dem damaligen Leiter vom Bahnhof Rolandseck befreundet. Dadurch bekam ich die einmalige Möglichkeit, einen Monat im Bahnhof im großen Raum unten rechts, als Gast zu wohnen. Nicht wissend, wie viele Züge täglich durch den Bahnhof donnern. – Eigentlich war ich wegen der Abgeschiedenheit und der Nähe zum Rhein dorthin gefahren und wollte Naturaquarelle anfertigen. Tagsüber empfand ich die Geräuschkulisse nicht als störend. Doch nachts wurde ich oft aus dem Schlaf gerissen, als würde ein Schnellzug durch den Raum und über mein Bett hinwegrasen. In diesen nächtlichen Momenten kam mir die Idee, dieses Gefühl von Geschwindigkeit und Kraft, das ich erlebte, bildlich festzuhalten.

So stand ich eines Nachts auf und legte ein sehr kleines weißes Tuch, etwa 30 × 50 cm groß, über eine Schiene und befestigte es an den Holzschwellen. Die Spuren von Rost, Verbrennung und das teilweise Aufreißen des Tuchs überzeugten mich davon, dass sich so die Manifestation eines vorbeirasenden Zuges in der Zeit eingefroren hatte. Es muss die Zeit gewesen sein, als der Steinway

Flügel dort im Bahnhof eingeweiht wurde. An dem Abend waren auch Uecker und seine Schwester Rotraut Klein im Bahnhof anwesend und Rotraut erwarb spontan aus dieser neuen Werkgruppe zwei Arbeiten.

Im Laufe der Zeit und an verschiedenen Orten wurden die Tücher in größerem Format umgesetzt. Als Konrad Henkel noch lebte, wurde mir nach einem Jahr Vorbereitung die Möglichkeit gegeben, einen Tag lang eine Werkslokomotive des Henkelwerks in Düsseldorf zu nutzen. Dort entstanden Schienenarbeiten auf Blei und Holz auf den Gleisen des Werks. So konnte ich die Idee der Schienenarbeiten erweitern, da ich nun auch andere Materialien verwenden konnte, die nun vor allem die Kraft einer solchen Maschine zum Ausdruck brachten.« (MR in einem Gespräch am 19. 9. 2023)

Nachtzug, 1978 © MR

Die beiden beschriebenen Phasen unterscheiden sich grundlegend: In Remagen ist es die Verbindung von Geschwindigkeit und Masse, die auf die Leinwände letztlich unkontrolliert einwirkt bzw. sich in die Leinwand einprägt, während auf dem Werksgelände nicht nur unterschiedliche Materialien erprobt werden können, sondern wie sie vor allem auf die Druckverhältnisse, die die Masse der Lokomotive auf die Schienen bringt, reagieren. In beiden Fällen gleich ist, dass der Einfall des Künstlers einen Rahmen setzt, in dem der Zufall die größtmögliche Wirkung entfalten kann. Die mechanische Einschreibung der Kraft auf einen vorbestimmten Träger könnte Gegenstand einer physikalischen Ausgangsfrage sein, die hier umgewandelt wird in die Frage nach der ästhetischen Kraft der Verformung. Das Schöne, das hierbei entsteht ist letztlich nichts in der Welt Vorfindbares, sondern Ausdruck einer Idee, vollendet durch physikalische Gesetzmäßigkeiten, die sich im Objekt materialisieren, das heißt, als ästhetisches Artefakt in Erscheinung treten. Und der Übergang vom Rolandseck zu Henkel markiert den Übergang zum Wunsch, die Verfahrensweise immer mehr zu beherrschen, dem Material mehr Aufmerksamkeit zu schenken, dem Einfall gegenüber dem Zufall mehr Ausdruck zu geben. Die Kunstwerke im Kontrollbereich zeugen zudem von faktischer Entschleunigung (und kollidieren nicht mehr mit dem Rechtssystem, insbesondere mit § 315 StGB: Gefährliche Eingriffe in den Bahn-, Schiffs- und Luftverkehr). Durch diese Reduzierung der Geschwindigkeit verwandeln sich die Train-Track-Objekte von Arbeiten mit der Anmutung ungestüm-gestischer Malerei hin zu kontemplativen Skulpturen. Stehen dort der rauschhafte Augenblick im Vordergrund, offenbart sich hier das Material in seiner spezifischen Geformtheit.

Abteilung 6: Champagner

© AE

Webstücke. Textgewebe. Texturen. Allesamt sind sie lesbar und folgen einer je eigenen Grammatik. Diese gilt es zu verstehen. Verstehen im Sinne eines Dahinterschauens. Und bei Mario Reis lässt sich eine Vielzahl von Geweben und Texturen finden: Von den Flusstüchern hin zu den Rosen und den Schienenarbeiten.

In diese Gruppe der »Webstücke« gehört auch der Champagner mit seiner ganz offensichtlichen Textur, der Perlage. Denn das Zusammenspiel unterschiedlicher chemischer Prozesse führt zum Aufsteigen der markanten Champagnerperlen im eigens dafür geschliffenen Glas. Sie zu lesen ist unsere Aufgabe, wollen wir verstehen, was wir vor uns haben. Der Chemiker hat hierfür seinen eigenen, wissenschaftlichen Zugang und erklärt uns die Bedingungen von Größe, Volumen, Steiggeschwindigkeit, Festigkeit der aufsteigenden Bläschen. Der Sommelier erkennt sie als Medium, die den Geschmack des Champagners transportieren. Der Philosoph vertieft sich in die aufsteigenden Reihen wie in eine Denkfigur. Und der Kellermeister könnte viel preisgeben von seinen Versuchen mit der Dosage, er aber schweigt und bewahrt sein Geheimnis. Alle arbeiten auf ihre Weise an der Struktur, an der Grammatik hinter dem Phänomen. Und natürlich verhalten wir uns alle zur Perlage: Der Chemiker untersucht weiter die Möglichkeiten der Einflussnahmen, der Sommelier vergleicht die unterschiedlichen Champagnersorten auch anhand der Perlen, der Philosoph denkt weiter nach, der Kellermeister arbeitet weiter im Verborgen, die gemeinen Konsumenten, die in den Bläschen einen unguten Einfluss auf ihre Verdauung befürchten, benutzen seit über einem Jahrhundert den legendären und heute aus der Mode gekommenen Champagnerquirl, die Glashersteller fräsen weiter gezielt Moussierpunkte in die Gläser.

Und Mario Reis? Schaut sich seit Ende der siebziger Jahre das Phänomen Champagner an. Die ersten Arbeiten entstehen 1979 in Paris und weiten sich 2020 zu einem gigantischen Übersetzungsprojekt aus. *Hommage au Champagne*. Ein Unterfangen, das er im Frühjahr 2020 begonnen und ein Jahr durchgeführt hat. 2020 war ein Schaltjahr mit 366 Tagen – was liegt näher, als 366 Champagnersorten auf ihre Perlage hin zu untersuchen? Soweit der äußere Rahmen der Versuchsanordnung. Als Medium dient Mario Reis der Champagnerkorken, selbst wieder ein Text mit einer langen Geschichte und mit einer festgelegten Struktur. Es gibt viel zu berichten über die Kultivierung der mediterranen Korkeichen, über die Verfahren der Schälung der Bäume, über die Herstellung der Korken selbst, über Cheville und Juponne, über den Spiegel, über die beiden Verschlussscheiben und natürlich über den Korken als Werbeträger mit seinen unterschiedlichen Aufdrucken. All davon erzählt, die Arbeiten von Mario Reis ernst genommen, in kondensierter Form jedes einzelne Champagner-Bild. Und mehr noch. Mario Reis stempelt, er schreibt, er dokumentiert – übrigens mit lichtechter Dokumententinte – und zeichnet auf. Jeder Champagnerdruck ein eigener Text, der darüber Auskunft gibt, wie der Künstler die jeweiligen Champagnerperlen liest und sie in sein Sprachsystem übersetzt. Und auch diese Texturen folgen einer Grammatik – zum Beispiel der Wahrnehmungsrichtung. Wir sind es gewohnt, ein Dokument von links oben nach rechts unten zu lesen. Das entspricht jedoch nicht der Leseanweisung der Arbeiten. Denn entsprechend der Perlen im Glas, steigen die Stempelabdrücke der Champagnerhommagen von links unten nach rechts oben, schlängeln sich vertikal aufsteigend über das Papier und begründen eine eigene Dynamik, die wiederum abhängig ist vom Rhythmus der stempelnden Hand. Damit gewinnen die Champagnerarbeiten ein einzigartiges Aussehen (Eigenart), die der Perlage in jedem einzelnen Glas gleichkommt. Die Stempelabdrücke des Mario Reis sind individuelle Texte, die den Versuch machen, das Wesen des Champagners zu übertragen. Und die Gesamtheit der Arbeiten der Werkgruppe offenbart die Kraft, die in jedem einzelnen Stempelabdruck steckt, wie sie letztlich aber auch die Magie des Champagners als »Elexier« freilegt.

Eine weitere Textur, die es zu lesen gilt, führt zum Gesamtprojekt. Die Arbeiten sprechen einzeln für sich, gleichzeitig entfalten sie gerade im Ensemble ihre besondere Kraft (das gilt im Übrigen auch für die »Flusslandschaften« wie auch für die »Rosenbeete«). Es gibt in jedem Bild ein Zusammenspiel von dem einzelnen Stempelabdruck, der Gesamtheit der Abdrücke auf dem Blatt und allen Arbeiten dieser Art überhaupt. Jeder Stempel markiert eine Einzelwelt, lässt sich als Planet wahrnehmen, mit einer je eigenen Schönheit, mit einem je eigenen Charakter – ganz vergleichbar mit jeder einzelnen Champagnerperle, die in sich das ganze Verfahren trägt: von der Arbeit an der Rebe, über die Lese, den Ausbau im Keller, über die Dosage bis hin zur Verkorkung und anschließender Lagerung. Und an all das erinnert jeder Korkenabdruck. Zusammen mit den anderen ergibt sich ein erzählendes Ensemble, das Auskunft gibt über das Spiel der Perlen im Glas, zudem über die Sensationen des Geschmacks im Gaumen bis hin zu den Explosionen im Nervensystem. Die einzelnen Bilder aber gesehen im Kontext aller oder vieler Champagnerarbeiten eröffnen den Blick auf die Vielfalt, die uns die Champagne bietet. Die Gesamtschau des Champagnerprojekts in Ausstellungen lässt sich auch hier als Landschaft wahrnehmen, in der die einzelne Perle mit der Gesamtheit der Perlage und der Champagne selbst in Beziehung steht. Auch hier wird deutlich, dass das Prinzip der Serialität das Schaffen von Mario Reis durchzieht. Wiederholung und Variation sind die Wesensmerkmale eines Verfahrens, das immer auch mit der Betonung und Verdrängung des Individuellen spielt, das das Verfahren über den »Inhalt«

stellt, das das Konzept vor die geniale Einzelidee positioniert usw. Gleichzeitig korrespondieren serielle Projekte mit unserer gesellschaftlichen Praxis, stellen sie in Frage, trivialisieren sie in popkultureller Absicht, überhöhen sie hin zur grotesken Verformung. All das als eine Kulturgeschichte der Moderne müssen wir bei Mario Reis mitdenken, ohne dass wir die Arbeiten damit einseitig labeln – aber sie spielen damit, wie sich die Champagnerkultur dadurch auszeichnet, dass sie Distinktionsbarrieren aufbaut. *Hommage au Champagne* berührt als Gesamtprojekt eben auch diese Überhöhung eines Luxusgutes und stellt die elitäre Fetischisierung von Objekten grundsätzlich in Frage – ohne ihnen die Schönheit zu nehmen.

Abteilung 7: Am Ende auch das Augenzwinkern

Eine Zündschnur wird gezündet und setzt ein Pulvergemisch in Brand. Dadurch entstehen in Sekundenbruchteilen Gase, die, wenn sie nicht entweichen können, in ihrem Behälter einen enormen Innendruck aufbauen, der die Hülle mit einem Knall zum Platzen bringen kann. So einfach das Prinzip, so sehr ist die Szene für Übertragungen aller Art geeignet. Kommt dann noch Farbe ins Spiel und werden die Böller in einem bestimmten Setting zum Knallen gebracht, entstehen jene Farb-Energie-Gebilde, die Mario Reis Froscharbeiten nennt, die dem Augenzwinkern Gestalt geben, die aber vor allem Assoziationsfeuerwerke auslösen können.

Zum Schluss noch einmal Mario Reis:

»Denke, soweit ich mich erinnern kann, sind die ersten Frösche im Farbenrausch 1984 entstanden.

Frösche im Goldrausch.

Hommage an Meret Oppenheim. Nein, keine Tasse im Pelzmantel, aber ein Frosch im Pelzmantel. Sogar deren drei.

Der malende Frosch? Nein, aber der malende Knallfrosch.

So wie bei den Naturaquarellen oder Schienenarbeiten ist zuerst die Idee und dann die Frage, wie ich sie unter Zuhilfenahme eines Mediums realisieren kann.

Eigendynamische Kräfte sichtbar machen. An sich kann ein Knallfrosch ohne Fremdeinwirkung gar nichts. Wird er gezündet, dann springt er umher und macht Krach. Nicht viel. Der Frosch wird angemalt, bevor die Farbe getrocknet ist auf einen Karton gelegt, dann in eine Box gepackt und angezündet, Deckel zu. Da springt er in der Box herum und schleudert die nasse Farbe auf den Karton. Action-Painting. Es sind humorvolle Arbeiten, welche die Explosion nicht einfach verpuffen lässt, sondern nutzt, um eine künstlerische Idee zu verwirklichen.« (Mario Reis, 19. 10. 2023)

Hommage an Meret Oppenheim. Frösche im Pelzmantel, 2010, © MR

Der Frosch im Farbrausch, der nicht nur Meret Oppenheim zuliebe im Fell auftritt, der gefangen in einer Mausefalle sitzen kann, der aber auch als ganzes Froschfarbkonzert für einen Moment zum Gesamtkunstwerk aufsteigt und (wirklich) alle Sinne berührt, diese Werkgruppe radikalisiert letztlich den Grundgedanken, der hinter der Kunst von Mario Reis immer wieder neu und in Variationen gedacht wird. Wie lassen sich vorhandene, alltägliche energetische Konstellationen so kanalisieren, manipulieren, transformieren, dass am Ende ästhetische Energie herauskommt. Es ist das beeindruckende Spiel um das Verschieben von Grenzen der Verantwortlichkeit – und letztlich die radikale Absage an die überkommene Vorstellung des genialischen Schöpfer-Ichs. Im Vordergrund steht die Idee, gleichsam wird sie radikal preisgegeben, indem sie der Praxis des Zufalls vollkommen ausgeliefert wird. In Klammer gesprochen: Die »Idee« umfasst natürlich das Diskurswissen um die Idee selbst, wie jenes um die Kunstgeschichte; so zitieren etwa die »Frösche im Pelzmantel« Meret Oppenheim wortwörtlich als Subscriptio, aber ein Schelm, wer dabei nicht auch an das »Selbstbildnis im Pelzrock« denkt, usw.

Ungefähr 1700 Flüsse, 600 Champagnerdrucke, 50 Rosen, 200 Train-Tracks, und ich weiß nicht wie viele Frösche im Farbmantel hat Mario Reis über die Jahrzehnte angefertigt, angetrieben von der Neugierde, wie sich über Variationen Vielfalt zeigt. Diese Arbeiten unterscheiden sich formal, das heißt von ihrer Herstellung, und ästhetisch, das heißt von ihrer äußeren Gestalt – sie korrespondieren aber auf der Ebene von Wahrnehmung und Übersetzung. Ausgangspunkt sind Phänomene der äußeren Wirklichkeit, die Mario Reis in Bilder zu überführen versucht und hierfür eine Versuchsanordnung festlegt, die konsequent beibehalten wird. Mario Reis arbeitet an der Illusion, an dem Anschein, als ob die Welt Kunstwerke hervorbringe. Es ist dieses als ob, das die Arbeiten so besonders macht. Als ob es die Flüsse sind, die die Leinwände aquarellieren, als ob es die Schichtungen von Rosenrot sind, die das wahre Innere der Rose offenbaren, als ob sich die Champagnerperlen in einem weiteren klandestinen Ausbauverfahren auf Papierbögen wiederfinden und die Faszination des Geschmacks weitertragen, als ob die Lokomotive oder die Böller mit Einsicht in die Ästhetik der Verformungen und Explosionen die jeweiligen Untergründe bearbeiten. Mario Reis nimmt der äußeren Welt (damit auch der Natur) ihre Gegenständlichkeit und überführt sie mit Beharrlichkeit und Nachdruck in ein Tableau voller Texturen. Darin liegt keine Abwehr, kein Ausschluss der aufdringlichen Welt, vielmehr soll eine andere Seite gezeigt werden, die abgewandte Seite, die abwesende Seite, die übersehene Seite. Die Arbeiten des Mario Reis machen sichtbar. Immer wieder. Immer wieder aufs Neue. Das ist eine Variante des Prinzips der Serialität, die nicht zu verleugnen ist, die immer wieder anklingt (mit allen kunsttheoretischen und -historischen Aufladungen). Es ist dabei jedoch nicht (nur) das mechanistische Prinzip, das Pate steht, sondern vor allem die künstlerische Neugierde, die Abwesenheit wieder und wieder anzusprechen und sichtbar zu machen – und zwar in der Abstraktion, die vom Offensichtlichen, vom profanen Äußeren, absieht. Sich hierein zu vertiefen, zu verlieren, heißt sich zu berauschen.

Alexander Wasner

Die feinperlige Freiheit des Partisanen*

Mario Reis ist ein glänzender Gastgeber und ein mitreißender Erzähler, der nicht nur erzählen kann, sondern auch etwas zu erzählen hat. Allerdings ist es eine aufopferungsvolle Aktion, zu ihm nach Gerolstein-Michelbach zu fahren. Man kann dort nicht im Hellen ankommen, es ist eigentlich notwendig dunkel bei der Ankunft und man erwartet ein mit Lebkuchen gedecktes Haus mit einer gebeugt laufenden warzennasigen Bewohnerin, die einen mästen und in den Ofen stecken will. Angst hatte ich aber trotzdem keine, denn auf meinem Platz lag sehr zivilisiert ein Zettel mit einer Menüfolge für den Abend unseres Treffens. *Casa Mario* stand darüber (man darf das mit der Ca'Doro, der Casa-Dorothea, dem Ausstellungsraum seiner Galeristin Dorothea van der Koelen vergleichen), Salat, Hähnchenbrust mit Salbei im Speckmantel und Bratkartoffeln, Tiramisu und: Champagner, Marquis de Pomereuil, ein frisch schmeckender, feinperliger Champagner, leichte Zitrusnoten, sehr empfehlenswert.

Unser Genuss war nicht nur groß, sondern darüber hinaus auch künstlerisch notwendig: Denn aus dem freiwerdenden Verschlusskorken stempelt Mario Reis Bilder, deren 366 aus dem Corona-Schaltjahr 2020 bereits ein ganzes Buch füllen. Der Korken generiert perlende Bilder. Ich war durch das Trinken des Champagners Teil der Kunst geworden, funktional eine Art Medium. Das Bild, das der Korken dereinst stempeln wird, wird ein Echo dieses Abends enthalten. Die Champagnerbilder sind die gegenständlichste und malerischste Serie von Mario Reis. Der ansonsten tut, was gute Eltern genauso tun wie Künstler oder der liebe Gott: Er lässt werden – Kunst. Der Schöpfungsprozess bei ihm ist vielleicht (wenn man es systemisch beschreiben will) sowas wie eine Ingangsetzung mit anschließender Zulassung eines Werks.

Ich versuche zu beschreiben, was mein Verständnis von seiner Arbeitsweise und seinen Bildern prägt. Ich glaube, beides hängt eng zusammen. Normalerweise steht für mich ein Bild für sich, wie es gemacht ist, interessiert mich nicht, so wie mich beim Buch auch nicht die Nähe des Textes zur Künstlerbiographie interessiert. Aber bei Mario Reis sind Material und Prozess, also die Entstehungsbedingungen auch dann noch Teil der Bildbetrachtung, wenn es schon längst wie eine Jagdtrophäe an der Wand hängt. Und Material und Prozess – das fängt dann halt mit dem Trinken eines Champagners an. Dieser Aspekt ist wichtig.

Eine seiner größten Arbeiten umfasst eine ganze Wand. 5 × 10 = 50 Quadrate, jedes 60 × 60 cm, das Material: Flusssediment auf Leinwand. Ein Lebenswerk, das Jahrzehnte gebraucht hat, man erkennt das vielleicht nicht sofort. Die Arbeit besteht daraus, dass Mario Reis in jedem Staat der USA (Washington D. C. hat er ausgelassen, weil es »kein Staat« sei, ich weiß nicht, wie die Menschen dort das sehen) Leinwände bespannt und in einen Fluss gehängt hat, um sie dort Stunden, Tage, Wochen treiben zu lassen. Strömung und Sedimente haben ihre Spuren darauf hinterlassen – der Fluss hat ein Selfie von sich gemacht, könnte man vielleicht sagen. Er hat sie herausgenommen, vorsichtig fixiert. 50 Highlights, für die tausende von Kilometern gefahren und hunderte von Leinwänden bespannt wurden. Die Flüsse hinterlassen schwarze, gelbe, rote, schlammige Spuren. Es ist eine wissenschaftliche Versuchsanordnung, ähnlich den Petrischalen in Laboren. Es sind gleichzeitig schöne Bilder. Eine »Zweckmäßigkeit ohne Zweck«, so hat Immanuel Kant Schönheit definiert. In der klassischen Ästhetik ist aber Schönheit auch der »sinnliche Vorschein einer Idee« – und die möchte hier auch gewürdigt werden. Denn nur weil man sich 50 Leinwand-Quadrate mit Flussmineralien anschaut, hat man ja noch keinen Begriff, was das soll, ich muss es mir selbst immer wieder klar machen. Es ist eine Befragung des Flusses. Aber die Antwort kann ich nicht lesen. Das unterscheidet die Bilder von Wissenschaft. Wir befinden uns in einem Echo-Raum, bei dem der erste Ruf nicht erhalten ist. Nur das Echo ist übrig.

Nicht alle Naturaquarelle verfolgen eine Ganzheits-Idee, wie sie bei der Amerika-Arbeit im Mittelpunkt steht, einige sind Echos von Ereignissen. Da gibt es z. B. eine überraschende Monet-Erfahrung von Mario Reis. Er hat bei einer Reise seine Leinwand klandestin an einem Zaun befestigt – auf der anderen Seite war Monets Seerosenteich. Ein anderes Flussaquarell hinterließ der Michelbach hinter seinem Haus. Die Leinwand wurde im Juli 2021 eingehängt, da war das Wasser hoch genug, es stand sogar in seinem Wohnhaus knöchelhoch. Man ahnt die Wildheit, wenn man es weiß. Die beiden Bilder fangen Erfahrungen mit Fließgewässern ein, auratisch das eine, eine bedrohliche Grenzerfahrung das andere, die Bilder aus Amerika dagegen fangen eine Art Seele der Gewässer ein, wenn man das Wort aus der Religion herauslösen kann.

Mario Reis hat aus den Flussbildern ein weltumspannendes Projekt gemacht. Es begann in Paris, dann, als er seinen ersten wirklich großen Preis in Japan bekam, ging es über Asien zu jahrelangen Expeditionen in Amerika bis nach Afrika, wo er seine Leinwände die Flüsse teils unter Armeeschutz befragen ließ. Jetzt ist er in der Eifel und hat sich dort eigentlich zum Ziel gesetzt, alle Fließgewässer in Flussaquarellen festzuhalten. Das kann noch dauern, angeblich wollen

Künstler ja die eigene Unsterblichkeit in ihrem Werk erreichen – die Zahl der Gewässer in der Eifel würde da ausreichend Gelegenheit geben.

Noch ein »Naturaquarell« hat mich sehr beeindruckt: Die große schwarze Tularosa-River-Arbeit umfasst 16 Flussbilder. Sie ergeben ein Tableau, das bei mir religiöse Assoziationen hervorruft. Ich war spontan geflasht, als die Arbeit während einer Vorbesichtigung in der Galerie Ca'Doro auf dem Boden zusammengesetzt wurde wie ein Mosaik. Der Fluss hatte ein Bild produziert (natürlich hat ihm der Künstler dabei geholfen), das dem Schweißtuch Christi nicht unähnlich war. Und die Aufteilung erinnerte mich an ein Triptychon. Ich befrage das Werk, das Werk befragt den Fluss, wir ahnen gemeinsam, wohin es geht: Ich lese den Fluss als ein Sich-Opferndes – und habe damit einen ökologischen Ansatz in die Interpretation gebracht. Ist natürlich meine Interpretation, sie zeigt, was ich in der Arbeit sehe und was mich also genügend interessiert, um evoziert zu werden. Das Bild zeigt den Diskurs. Kunst ist nicht nur schön, sondern sie erzwingt auch Denkarbeit.

Deshalb, oder um das hier nicht schwermütig werden zu lassen: Mario Reis Arbeiten sind einfach und wirken auf den Betrachter in der Einfachheit katalysatorisch: Sie können Gedanken in Schwingungen versetzen. Ich habe aus einer ganz anderen Serie von Mario Reis irgendwann eine Arbeit mit einem ganz kleinen Knallfrosch erworben, der steckt in einem Bilderrahmen, ich glaube es ist das leicht optimierte Modell Sannahed von IKEA. Mario Reis hat den Frosch in Farbe getunkt und im Kasten explodieren lassen. Er muss ganz schön gehüpft sein, als er sein Bild getanzt hat. Was mir diese Installation, in der Prozess und Erscheinung ebenfalls sehr zusammengehen, sagen will, darüber denke ich seit Jahren immer wieder nach. Prozess, Material, Echo, Energie, Medium – das sind die großen Begriffe, um die für mich diese Bilder kreisen.

Mario Reis denkt in langfristigen Serien. Es gibt eine, in der Goldfarbe auf Leinwänden oxidiert, ein chemisch nicht gerade unterkomplexes Ding, weil das Bild anschließend ja museumsfest fixiert werden muss. Das Bild ist, ich glaube, dahinter steckt Absicht, das genaue Gegenteil des alten alchimistischen Traums, mit Kraft und Absicht und Plan Stroh oder Kupfer oder sonst etwas Günstiges in Gold zu verwandeln. Es gibt auch Arbeiten, die eine geradezu partisanenhafte Strategie verlangen. Das gilt für die Flussaquarelle, für die Sprengkörper, aber noch mehr für einige Bilder mit Abdrücken vorbeifahrender Züge: Angeblich sind die ersten bei einem schlaflosen Aufenthalt direkt am Künstlerbahnhof Rolandseck südlich von Bonn entstanden. Mario Reis hat Leinwände, dünne Holz- und Bleiplatten auf die Schienen gelegt, sie befestigt und so die doch erhebliche Dynamik des vorbeifahrenden Zugs in eine lautlose Ästhetik überführt. Auch hier versetzt er sich in die Situation, geschehen lassen zu müssen.

Und das würde ich gerne für mich als Formel versuchen für die Kunst von Mario Reis: Er lässt geschehen.

Er lässt ein Essen geschehen mit dem Genuss des Champagners, er lässt Gold oxidieren, Züge Kunstwerke gestalten, Flüsse und Sprengkörper auch.

Mario Reis lässt Kunst geschehen. Er nimmt sich selbst als Medium. Das ist ein Akt, über den es sich nachzudenken lohnt. Denn wenn der Künstler seinen Genius delegiert, wer macht dann eigentlich was? Kann ein Fluss ein Werk auf eine Leinwand schwemmen? Kann ein Zug ein auratisches Werk produzieren? Und wie fixiert man es, dass es seine Kunsthaftigkeit erhält? Mario Reis hat mit Weltkonzernen gearbeitet, Alterungsprozesse untersucht, Experimentierreihen angestellt, um die Arbeiten anschließend museumsfest zu fixieren – das, was hier zu sehen ist, ist also immer mehr als eine fixe Idee. Das wurde ernstgenommen, und man sieht das den Bildern an, oder man spürt es.

Damit komme ich zu einem Video, das ich von Mario Reis im Netz entdeckt habe: Er sitzt an einem Fluss, Augen verbunden, hat ein leeres Blatt vor sich, die Arme geradeaus gestreckt und in jeder Hand einen Stift, der knapp das Papier touchiert. Jede Bewegung von Mario Reis wird wie bei einem Erdbeben seismographisch auf das Papier gebracht. Das Bild, das so entsteht, ist eine Kaskade von Strichen, er nennt es passive Blindzeichnung. Man kann nicht eine halbe Stunde stillsitzen, und Mario Reis sowieso nicht. Die Bewegung, die passiert, ist Universalie, ist conditio humana, ohne Bewegung sind Menschen nicht zu haben. Als solche kann sie künstlerisch vermessen werden. Dazu aber muss man sie kontrolliert zulassen. Dazu muss man seine künstlerischen Serien lebenslang verfolgen. Mario Reis ist ein Künstlerforscher, seine Bilder laden uns ein. Selbst in seiner auf den ersten Blick so menschenfreien Kunst spiegelt sich damit die Gastfreundschaft, die ich beim Essen in Gerolstein genießen durfte. Das Material, das Medium, er selbst, die Menschen um ihn: Sie werden in seiner Kunst auf sich selbst gespiegelt und bewahrt. Der Künstler staunt über die Mannigfaltigkeit, die sich dann plötzlich bietet – und wir dürfen mitstaunen.

* Der vorliegende Text beruht auf meiner Einführung anlässlich der Vernissage zur Ausstellung Mario Reis ... and the Elements ... am 7.10.2023 im CADORO, Mainz.

Franziska Gerstenberg

Wasser, Feuer, Erde, Luft

Das Kind hat sich verändert, seit wir ans Wasser gezogen sind. Seit Wochen steigt der Fluss. Das Kind steckt Äste hinein, in regelmäßigen Abständen, es liest etwas ab an den Ästen. Nach einem Gesetz, das ich nicht verstehe, werden sie wieder herausgezogen, einer nach dem anderen in den Schuppen getragen. Die Äste sind nass, schwarz in verschiedenen Tönen.

Am Silvestertag fragt das Kind: Was passiert, wenn ich eine Wunderkerze an drei Stellen gleichzeitig anzünde, leuchtet sie heller? Was passiert, wenn ich unser Tischfeuerwerk in der Plastikgießkanne abbrenne? Was passiert, wenn ich alle Knallerbsen auf einen Haufen lege und draufspringe? Und: Können Frösche fliegen?

Die Pferde der Nachbarn kommen zum Zaun, das Kind beobachtet sie, das Kind spielt. Am Silvestertag ist es ein Pferd, nimmt mit den Lippen das Feuerzeug von meiner ausgestreckten, flachen Hand.

Dann darf ich den Schuppen nicht mehr betreten, im Februar. Das Kind baut darin ein Labor, es schabt Rinde von den Bäumen, testet Erde aus verschiedenen Regionen des Gartens. Was setzt sich ab? Was schwimmt oben im Flusswasser? Das Kind trinkt einen Schluck aus dem Reagenzglas, verzieht das Gesicht.

Es wird Frühling. Auf dem Fenstersims im oberen Stockwerk liegt eine tote Maus, die Beine gekrümmt, der halbe Kopf fehlt. An der Scheibe ein blutiger Fleck. Wie kommt die Maus in diese Höhe? Wahrscheinlich hat ein Raubvogel sie im Flug verloren.

Darf ich die haben für mein Labor?, fragt das Kind.

Nein!

Können Mäuse fliegen?

Das Kind forscht aus dem Fenster, nach unten, nach oben, zieht die Nase kraus.

Was passiert, wenn ich alle übriggebliebenen Silvesterraketen auf meinen Rücken binde und anzünde?

Du kannst nicht fliegen, sage ich inständig zu dem Kind.

Woher weißt du das, wenn ich es nicht probiert habe?

Mario Reis

Rosen – Knallfrösche – Oxydationen – Hommage au Champagne

Mario Reis: Rosen

Mario Reis: Rosen

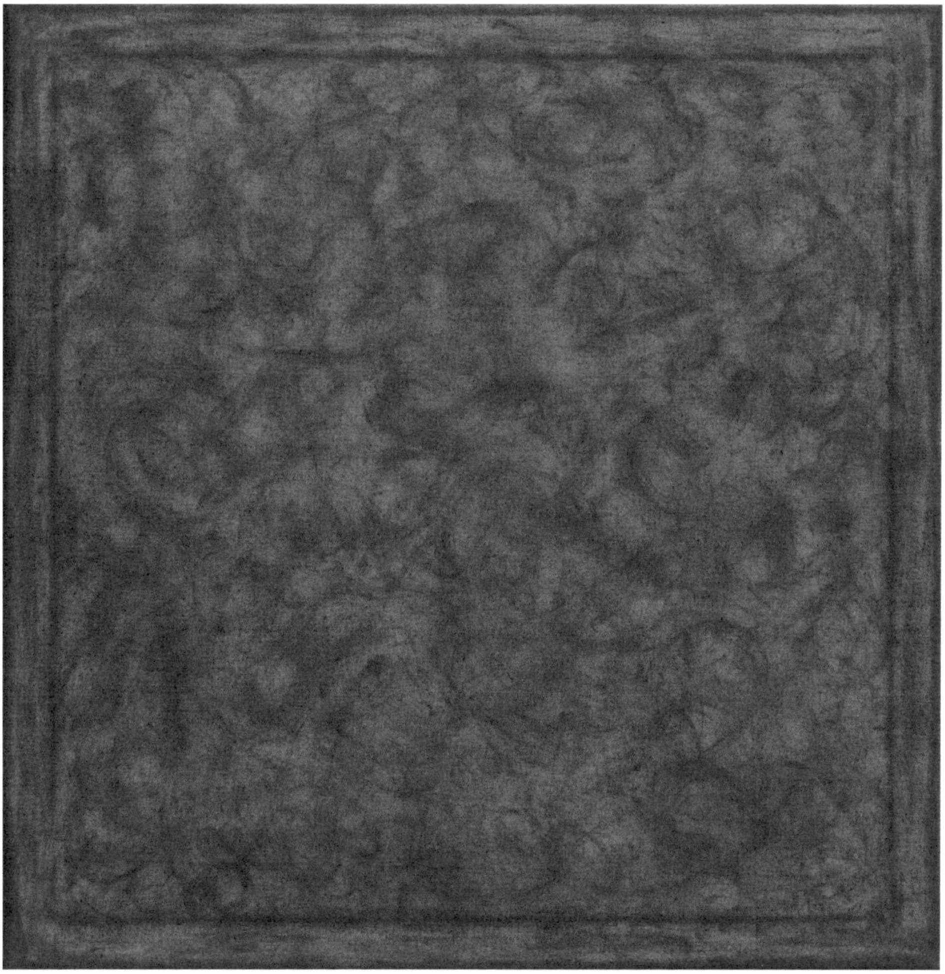

Mario Reis: Rosen

Mario Reis: Rosen

Mario Reis: Rosen

Mario Reis: Froschkonzert

Mario Reis: Froschkonzert

Mario Reis: Frosch im Farbrausch

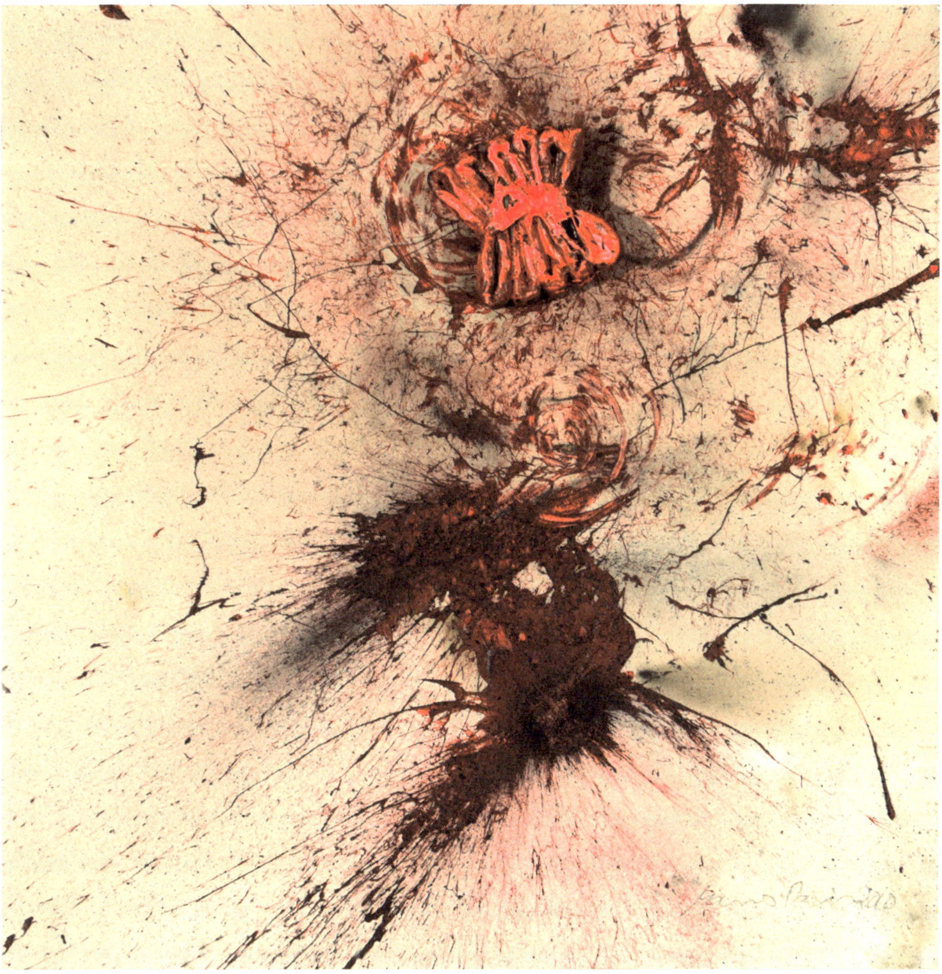

Mario Reis: Frosch im Farbrausch

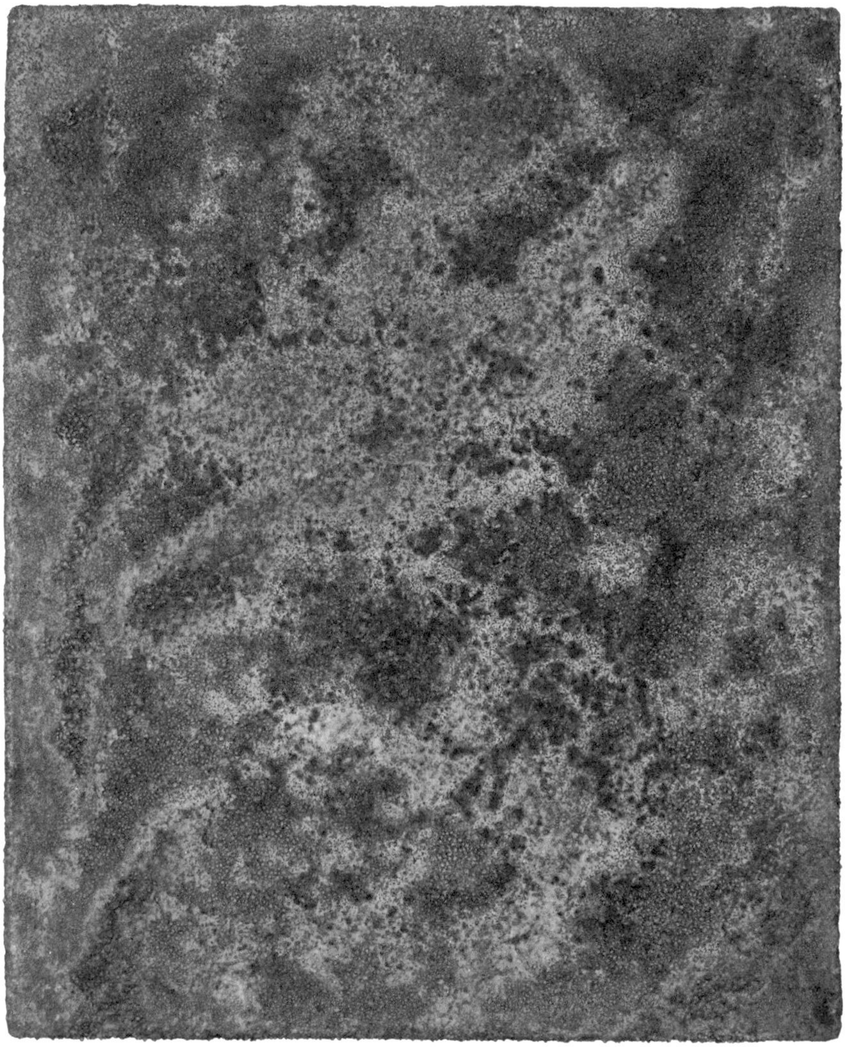

Mario Reis: Oxidationen

Mario Reis: Hommage au Champagne, Fleur de Miraval

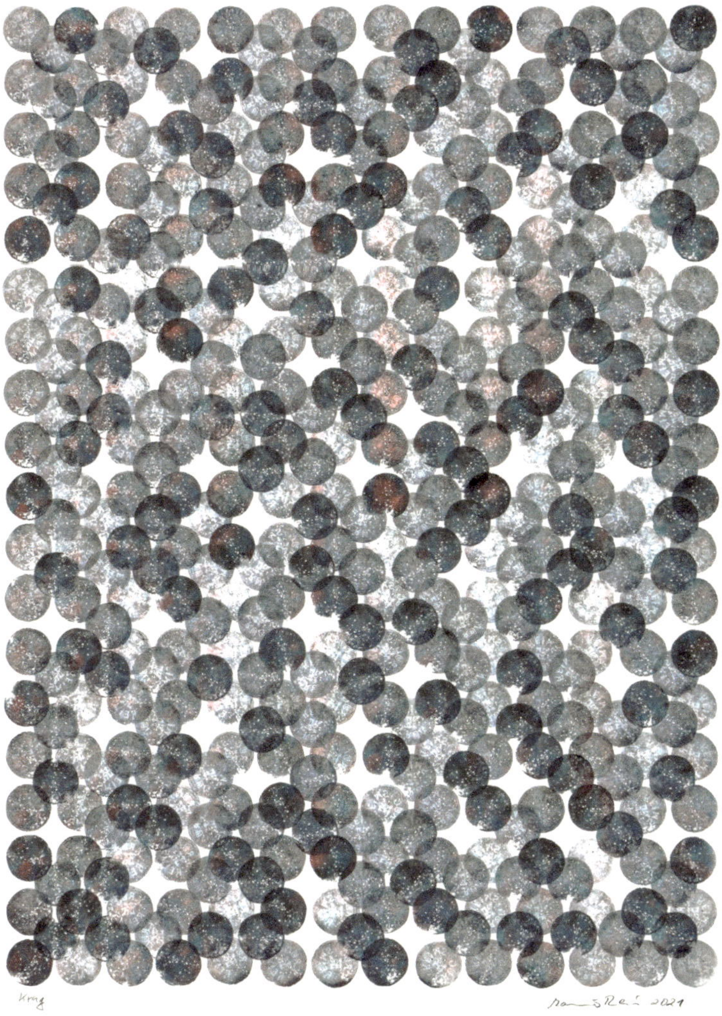

Mario Reis: Hommage au Champagne, Krug

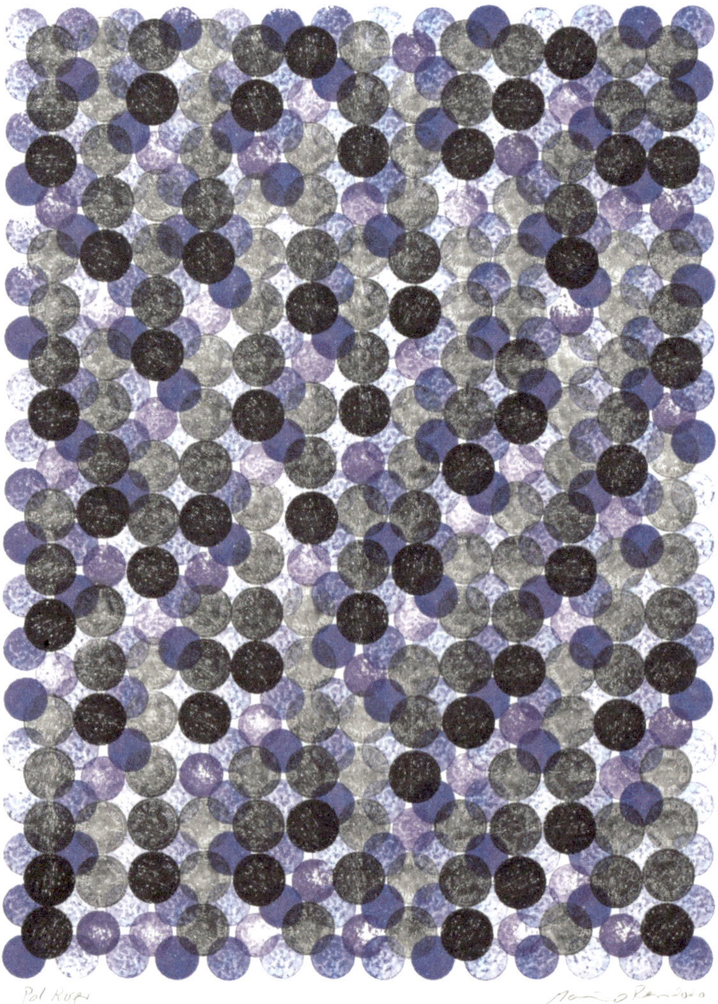

Mario Reis: Hommage au Champagne, Pol Roger

Alida Bremer

Die Alchemie der Kunst

Zu den Salzarbeiten von Mario Reis

1

Die Grenze zwischen der Alchemie und der Chemie besteht aus einer Spur aus Wundern. Über dieser Spur, die sich durch die Körper der Menschen, der Tiere und der Pflanzen genauso wie durch das Weltall schlängelt, schweben Wölkchen giftiger Gase und betörender Düfte, wachsen Kristalle und geometrisch perfekt geformte Blumen, lagern sich Sedimente ab und explodieren Pulverhaufen, wenn eine Säure sie berührt.

2

Solange die Elemente ihr Dasein in reiner Form fristen, herrschen Ruhe und Ewigkeit, die von strengen, aber blassen und schwachen Engeln bewacht werden. Im Schwefeldampf lauern Kräfte, die man bisweilen »Magnete«, bisweilen »Quanten« nennt, aber beides ist falsch. Diese immer noch unbenannten und unerkannten Kräfte tiefer, nächtlicher Färbung (»Dämonen« ist ebenfalls ein falscher Name, doch man behilft sich damit in Ermangelung einer besseren Bezeichnung) sorgen für Gravitation, Leben und Tod; die blassen Engel sind gegen die dunklen Dämonen scheinbar ohnmächtig.

3

Das Blut der Wirbeltiere fließt, wenn sich jene durchsichtigen und diese düster angelaufenen Kräfte in Bewegung setzen. Vermischt es sich mit Sauerstoff, wird das purpurrote Blut schwarz.

4

Während der Alchemist nach Gold und Unsterblichkeit sucht, ist der Chemiker von der intrinsischen Motivation angetrieben, Erkenntnis zu gewinnen. Manchmal möchte er auch seinen Kollegen helfen, wenn Dämonen hinter ihrem Gold her sind.

5

Ist der Chemiker eine Frau, so ist sie eine Hexe aus dem Geschlecht der Eva.

6
Eine Frau braucht bekannterweise immer einen Spiegel, um ihr Aussehen zu prüfen, und da die ersten Spiegel aus Kupfer hergestellt wurden, ist das Kupfer ein Metall der Frauen. Deshalb steht das Kupfer unter dem Zeichen des Planeten Venus und unter dem Schutz des Erzengels Anael.

7
Aes cyprium, Erz von der Insel Zypern, *cuprum*, vulgo Kupfer, lagerte sich in aller Ruhe im Boden Zyperns ab, das vom Salzwasser des Mittelmeers umspült wurde, und es wusste nichts von seiner möglichen Anwendung in der Kunst und noch weniger von seiner Verbindung zu Aphrodite. Es ahnte auch nicht, dass es mit Gold und Silber bei den Menschen und in ihrem Periodensystem zu den Münzmetallen zählen würde. Bisweilen leitete es in seiner seligen Ahnungslosigkeit die Blitze des übergriffigen Zeus ab, vergrub diese in die Wurzel der Insel, die zu vibrieren begann, wovon die Fische unruhig wurden und Poseidon wütend. Von einer politischen oder gar ethnischen Teilung der Insel weiß das *aes cyprium* bis heute nichts – es kennt nur die mathematischen und die chemischen Teilungen, und auch diese sind ihm manchmal zu viel.

8
Auch das Felsensalz – *sal petrae* – hat einen vulgären Namen: Salpeter. Ihm werden Eigenschaften angedichtet, die den Alchemisten erfreuen und den Chemiker in der Not zu ungeahnt schlauen Handlungen verleiten, wie uns die folgende Anekdote lehrt:

9
Aus Salpeter wird durch Zugabe der Salzsäure die Salpetersäure gewonnen (das gelingt auch mit Zugabe der Schwefelsäure, aber wir wollen hier nicht zu lange vom Schwefel schwafeln, um nicht die namenlosen Kräfte zu beschwören). Nur die Salpetersäure vermag Gold von Silber zu trennen, wie bereits Albertus Magnus, doctor universalis, Kirchenlehrer, Mineraloge, Botaniker und Zoologe festgestellt hat. Er erkannte außerdem in der Vielfalt und in der Perfektion der göttlichen Schöpfung, dass Gott ein Künstler sei.

10
Am Rande sei hier erwähnt, dass unser Albertus das Glück hatte, keine Frau zu sein, da man ihn in dem Fall rechtzeitig in seinem unersättlichen philosophischen und wissenschaftlichen Eifer hätte bremsen müssen. Noch nicht unbedingt verbrennen, da erst sein Schüler Thomas von Aquin die theologisch-

juristische Grundlage schuf, um Hexen, Zauberinnen und Kräuterweiber der Sachlage gemäß adäquat zu bestrafen. Thomas wird die Neigung des weiblichen Geschlechts zum Teufelspakt erforschen, da ihm jede Sexualität suspekt erschien, und Sexualität war seiner Meinung nach vor allem eine weibliche Angelegenheit, was wiederum im Widerspruch zur biologischen Forschung seines Lehrers Albertus stand, doch das tut hier nichts zur Sache.

11

Zur Sache tut die zersetzende Kraft der oxidierenden Salpetersäure, die vermischt mit der nicht oxidierenden Salzsäure »das Königswasser« – *aqua regis* – ergibt, das sogar Gold auflösen kann.

12

Und nun nach dieser gelehrten Einführung kommen wir endlich zu unserer unter Punkt 8 angekündigten Anekdote:

13

Adolf Hitler, der hier nicht näher vorgestellt werden muss, entschloss sich ausgerechnet in der Epoche der höchsten Leistungen deutscher Wissenschaftler (*:innen* sagen wir hier mit Bedacht nicht, da es damals so wenige sichtbare Wissenschaftlerinnen gab, dass wir sie für unsere kurze Darstellung vernachlässigen können, genauso wie es die Kultur- und Wissenschaftsgeschichte immer schon tat), eben diesen zu verbieten, den Nobelpreis anzunehmen.

14

Damit ihre goldenen Nobelpreismedaillen aus den Jahren 1914 und 1925 nicht den Nazis in die Hände fielen, vertrauten zwei Physiker sie ihrem dänischen Kollegen Niels Bohr an: Max von Laue, ein Schüler von Albert Einstein, der sich gegen die Entlassung seines Professors einsetzte und deshalb frühzeitig emeritiert wurde, und James Franck, der bereits 1933 die Universität Göttingen aus Protest gegen die Entlassungen der jüdischen Wissenschaftler verließ, 1945 den Franck-Report gegen die Atombombe an Präsident Truman verfasste und auch aus der Akademie der Wissenschaften in der DDR austrat, als diese ein Glückwunschtelegramm an Stalin sandte, ein Mann also, den jeder und jede unbedingt gerne gekannt hätte. Doch auch zwei derart kluge Männer konnten nicht ahnen, dass die deutschen Truppen bereits 1941 bis nach Kopenhagen vordringen würden; um die Konfiszierung ihrer beiden Nobelpreis-Medaillen zu verhindern, löste der ungarische Chemiker George de Hevesy sie in Bohrs Labor in Königswasser (s. Punkt 11) auf. Nach Kriegsende extrahierte de Hevesy das

Gold aus dem Königswasser, und übergab es der Schwedischen Akademie, die daraus zwei neue Nobelpreis-Medaillen herstellen ließ.

15

Doch zurück zum Salz, das dem Salpeter half, zu Königswasser zu werden: Von all jenen, den Alchemisten, den Chemikern und den Hexen bekannten Salzen – und ihrer sind etliche –, stellt das Salz aus dem Meer vor der Mittelmeerküste das Grundelement des menschlichen Körpers dar. Daraus sind all seine Zellen gebaut, all seine Chromosomen, all jene schwirrenden Elementarteilchen, die die Atome der menschlichen Körper ausmachen. Deshalb können Menschen sich im Meer nicht auflösen, egal wie lange sie darin schwimmen, treiben, tauchen. Sie können sich auch nicht verfärben, da sie eins mit dem Blau des Meeres werden, doch sobald sie die festen Salzsedimente des Ufers betreten, Salzbrocken finden und sich daran festhalten, werden sie wieder gelb-rötlich, wie alle Lebewesen.

16

Nur ganz selten, wenn sie von jenen verführerischen Dämonen aus den Schwefeldämpfen berührt werden, laufen die Menschen kupferrot an. Dann eilen die ohnmächtigen, blassen Engel herbei und erzählen so lange davon, dass Gott ein Künstler sei, bis die Menschen blau wie das Meer werden, und die Dämonen lösen sich in Königswasser auf, in dem man später keine Spuren von Gold findet.

Tom Schulz

Grasland

> *Die Möglichkeit,*
> *daß die Welt aus Farben besteht,*
> *erfüllt mich mit Verachtung.*
>
> Günter Eich: Munch, Konsul Sandberg

Wir standen in einem wilden Garten
warteten auf die Wiedergeburt der Blattlaus

Es war Januar
und Dezember, als etwas auf uns niederging

In vierhundert Wintern
sechzig Gramm Ertrag:
weibliche Blüten
schneiten

Mit einem Rechen
folgte Jahr auf Jahr

Wir fegten in den Lücken
Kehricht und die Corona.
Du rolltest den Kranz zum Herzen
kamst zu dir

zu Bewusstsein.

Eine einzelne Beere
hing an einem Strauch
mit tausenden Stacheln

Wir zählten die Erbsen
an unseren kleinen Fingern

Im nächsten Abzählreim
standen wir mit einem Bein
in der Kreide

Wenn du dich mit einem Baum verlobtest
lag ich auf der weißen Maus-Erde
und schlief mit den Gänsefedern

II

Nachher hatten wir in der Zeit gelebt
mit barmherzigen Mähdreschern
und Rinderzungen

Das Kupfer der Bäume
der Buntmetall-Specht
die Kelter und eine saure Regenschorle

Sah uns die Huck-Dohle
im Gras
wurde das Laub kalt

In den Adern rann Herbstmilch
und Kontrastmittel

Wir synchronisierten das Lied von der Erde
für die unzähligen Maulwurfshügel
verbrannten ersten Grades
als wir über den Buckel der Hexe rutschten

Wir synchronisierten unsere Körper
begatteten einen Frosch
der sich blau färbte

Unsere Körper
schwimmende Felle

III

Die Stadt hörte auf
hinter hellen Dörfern
lag Grasland

Mit brennenden Büffeln
aus dem Ausmalbuch

Ich male dir ein Geschlecht
mit dem Pfeil nach oben

Du kannst die Frucht über das Wasser tragen
bis nach Samarkand

Von jeder Fäulnis müssen wir uns
die Süße ins Fleisch jagen

Ich werde dir die Dürre abverlangen
und eine Missernte im Bauch

Hinter hellen Dörfern
lag Grasland

Hinter der Schonung
lagen feuchte Wiesen
mit einem Kaulquappen-Gedächtnis

Wir kreuzten einen Lurch mit einer Feldmaus
und warteten auf den Staatstrauertag

Wir tranken von Januar bis Dezember
halb gefrorene Milch aus Tüten

IV

Ein Apfelhaus – und das Wort
Griebsch
Grasland
und Plattenbauten

Eimer voll verrosteter Tageszeitungen

Die Hochzeit
von Krähen und Raben

Der Schulhauskeim
und die Brandblase

Ein gleißendes Luftschiff
über Wilhelm-Pieck-Stadt

Wo war der Anfang
allen Übels
wenn es Gerste regnete

Das Netz zwischen den Bäumen
: das Netz zerreißen

Da hattest du schon einen Weisheitszahn
und die Schmelze begann
da hatten sie dich schon in ein Zimmer
verlegt aus Asbest

Wir schrieben in das weiße Album
der Unschuld

Mutter Maria kam zu uns

Grasland
und eine Liaison
von Transportbeton und Armierungen
Eine Weite hinter den Apfelbäumen

Die Variation Streuobstwiege

V

Wir empfingen im Liegen
und malten uns ein Geschlecht

Wir empfingen die Nachricht vom Großen Bären
und brannten ein Loch in die Traumrinde
hinter der Schädelwand aus Kautschuk

Wir kletterten den Blitzableiter hinauf

Du hattest Pech mit der Fahne
dem Gummizug und der Fliegenklatsche

Die Stoppelfelder räsonierten

Jemand zahlte die Rübenmiete

Das Haus wurde rückversichert

Großmutter brachte das Wort
Abernmauke
die dampfende Schüssel auf den Tisch

Großvater erschien im Bleisatz
wie ein offenes Kondolenzbuch

VI

Große Dürre und erster Frost

Die Tiere blieben in der Heu-Stube
auf dem Hühnerhof lasen wir Federn

Keines war jemals zuerst da
alles lag und log

Wer schöpfte Licht aus dem Windrad
Farben und Licht aus Narva

Drei-Buchstaben-Land
du sprangst die Zäune an

Die Türme verkündeten
schiefe Prothesen

Und diese Reaktor-Sonne
tobte

Dieses über und hinter dem Gras funkelnde
das wir ausgruben, 40 Watt-Wurzeln
Wolfsmilchgewächse

Vampir-Gebisse aus Trasszement

Aus Karnickeldraht genähte Unterhosen

Was wir ausgruben, Grauwacke
und Schlacke

Ein Nagel im Lattenzaun
hielt es zusammen

Der unsichtbare Faden im Gedächtnis
wir folgten der Naht, der Nacht
———————————————

Was du suchst, könnte ein Notenschlüssel sein
ein Regenbogen in zwölf Tönen
oder Sommerwind, eine Palette

Why I'm not a painter
Because I am a bird

VII

In der Jackentasche der Kamm
eines Igels

Von der Erdkugel rutschten die Elefanten
vierzehn Flugstunden von hier

Vergiss, was ich sagte

Von Harmonielehre, auf einer Leiter
Der Kontrapunkt, abnehmende Sonne

Wir wuschen die Fenster mit Seife
es regnete Schnee in Schwarze Pumpe

Das Ende vom Holz, der Anfang von Wurm
und Nager

Vergiss, was ich sagte

Entdeckten wir eine Population
Raupen
im Grasland, die demagogischen Schädlinge

Truppen aus Ohneland
bekämpften es mit Frostschutzmittel

Zu spät für das Unheil uns zu verdammen
zu früh für die Wasserfälle uns zu krönen

In einem Waldstück
der nackte große Zeh
den wir in den Mund steckten

Das Wäldliche, Zarte

Viel Zärtlichkeit
für den Froschbauch

Wir schliefen in käferechten Uniformen
und die Nacht, die Naht löste sich auf

Du schliefst auf einer Wasserader
mit Laub und Mohn

Ich malte dir ein Geschlecht
das aufplatzte

Du hattest Herbst im Mund
Schrot und die Kapseln der Bäume

Zu spät für das Lied der Grasmücke
zu früh für das Senfgras uns aufzuwecken

VIII

Alle Blätter und Pflanzen
hatten Namen und Narben

Arnika Knabenkraut Liebstöckel

Alle Käfer waren wie wir
eine organisierte Masse
mit ihren Fühlern
krabbelten sie voraus

Durch Licht und Dunkel

Es fehlte
das Delta
und dieser blaue Strom

An einer Kreuzung
stand ein Huhn und pickte
die Erinnerungskörner auf

Dieser Krieg
aus einem Wald
wurde fortgeführt in eine Gegenwart

Die Truppen kehrten nicht vor dem nächsten
Frühjahr zurück

Der Schaden
war ein blühender Baum
unter dem Dach der Welt

für Mario Reis

Entr'acte

Mario Reis: Manifest der Impulse – Blindzeichnungen

Bei dieser Werkgruppe bin ich selbst das Medium, um diese Zeichnungen anzufertigen, um von äußerlichen Ablenkungen vollständig befreit zu sein. Ziel ist es, den Prozess des Zeichnens nicht konstruiert zu steuern. Die Augen werden dabei mit einem Stoffband verbunden. Die Zeitdauer, in der eine Blindzeichnung entsteht, beträgt meistens 12 Minuten. Es gibt verschiedene Gruppen dieser Blindzeichnungen. Mal entstehen sie mit zwei Bleistiften, dann werden an jeden Finger der linken oder rechten Hand ein Bleistift befestigt; so entstehen Arbeiten mit dem Titel *Tanz der rechten Hand* oder *Tanz der linken Hand*. Es gibt auch Impulszeichnungen, wo gleichzeitig mit allen Fingern gearbeitet wird.

Beim Zeichenprozess werden meine Stimmungsgefühle, Erregtheit und Ausdrucksintensität zwischen rhythmischem und arhythmischem Pendeln archiviert. Ohne Kontrolle der Augen entstehen so expressive Feuerwerke, zeichnerische Vulkanausbrüche oder zarte charakterisierte Mitteilungen des augenblicklichen Befindens.

Mario Reis 2018

Mario Reis 2018

Mario Reis 2018

Mario Reis 2018

Mario Reis 2018

Richard Hoppe-Sailer

Mario Reis – Der Zufall ist das wahre Kalkül

Betrachtet man die im einheitlichen Format einfach und schlicht gerahmten Arbeiten von Mario Reis, so nehmen sie uns gerade durch diese Schlichtheit, ihre unmittelbare Schönheit und ihre gleichzeitige Unergründlichkeit ein. Ergeben wir uns diesem verführerischen Augenreiz auch nur auf einen kurzen Blick, sind wir bereits unrettbar in eine äußerst trickreiche Wahrnehmungsfalle geraten. Nichts ist hier wie es erscheint und doch ist alles ganz unmittelbar und einfach. Mario Reis arbeitet mit Zufällen und Chaos und doch sind seine Werke klar, begrenzt und abgeschlossen. Er arbeitet mit Prozessen und doch greift keine Arbeit über sich hinaus, ist in Bewegung oder versetzt den Betrachter in eigene Tätigkeit. Er untersucht Natur und die Werke benötigen zwingend den *white cube* der Galerie oder des Museums. Der Künstler gibt sich als Autor seiner Arbeit aus und doch beherrscht er ihre Herstellung nur begrenzt. All das kann man nicht auf den ersten Blick sehen, vieles muss man wissen – wir haben es mit einer Sinnenkunst zu tun, die sich zugleich der Methoden einer höchst ambitionierten *concept art* bedient. Wie geht das zusammen?

Die Naturaquarelle von Mario Reis werden oftmals als Werke diskutiert, in denen sich Naturvorstellungen und Kunstkonzepte auf eine sehr spezifische Art und Weise durchdringen. Zugleich erscheinen sie als porträtähnliche Wiedergabe bestimmter Eigenschaften derjenigen Gewässer, in und mit denen sie entstanden sind. Sie offenbaren spezifische Strömungsverhältnisse, Sedimente und Spuren von Kleinstlebewesen. Diese fluide Ausgangssituation schlägt sich in ihnen über eine gewisse Zeitspanne nieder und gerinnt schließlich zu einem in seiner Form traditionellen Tafelbild. In den sich hier abzeichnenden Ambivalenzen des Produktionsprozesses liegt das eingangs erwähnte konzeptuelle Programm begründet, das sowohl weit über die unmittelbaren Anschauungsqualitäten als auch jene auf den ersten Blick erschließbaren Themenfelder hinausreicht und grundsätzliche gattungs- und produktionsästhetische Fragen berührt.

Heraklits *panta rhei* und seine vielfältigen Flussmetaphern, die auf das ewige Werden und Vergehen, den permanenten Wandel abheben, sind im Zusammenhang der Werke von Mario Reis immer wieder zitiert worden. Bei Reis handelt es sich aber weniger um eine bildungsbürgerliche Referenz auf die Vorsokratiker. In seinem Konzept steckt vielmehr der Nukleus der Moderne, die neben der Thematisierung des prozesshaften Schaffens die Idee des Zufalls und des Chaotischen zu ihrem Markenkern gemacht hat. Der Engländer Alexander Cozens schuf schon 1786, in der Frühzeit der Moderne, mit Hilfe seiner sogenannten *blottings* ein zufallsgesteuertes zeichnerisches Verfahren als kompositorische Methode zur Entwicklung von Landschaftsgemälden. Auf diese Weise versucht Cozens in einer nichtabbildenden Form die Anschauungsqualitäten der Natur nachzuahmen. Der Natur nicht mimetisch auf die Spur zu kommen, das ist das Programm, das diesen Überlegungen zu Grunde liegt. In der klassischen Avantgardebewegung zu Beginn des 20. Jahrhunderts werden diese ästhetischen Modelle aufgenommen und neu formuliert. Um 1940 beispielsweise, ist es John Cage, der in einer Reihe von fünf Kompositionen mit dem Titel *Imaginery Landscapes* das Landschaftliche als Metapher zur Beschreibung seiner mit unterschiedlichen traditionellen sowie elektronischen Instrumenten und Geräten realisierten Performances nutzt. Ziel dieser Werke ist eine spezifische musikalische Imagination des Elektrischen. Bereits seit den 1920er Jahren wird in der Musik intensiv über die Erweiterung des traditionellen Klangrepertoires diskutiert. Eric Satie hatte mit seiner Idee einer *Musique d'Ameublement* ab 1917 die Trennung von musikalischem Ton und Alltagsgeräusch aufzuheben versucht. Seine Musik sollte einen Klangteppich erzeugen, in den sich akustische Ereignisse unterschiedlicher Herkunft einweben ließen. Edgar Varèse schuf mit *Ionisation* 1931 eine Komposition, in der die Sirenen der New Yorker Feuerwehr eine zentrale Rolle spielten. Der Varèse- und Satie-Bewunderer Cage hat diese Ideen in vielfältiger Weise weiterentwickelt. Er hat die Reflektion des instrumentellen Materials in seine Kompositionen integriert und vor allem hat er mit der Einführung des kompositorischen Verfahrens des Zufalls die Grundkategorie der Musik, die Zeit, neu definiert. Das alles erscheint aber nun nicht in einem hermetischen, kunstinternen Zusammenhang, sondern es wird über den Begriff der Landschaft mit der Wahrnehmung und der Erfahrung von Natur verknüpft. Es entstehen Klanglandschaften, die Grund und Verfahren ihrer Erzeugung in den elektrischen Geräten (Radio, Tonband) offenlegen und zugleich im Konterkarieren ihrer Alltagsverwendung deren ästhetisches Potential offenlegen. Natur und Technik, und darum geht es bei diesem kleinen Exkurs mit Bezug auf Mario Reis, werden hier im Horizont des Zufalls zusammengebunden in einer künstlerischen Form. Nun kann man mit guten Gründen sagen, dass Natur und Zufall ja par excellence zusammen gehören. Dem ist sicher so, das Problem aber entsteht, will man diese Spannung in Kunst übertragen. Der Mythos hat dafür den Hirtengott Pan und das panische Erschrecken parat. Existiert aber auch eine Möglichkeit, den Zufall und das Chaos ohne den Schrecken zu bekommen? Ist der Zufall immer panisch? Kann man ihn künstlerisch bändigen und verliert er dann seinen Schrecken? Oder gibt es eine Form, die an die Stelle des Schreckens tritt, aber nicht weniger präsent und überraschend ist?

Betrachtet man die Arbeiten von Mario Reis, so spielt, darin vergleichbar mit der Musik, der Faktor Zeit eine zentrale Rolle. Er erscheint in unterschiedlicher Form in den Flussaquarellen, in den Fireworks aber auch in den Train-Tracks. Das Verbindende dieser Werkgruppen besteht darin, dass jene Vorgänge des Fließens, der kleinen Explosionen oder der Fahrspuren schlussendlich zwar in einem Bild gebannt erscheinen, dabei aber zugleich die Spannung und die zeitliche Offenheit ihrer Entstehungsprozesse nicht geleugnet wird. Zeit allein ist also eine zu ungenaue Bestimmung, es handelt sich vielmehr in diesen Werken um eine Präsenz von Zeit, die weit über die Versuche der Impressionisten hinausgeht, indem das jeweilige Medium, an dem Zeit erscheint, nicht abgebildet wird, sondern indem Bedingungen geschaffen werden, die es in der Komposition als es selbst zur Erscheinung bringen: Die Sedimente der Gewässer, die Spur des Zuges, die Reste des Knallfroschs. Es sind zeitliche Formen von Dauer und Plötzlichkeit, Zufall und Chaos, die sich hier zeigen. Dabei unterscheiden sich die Werkgruppen sehr deutlich in der Akzentuierung unterschiedlicher Zeitformen. Während die Zug- und Explosionsspuren ein momenthaftes Ereignis evozieren und damit die Kategorie des Schocks ansprechen, wie sie von Charles Baudelaire für die Kunst der klassischen Moderne in Anschlag gebracht worden ist, stellt sich das Zeitproblem bei den Wasserbildern sehr viel diffiziler dar. Sie erscheinen nahezu meditativ, verlaufen in Schlieren, weisen nur da und dort einen kleineren oder größeren Einschluss auf, tendieren manchmal gar zur Monochromie. Auf den ersten Blick also keine Anzeichen von Plötzlichkeit und Schock. Dennoch rufen diese Arbeiten bei genauerer Betrachtung eine eigentümliche Spannung und Ungewissheit hervor. Sie zeigen ihre Unabgeschlossenheit gerade weil sie so abgeschlossen, gerahmt und in Reihen präsentiert, erscheinen. Das Vertrackte an dieser Erscheinungsqualität ist die Tatsache, dass man zwar weiß, wie sie entsteht, sie aber nicht auflösen kann. Man reproduziert in der Anschauung nicht nur den Prozess der Produktion, das geschieht in zahlreichen Bildkonzeptionen der Moderne, sondern hier wird das Charakteristikum des Bezugsobjektes in der Natur, das des Gewässers, in seiner zentralen Erscheinungsform, dem unabschließbaren Fließen, wachgerufen. Das ist eine sehr besondere künstlerische Verfahrensweise mit Blick auf die Dinge der Natur. Obwohl nichts abgebildet wird, kein unmittelbares Landschaftsporträt, keine Vedute vorgestellt wird, schafft es der Künstler, ein Spezifikum seines Gegenstandes in der Anschauung zu erzeugen, das sowohl die Besonderheit des Gegenstandes zeigt, als auch die seiner künstlerischer Anverwandlung. Dabei entsteht jene bereits beschriebene spannungsvolle Anschauung, die in Zeitkategorien am besten mit dem Begriff der *longue durée*, der anhaltenden Dauer, Henri Bergsons zu fassen ist. Zugleich sind in den Blättern aber auch unverhoffte Einschlüsse, Risse oder unregelmäßige Konzentrationen von Sedimenten zu beobachten, die zwar nicht den Begriffen von Schock und Plötzlichkeit in deren alltagssprachlicher Bedeutung zuzuordnen sind, aber doch über die anhaltende Dauer eine zeitliche Potentialität mit sich führen, in die sich das unverhoffte Ereignis einschreiben lässt.

Mario Reis versieht seine Wasseraquarelle mit den Namen der Gewässer, in denen er sie hat entstehen lassen und spielt damit auf eine subtile, metaphorische Porträthaftigkeit an. In den Werken finden sich jedoch gerade keine Landschaftsporträts, wir hören nicht das Murmeln der Bäche oder das Strömen der Flüsse, auch sehen wir keine glitzernden Wasseroberflächen, die die Impressionisten fasziniert hätten, all das fehlt. Dennoch behauptet der Künstler zu Recht, in seinen Blättern ein Spezifikum der unterschiedlichen Gewässer zu fassen, ihre hydrologische, geologische und mikrobiologische Struktur. Damit werden die Arbeiten zu Untersuchungen an der Grenze von naturwissenschaftlicher und ästhetischer Erkenntnis. Sie fixieren den Zustand der Gewässer, die Struktur der darin befindlichen Sedimente, zu einer bestimmten Zeit. Jahreszeiten, Perioden von Hoch- und Niedrigwasser, unterschiedliche Einträge aus Siedlungen, Industrie und Landwirtschaft, verändern ihr Erscheinungsbild. Es sind, und da werden sie wiederum ganz impressionistisch, Momentaufnahmen der Gewässer, die wir zu sehen bekommen. So entsteht ein Porträt ganz eigener Art. Es bezieht sich nicht auf eine festgelegte, wiedererkennbare Physiognomie, es entfaltet vielmehr das Bild fortwährender Veränderung unter immer wechselnden Einflüssen. Der Zufall bestimmt die Erscheinung. Wenn sich diese Vorstellung mit der Idee eines Porträts verbindet, dann werden die Verhältnisse tatsächlich zum Tanzen gezwungen und das beherrschende Prinzip ist das Fluide.

Das alles geschieht gleichzeitig und allein im Bild. In das Medium der Sprache sind diese Werke Mario Reis' kaum zu übertragen. Sie widersetzen sich hartnäckig, beharren nachdrücklich auf ihrer Eigenmacht und tun dies doch so spielerisch und beiläufig, dass einem fast schwindelig werden könnte. Und genau so soll es sein. Alles wird angespielt: Die Natur, die Kunst, der Zufall, das System, Zeitspanne und Zeitpunkt. Der Grund aber, auf dem dies alles steht, sind der Zufall und das Spiel. Friedrich Schiller sieht im Spieltrieb die »glückliche Mitte zwischen dem Gesetz und Bedürfnis«. Für ihn ist ein gelungenes Kunstwerk ein Werk, das genau diesen befreiten Spieltrieb im Leser, der Betrachterin oder Hörerin auszulösen vermag. Wenn das gelingt, sind die Champagnerkorken nicht weit.

Mario Reis

Schienen – Flussaquarelle

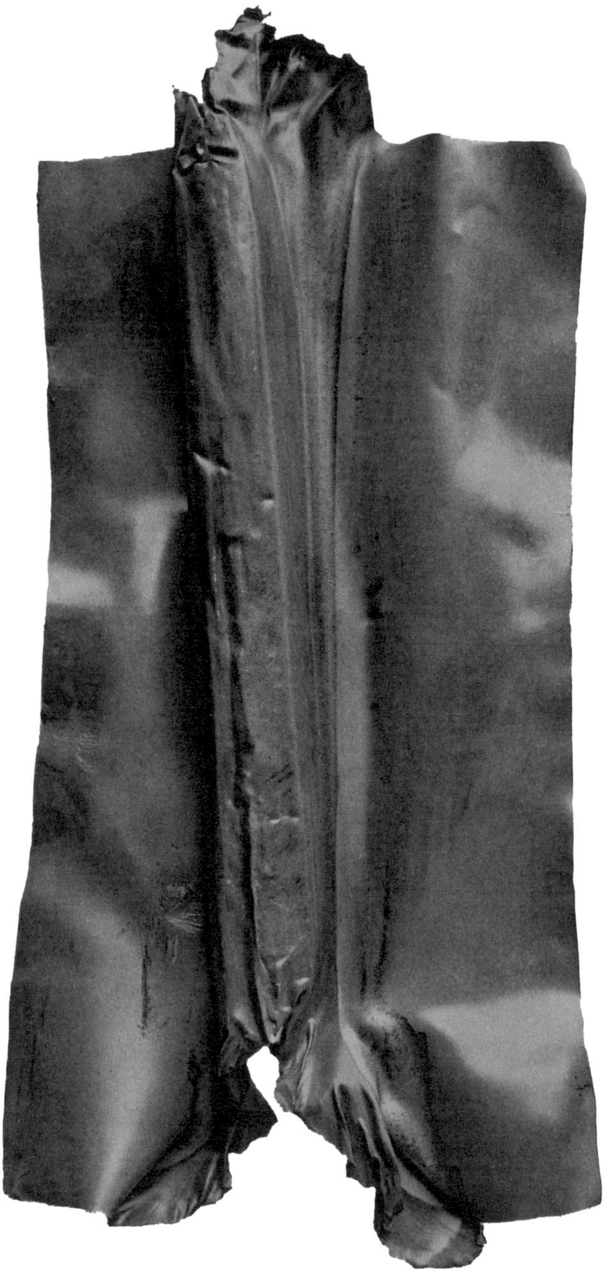

Mario Reis: Bleischiene

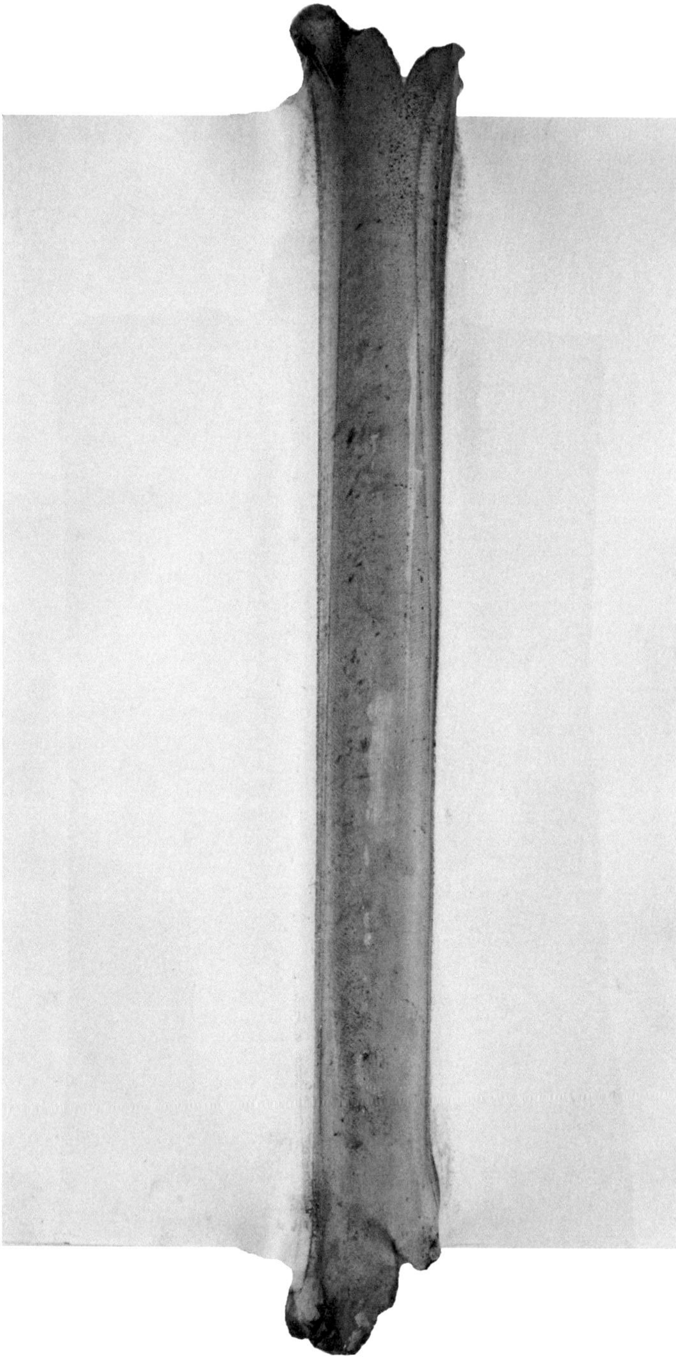

Mario Reis: Bleischiene

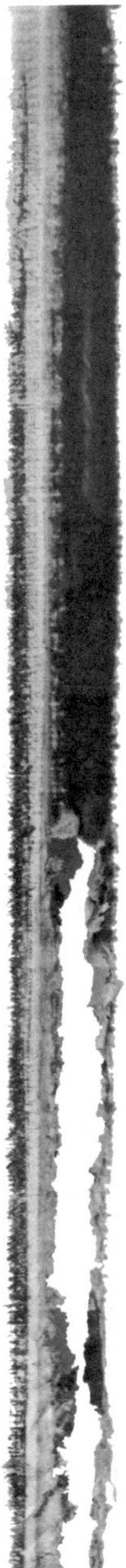

Mario Reis: Schiene

Mario Reis: Schiene, Holz

Mario Reis: Schiene, Holz

Mario Reis: 50 Naturaquarelle – 50 US-Staaten

Mario Reis: Naturaquarell, West Sulphur Creek, Kalifornien, USA

Mario Reis: Naturaquarell, Red Mountain Creek, Colorado, USA

Mario Reis: Naturaquarell, Delme, Deutschland

Mario Reis: Naturaquarell, Michelbach, Gemeinde Michelbach, Deutschland

Mario Reis: Naturaquarell, Orbach, Ringsheim, Deutschland

Mario Reis: Naturaquarell, Urwaldbach, Kamerun

Mario Reis: Naturaquarell, Delme, Deutschland

Mario Reis: Naturaquarell, Delme, Deutschland

Mario Reis: Naturaquarell, Hanielsgraber, Gut Unterdickt, Deutschland

John K. Grande

Untitling the Earth!

(Die Wasserarbeiten von Mario Reis)

Den Flüssen entlang wanderte er mit seinen Leinwänden. Suchte Orte auf, die es möglich machten, das Universum mit Farben zu vermessen.

Jede Leinwand sorgfältig vorbereitet, wurde sie in die Gewässer getaucht. Ocker, rötlich, metallisches Gelb, Grau, unendliche Farbvariationen. All dies entdecken wir jedoch erst, nachdem jede Leinwand fertiggestellt ist: Aus dem (Natur-) Kontext heraus, in einen (Kunst-)Kontext hinein. Kontexte über Kontexte, Bedeutungsverschiebungen, alles ist miteinander verbunden. Worldly worlds.

Weiter flussabwärts in der rauchigen Ferne sichtbar, ein rotes Licht auf einem Turm. Blinkend. Eine Warnung, die den Smog anzeigt, der durch weit entfernte Brände entsteht. Der Rauch berührt uns alle, die wir hier auf dieser Erde leben. Und ironischerweise ist es die Natur selbst, ist es ihr Niedergang, ihr Sterben, der die Hinterlassenschaften der Menschheit, den stetigen Temperaturanstieg, sichtbar macht ... Die Grenze zwischen dem Natürlichen und dem Künstlichen verschwindet auf diese Weise immer mehr. Und mehr denn je spüren wir die Auswirkungen dieser immensen Störung, diese Dimensionen von Verschmutzung und Überproduktion, die uns allesamt betäuben. Die Wasserarbeiten von Mario Reis sind in diesem Kontext als aquarellierte Interventionen zu verstehen, passive, elementare Selbstbeobachtungen.

Ich denke an Goethe, wie er mit seiner Freude an der romantischen Vision die Schweiz und Italien bereiste. Diese Erzählung hat an Kraft verloren, ist erloschen. Der Fortgang des Lebens wird unmerklich beschnitten und zerfasert sich in Fragmente von Wahrheit, von Schönheit, von Licht und Materie und und und.

Jeder Fluss ein vorbeiziehender Traum. Jeder Fluss Ausdruck des Lebens, von den Anfängen in einem Berg bis zur weiten Mündung, die sich zu den Meeren und Ozeanen hin öffnet.

Das Licht wird schwächer. Das große Ereignis beginnt, das Wasser zieht vorbei. Die Wasseroberfläche kreist unter den Drehbewegungen reiner, klarer Spiegelungen. Die Wellen, die Strudel, die Windungen, allesamt mikrokosmische Ereignisse in einem großen Naturtheater. Wasser bewegt sich auf etwas zu, an etwas vorbei, immerfort. Wir sind nur stumme Zeugen. Wir lesen es, während es an uns vorbeizieht. Fremd und doch vertraut ist dieser urzeitliche Traum, an dem wir nur so kurz teilhaben. Wasser ist rau wie eine Erzählung und bahnt sich seinen eigenen Weg, gibt allem, auf das es trifft, eine Form ... Auch den Leinwänden von Mario Reis. Und schon fließt es weiter und ist aus unserem unmittelbaren Blickfeld verschwunden.

Erde, so verdichtet, dass ein umgefallener Baum sie mit nach oben gezogen hat. Wir schauen durch das Wurzelwerk in den Raum – ein Tunnel aus Zeit: Vergangenheit, Gegenwart, Zukunft. Diese Bilder sind seltsame Strömungen, die sich ganz langsam ein- und wieder abstellen, als kämen sie aus einem Wasserhahn, der von unsichtbaren Göttern bedient wird. Finde dein GPS und die Realität ist nicht mehr da. Dann lenken dich die Kräfte des Raums. Zwei Stunden vom Kontrollzentrum entfernt versammeln wir uns. In diesem Bunker lenken und arrangieren die digitalen Pharaonen unseren Bildkonsum. Sie sagen, es sei für unser aller Wohlergehen. Wie kann man solche doppelten Unwahrheiten ertragen? Das Visuelle ist unser Zugang zur Wahrheit. Als würde man in den 1950er Jahren eine Straße in Charlottenburg entlanggehen und versuchen, seinen Weg zu finden ... ohne viel über die Vergangenheit zu wissen. Eine Bauruine hier, ein wiederaufgebautes Gebäude dort. Nur die Natur, das einzig wahre Maß, ist immer anwesend. Eure Mütter und Väter, die früh auf Fernsehbildschirme geschaut haben, können davon erzählen. Wir sind Jäger und Sammler von Bildern – Unberührbare der physischen Welt. Das Gehen der Vorfahren war der Schlüssel, um eine Geschichte zu erzählen. In der Antike war die Bewegung das Bild. Und das gilt heute noch. Die Geschwindigkeit unseres Geistes übertrifft die Materie ... Unsere einzige Hoffnung sind Bilder und die Verschmelzung von Bildern ... All dies erfolgt losgelöst von einem physischen Universum. Mario Reis hat die Zeit, die vergessene physische Welt in Abstraktionen, die letztlich gar keine sind, für sich selbst sprechen lassen.

Ich erinnere mich an einen Ort im Schatten von Bäumen, wo Licht und Schatten ein Gleichgewicht fanden, und alles von einem Graben umgeben war; und ich erinnere mich, dass wir eines Nachts hier schliefen, um uns zu entspannen, um von zu Hause weg zu sein, um an einem Ort zu sein, an dem wir tatsächlich etwas sehen konnten. Es war ein Wunderort, zu dem die Vögel kamen, umherflogen, es war, als gäbe es keine Gebäude, überhaupt nichts, was gebaut wurde, alles war vielmehr ein großes Durcheinander des Lebens – gar ein ständig verschwimmendes Ineinander. Was wir wahrnahmen, war nicht die Bewegung, nicht das Licht, nicht die eigentliche Unbeständigkeit. Es war eine Ruhe, die hinter all dem verborgen war. Sie war nicht zu sehen, aber greifbar. Ein Erdbeben in einem Wald ist etwas ganz anderes als ein Erdbeben in der Nähe von menschlich gestalteten Ordnungen. Wir fühlen uns mit der Erde verbunden und können das Knirschen unter den Füßen hören. Mario Reis stellt diese Verbindung wieder her …

Diese unzensierten Bekenntnisse zu unserem Sein, unsere Erlebnis- und Erfahrungslandkarten, sie zeugen von der Tatsache, dass nicht alle, die umherirren, verloren sind – ganz im Gegenteil.

Ein Fluss an jenem zeitlosen Ort, in dem uralten Wald mit den moosbewachsenen Felsen – dem ›elektrischen Wald‹, in dem sich einst die Tiere versteckten, in dem sie lebten und nun zur Hälfte Geister sind. Wir träumen hier im Wald, oder an einer Küste … Wie der Klang eines einzelnen Pferdehufes ist jede Leinwand von Mario Reis ein Zeichen, ein kurzer Absatz in einem großen Buch, das vom Leben handelt.

Die Archäologen der Zukunft werden sich über das Manifest der Impulse, das ein Mensch geschrieben hat, wundern.[1] Die Natur ist die Urheberin des Chaos, der Formen, Muster und Schattierungen. All das Fließen und Strömen erzählt von einem Moment in der Zeit, von einem physischen Universum, dem wir angehören, von der Natur, deren Teil wir sind. Es ist ein Prozess innerhalb eines Prozesses. Die Erde ist ein Kunstwerk, und der Künstler eine winzige Ameise, die zum Ganzen beiträgt. Er bindet eine weiße, unbeschriebene Leinwand an einen Baum und übergibt sie dem Fließen; von nun an arbeitet die Natur auf ihre eigene unkontrollierte Weise, sie erweist sich als kraftvolle Schöpferin, sie ist gleichermaßen an- und abwesend. Es ist die Zeit, die wirkt. Wir sind ein bisschen von allem. Zeit zehrt. Zeit fügt hinzu. Illusorisch, rätselhaft, endlos, nie gemessen, eine Nichtigkeit.

Die Farben bei Mario Reis sind weich und tonal, selbst in Schwarz und Weiß. All die kleinen und winzigen Erscheinungen gestalten und steigern sich zu kosmischen Worten – jedes Bild ein solches Wort, und zugleich ein Objekt. Es ist die eingefrorene Zeit, von der die Naturaquarelle erzählen – in Zeiten, in denen das Vergessen immer spürbarer wird …

Die Geschwindigkeit, mit der sich die Verwandlungen vollziehen, ist aus dem einzelnen Bild nicht herauszunehmen, sie entfernt sich selbst, und alles, was sich mit ihr bewegt. Der Mond geht still auf. Und die Erde ist wie die Haut eines Traums.

Die Flussarbeiten von Mario Reis, die die Schichten der Zeit wie die Haut einer Zwiebel freilegen, tragen die Spuren einer Generation … Sie ähneln Collagen aus fragmentierten Geschichten, die selbst aus physischen Gesten und der Verschmelzung von toxischen und natürlichen Materialien entstanden sind. Ein Zeugnis dessen, was wir der Welt und uns selbst antun. Lassen wir ein oder zwei Minuten verstreichen …

Atmen Sie jetzt. Eine Welt aus Farben, Formen und Texturen auf der Leinwand versammelt, Idiomatik einer Fluss-Tautologie. All diese seltsamen atomisierten Erinnerungen sind Geschenke, an diesem großen Naturtheater teilzunehmen.

Anmerkung

1
Mario Reis: Manifest der Impulse
manifest der impulse
blindzeichnung
wortlose artikulationen

impulse
die sichtbar werden
emotionen
die halt finden
sich manifestieren
gedankenimpulse
lavaströme
mechanische bewegungen
fluten
zu den fingerspitzen
ein schiff nimmt auf
ruhe
sturm
schwingungen
bringt hervor
stellt dar
sichtbare impulse
gehaltene emotionen
pulsieren

Aus dem kanadischen Englisch übertragen von Andreas Erb und Mario Reis

Rainer Komers

Ebene 3

Estragons gelbe Schuhe
eine Tüte mit Shiso-Samen
warten auf einer Bank

am Wasser vom Schloss
küsst Backstein für Backstein
das Maul des Karpfens

verschluckt Beteigeuze-Staub
im Widerschein der Kieferninseln
verklingt Mönchsgetrappel

755/Hardenbergstraße 13.6.2023

Monumentenbrücke

auf dem gekräuselten Wolkenflor am Abendhimmel
vollzieht die Reifenspur eine scharfe Linkskurve
Kleinstkinder skandieren stumm vor sich hin
die Werbefläche, die Werbefläche, die …

756/ICE 737 Hamburg-Köln 2.7.2023

Elchjagd am Agiapuk River

Mit Truck und Hänger fahren wir 72 Meilen in nord-westlicher Richtung (im Osten die Kigluaik Mountains, im Westen die Beringstraße) den Nome-Teller Highway bis zum Iñupiat-Dorf Teller und bringen dort das Boot ins Wasser. Wir sind zu dritt, zwei Jäger aus Nome und ich. Jim ist zuhause geblieben. Durch eine Grantley Harbor genannte Meerenge, die sich zu einer flussbreiten Rinne verkürzt, gelangen wir zum Imuruk Basin. Dort machen wir am Ufer von Windy Cove eine kurze Rast. Einer der Jäger erzählt, wie er an dieser Stelle einem Grizzly begegnet ist und ihn mit einer Pistole getötet hat. Wieder im Boot gibt er Vollgas. Die Whiskeyflasche in seiner Hand ist bald zur Hälfte ausgetrunken – yippee!

Es ist ein regenarmer Sommer, und die Mäander des Agiapuk führen nur wenig Wasser. Am Ufer passieren wir ein leeres Iñupiat-Camp mit Holzgestellen zum Trocknen von Fischen. Als am Nachmittag das Flussbett immer flacher wird und die ersten Kiesel gegen den Rumpf schlagen, halten wir an und ziehen das Boot an Land. Die Jäger schultern ihre Gewehre und verschwinden hinter flachem Buschwerk. Ich baue unser kleines Kuppelzelt auf und mache mich auf die Suche nach Brennholz – keine ganz leichte Aufgabe in der baumlosen Tundra. Plötzlich kreuzt stromauf eine Elchkuh mit Nachwuchs den in der Sonne blinkenden Wasserlauf. Von Zeit zu Zeit kräuselt er sich, und es plätschert kurz und heftig an der Oberfläche. Das sind Lachse auf dem Weg zu den Laichplätzen – in den Worten der Jäger: »They fuck an' die.« Als es zu dämmern beginnt, kommen sie zurück, mit leeren Händen. Der Wind nimmt zu und drückt unser Zelt zu Boden. Als ich es mit Hilfe zusätzlicher Schnüre stabilisieren kann, nennen sie mich »German engineer«. Nach einem schweigsamen Abendbrot verkriechen sie sich und legen sich hin zum Schlafen. Die Kuppel des arktischen Nachthimmels breitet sich aus über der kleinen Szene am Agiapuk River.

Am nächsten Morgen prosaischer Aufbruch und wieder stromab zur Mündung ins Imuruk Basin. Dort, am flachen Ufer, versammeln sich die ersten Sandhill Cranes. Später werden es Zehntausende sein, die sich bereit machen für den Abflug nach Süden. Ihr weithin hörbarer trompetender Ruf wird mich noch während des Drehs in Nome begleiten. Als das Boot beschleunigt, mache ich beim Blick zurück übers Wasser eine beunruhigende Beobachtung: Es zieht einen bunt schimmernden Ölfilm hinter sich her. Der Motor beginnt zu stottern, wir steuern das nächstliegende Ufer an. Eine Fehlersuche und mehrere Startversuche bleiben ohne Erfolg. Stille. Auf der Seward-Halbinsel gibt es keinen Handyempfang. Luftlinie bis Teller etwa 20 Kilometer. Warten. Nach gut einer Stunde das erlösende Geräusch eines Bootes. Wir werden ins Schlepptau genommen. Ich steige zu den Iñupiat-Fischern. Ein als »Neffe« Angesprochener steuert, ich setze mich neben den Onkel.

Als wir Grantley Harbor (eine Bucht, die durch eine Art Nehrung, an deren nördlicher Spitze Teller liegt, vom Port Clarence Bay abgeschirmt wird) erreichen, trifft heftiger Wellengang seitlich auf unser mit hohem Tempo fahrendes Boot. Ich rücke näher an den Onkel heran und breite einen leeren Zementsack gegen das Spritzwasser über unsere Beine. Seit geschätzt 16 000 Jahren leben Eskimos hier. So wie sie es geschafft haben, in dieser unwirtlichen Region zu überleben, so werden auch wir es schaffen, Teller zu erreichen, ohne zu kentern, hoffe ich.

Ludwig Lugmeier

Annäherung

In William Faulkners Snopes-Trilogie begegnet man einem Schwachsinnigen, für den es, wie Faulkner schrieb, »keine Tätigkeit gibt, kein muskuläres oder geistiges Widerstreben, das es zu überwinden, ewig zu bekämpfen gälte; gestern war nicht, morgen ist nicht und heute nur stilles, jungfräuliches Staunen …« Die Liebe des Idioten gilt einer Kuh, die Reißaus nimmt, als er sich nähert und durch einen Bach galoppiert. Er rennt dem Tier hinterher, seiner »fliehenden Silhouette der Liebe«, wobei er das Urelement Wasser erfährt.

Er eilte zurück zum Bach und begann ihn zu durchqueren, hob die Füße bei jedem Schritt hoch aus dem Wasser, als erwarte er jedes Mal, die Wasserfläche fest zu finden, oder als wüsste er bei keinem Schritt, ob er es erwarte oder nicht.

Für solch eine Erfahrung muss man entweder ein Kleinkind oder schwachsinnig sein. Um sie mit anderen zu teilen, fehlen diesen selbstverständlich die Mittel. Sie können kaum sprechen, sie können nicht schreiben, nicht malen und fotografieren und filmen erst recht nicht. Und wenn sie es könnten? Dann wäre für sie gestern halt gestern, und morgen halt morgen und heute kein stilles, jungfräuliches Staunen. Sie sähen fern, schmökerten Krimis oder langweilten sich.

Mario Reis, international mit einer Vielzahl von Preisen gewürdigt, musste sich dessen bewusst sein, als er über Jahre hinweg Gewässer erforschte. Dazu bereiste er verschiedene Länder, stand an Seen, Teichen und Tümpeln, an Flüssen und Bächen, in die er, mit dem Rücken nach oben, mit Baumwollstoff bespannte Keilrahmen legte. Auf dem Stoff sammelten sich treibende Teilchen, und wenn er die Rahmen aus dem Wasser hob, offenbarte es sich als Künstler, das eigene Kunstwerke schuf. Mario Reis nannte die Transformationen von Natur in Kultur Naturaquarelle.

Altweibersommer, ein Nachmittag am Liepnitzsee östlich Berlins, der Himmel von seidigem Blau, und ich sitze im Strandbad am Steg, rauche eine Zigarre und blicke aufs Wasser. Wind kommt auf. Der See beginnt sich zu kräuseln, beinahe als fröstelte ihn, und als der Wind stärker wird, springen kurze Wellen auf, tausende, abertausende, und jede von ihnen trägt einen blitzenden Helm. Es tobt eine Schlacht, und die Sonne stachelt auf mit ihrem Spätsommerlicht. Als kämpfte der See, als wär' er lebendig.

Dieser Kampf, dieser Aufruhr, diese Bewegtheit des Wassers, auch wenn es stillsteht in einem Dorfteich, fehlt den Naturaquarellen. Durch die vom Stoff absorbierten Partikel dünkt dem Betrachter zwar, dass sich das Wasser bewegt, dies ist jedoch illusorisch. Es verdankt sich dem Experiment, mit dem Mario Reis die Distanz zwischen sich und dem Wasser zu überwinden versuchte, indem er sich von ihm entfernte – davon gehe ich aus –, indem er sich so weit wie möglich zurücknahm, ja, indem er dem Wasser die Ausführung des Bilds überließ. Das Ergebnis, das Naturaquarell, hält die Annäherung lediglich fest.

1989 erschienen im *Luchterhand Jahrbuch der Lyrik* vier Gedichte von Brigitte Oleschinski: »Das stumpf-«, »Wie«, »Weglos«, »Der bläßliche Ärmel«. Da sie mir unzugänglich waren, ließ ich mich nicht darauf ein, ging darüber hinweg, kehrte aber zurück und las sie erneut und erneut. Drei Zeilen, drei Sätze am Ende von »Weglos« hielten mich fest. Sie waren ein Rätsel, und ein Rätsel sind sie mir geblieben. »Einmal war hier eine Kuh begraben. Eingenäht / in den Rippenkorb fand sich ein Sack. In / diesem Sack ein Gesicht.«

Brigitte Oleschinskis Gedichte im *Jahrbuch der Lyrik 1988/1989* visualisieren, was ihr in den Blick trat. Das »gestrichene Grau von Bauwagen«, »bleiweiße Neubaufronten«, die »Molkenfarbe des Himmels« oder, wie in dem Poem »Weglos«, »Reifenspuren Brachpfaden nach im zirpenden Mittag zu den Rastplätzen zerknüllter Taubenflügel zwischen Scherben und Blech, an dem noch die Dichtungen kleben wie ausgeblasene Finger.« Natur ist, was sie rundum umgibt: Ziegelgesträuch, das Nicken der Grannen, das Hasten flimmernder Käfer. Diese Wahrnehmungen, selbst der molkenfarbene Himmel, wirken wie mit einer Zeichenfeder aus harten Böden gebrochen. Dem Rezipienten steht davon jede für sich. Dabei verschlingen und verbinden sie sich mit der Lyrikerin, mit ihren Erfahrungen und Befindlichkeiten, mit ihren Reflektionen und Assoziationen. Wobei Poeme entstehen, eigenmächtige Poeme, von denen sie jedes Bild, jeden Satz, jedes Wort lange mit der Goldwaage prüft, bevor sie ihnen zugesteht zu sein.

Die Strecke vom Parkplatz an der Bundesstraße 273 zum Liepnitzsee beträgt knapp 500 Meter. Parkplatzkiosk mit Tischen im Freien, Badegäste, Bratwurstgeruch, Bier, nach Langneseeis quengelnde Kinder. Neben dem Weg durch den Laubwald vertrocknete Pilze. Eine Sandale. Verrotzte Papiertaschentücher. Schneckengehäuse. Fahrradkette. Vom See her Musik. Waldbrandgefahr. Ich steige ins Wasser. Ich schwimme. Eine Armada von Haubentauchern flankiert mich. Was in deren Köpfen vorgehen mag? Ist das federlose Ungeheuer gefährlich? Frisst es unsre Jungen? Zuzutrauen ist's ihm. 5000 Jahre alt ist der See. Oder 10 000 Jahre? Eiszeit. Homo Sapiens, Mammuts. Ich schwimme hinüber zum Werder. Das Wasser ist kalt und ich habe Böcklins Toteninsel vor Augen.

In ihrer Dankesrede zur Verleihung des Peter-Huchel-Preises 1998 für den Gedichtband *Your Passport is Not Guilty* erklärt Brigitte Oleschinski, wie ihre Gedichte entstehen. Indem sie in der Küche pralle kirschkleine Tomaten berührt, nimmt sie deren Spur auf, die ins Herkunftsland Senegal führt, was möglicherweise erklärt, dass sie, weil gentechnisch behandelt, nicht faulen. Aus Berührungen, aus Gedanken, Erkenntnissen, Einsichten, Möglichkeiten, baut sie sodann Gedichte, wie Vögel ihre Nester. Solch ein Bau kann Wochen und Monate dauern. Es sind bedacht erwogene Wörter und Sätze, Sprache, die irritiert, fasziniert und berührt, kein Politik- und Mediendeutsch, kein Werbungsgerman, es ist ihre eigene Sprache, es ist eigentliche Sprache. Darin tauchen Bilder und Stimmungen auf – »Reglos ballt sich die Stunde der Hitze, durchflochten von Ziegelgesträuch« –, darin bewegen sich Hornissen, Käfer, Menschen – »Am Kinn zwei klebrige Fäden, ausgespuckt wie ein Stichwort« –, darin ist Brigitte Oleschinski präsent als die Poetin, die das verrotzte Taschentuch aufhebt und darunter entdeckt, was man Wirklichkeit nennt, vielleicht ein Sack mit einem Gesicht.

Was haben Mario Reis und Brigitte Oleschinski gemein und wie unterscheiden sie sich? Um der Wirklichkeit auf die Schliche zu kommen, bestimmt die Poetin, was sie erlaubt, sich zu zeigen. Wobei sie durch ihre Annäherung Dinge und deren Räumlichkeiten in ihre eignen und somit eigentlichen verwandelt. Mario Reis, der Experimentator, lässt, indem er zurücktritt, die Dinge, die im Wasser treibenden Teilchen, sich sammeln und öffnet mit den Naturaquarellen den Raum des Geschehens. Alles fließt, möchte man sagen, indessen es in Bilderrahmen gespannt zwar Strukturen des Wassers offenbart, doch bewegungslos stillstehen muss. Sind die Naturaquarelle Wissenschaftskunst? Und was sind Brigitte Oleschinskis Gedichte? Offenbarungen der Poesie.

Christoph Grube

Flussläufe

> Es ist nichts in der ganzen Welt, was Bestand hat.
> Alles fließt, es bildet sich wechselnd jede Erscheinung.
> Selbst die Zeit, auch sie entgleitet in steter Bewegung –
> gleich wie der Fluß. Denn es kann der Fluß nicht stehn, und nicht stehn die
> flüchtige Stunde. Und wie von der Welle die Welle gejagt wird,
> wie, von der kommenden selbst gedrängt, sie die vorige drängt, so
> flieht und verfolgt zugleich auch die Zeit, und doch ist sie immer
> neu; denn, was vorher gewesen, es ist vorbei, und es wird, was
> niemals gewesen zuvor; und all das Bewegen erneut sich.
>
> Ovid, Metamorphosen XV, 177–185

Alles zerrt an meinen Nerven. Regen prasselt vor dem gekippten Fenster. Ein Windstoß bläht die Gardinen und wirft eine Hand voll Tropfen gegen die Scheibe. Ich blicke in den Dämmer des Schlafzimmers. Ich fühle mich krank, ziehe die Knie an die Brust und dränge mich unter der Wärme der Decke zusammen.

»Es ist gleich sieben! Willst du nicht aufstehen?«, fragt Jutta. »Um neun geht unser Zug.«

»Geh du zuerst ins Bad, ich will noch liegen!«

»Alles in Ordnung? – Was hast du?«

Sie streckt ihre Hand nach mir aus, als wolle sie nach meiner Stirn fühlen. Ich drehe mich zur Wand. Ihr Mitleid, für das ich sonst anfällig bin, stört mich. Mein Hals brennt. Ich will nicht reden.

Jutta steht auf. Hinter der angelehnten Badezimmertür höre ich die seit Jahrzehnten vertrauten Geräusche. Wie sie Wasser aus dem laufenden Hahn schlürft, gurgelt und ausspuckt. Die angelehnte Tür klappt im Wind. Ich kann mich nicht aufraffen, die Wärme des Betts zu verlassen, so sehr mich auch das ständige Tak – Tak – Tak stört.

Jutta kehrt ins Zimmer zurück. Hellhörig verfolge ich ihre Bewegungen. Barfuß geht sie auf dem weichen Teppich hin und her, öffnet eine Schublade, entnimmt Kleidung. Mit den Fingernägeln reißt sie eine Verpackung auf, setzt sich zurück aufs Bett. Ich höre das Knistern des glänzenden Nylons, das sie sich über die Ferse und ihre Beine zieht. Sie knüllt die Verpackung zusammen und wirft sie in den Mülleimer. Dort raschelt die Folie weiter.

Als wir beim Frühstück sitzen, überspielt Jutta unsere Wortlosigkeit und tippt auf ihr Handy. Von Zeit zu Zeit schmunzelt sie. Sie bemerkt, dass ich sie beobachte und wirft mir als Erklärung den Namen »Niki« zu.

Niki feiert heute seinen 20. Geburtstag und hat uns eingeladen. Er möchte die Gelegenheit nutzen, uns seine neue Freundin vorzustellen. Ich weiß, was mich erwartet: Wieder eine dieser austauschbaren jungen Frauen, die alle wie eine verjüngte Ausgabe seiner Mutter aussehen. Es lohnt sich nicht, sich ihre Namen zu merken. In ein paar Wochen wird man sonst nur von ihm zurechtgewiesen, wenn man sie falsch anspricht. Wie immer wird mir an diesem Abend die Rolle zukommen, die junge Frau auszufragen, während Jutta zum geeigneten Zeitpunkt Anekdoten aus Nikis Kindheit zum Besten gibt, die ihn in ein gutes Licht rücken. Ist der Nachtisch gegessen und sind die Weingläser leer, veranlasst mich ein gezielter Tritt, die Rechnung zu begleichen. Wenn ich an den Tisch zurückkehre, spielt mein Sohn den Überraschten, prahlt, dass er vorhatte *uns* einzuladen. Meine Voreiligkeit lässt ihn großzügig erscheinen. Ich sehe, wie ihn das Mädchen anhimmelt. Früher habe ich die gleichen Blicke auf mich gezogen. Er sieht mir ähnlich. Die beiden werden es auf einmal eilig haben nach Hause zu kommen. Um ihnen keine Umstände zu machen, bemühen wir uns, den Weg zum Hotel auch ohne ihre Hilfe zu finden. Sobald wir allein sind, hakt sich Jutta bei mir ein, lässt ohne Einleitung ihre Begeisterungsstürme über mich hinwegfegen. Dass sie vor einem knappen Jahr das gleiche über die Vorgängerin gesagt hat, scheint sie vergessen zu haben.

»Du hast ja Deinen Kaffee immer noch nicht ausgetrunken!« Jutta beugt sich über den Tisch und blickt empört in meine Tasse. »Wir wollen doch los!«

Am Bahnhof müssen wir rennen. Kurz vor dem Einstieg knickt Jutta mit dem Fuß um. Es ärgert sie mehr, als es sie schmerzt. Sie bleibt stehen und scheucht mich weiterzugehen. Wir schaffen es gerade noch. Die Zugtüren schließen, als wir einsteigen. Natürlich hat es sich längst jemand auf unseren Plätzen bequem gemacht. Als ich Jutta bitte, mir ihren verstauchten Knöchel zu zeigen, sieht sie störrisch aus dem Fenster. Ein triefendes Grün zieht als Landschaft vorbei.

Als wir im Hotel einchecken, belehrt man uns, dass wir erst am Nachmittag das Zimmer beziehen können. Man bietet uns an, die Koffer solange im Gepäckraum abzustellen. Jutta schlägt vor, die Gelegenheit zu nutzen und eine Galerie anzusehen. Früher hat sie sich nie für Kunst interessiert. Seit Niki aus dem Haus ist, hat sie sich eine Staffelei zugelegt und ist Mitglied eines Kunstvereins. Ich spüre, wie meine Gereiztheit zurückkehrt. Um nicht zu streiten, füge ich mich.

Kaum haben wir das Hotel verlassen, fängt es wieder an zu regnen. Ein feiner Sprühregen, der einen unmerklich bis auf die Knochen durchweicht. Ich bin zu träge, um umzukehren und den Schirm zu holen. Es wird nicht so schlimm werden, denke ich und tue, als bemerkte ich die Nässe nicht. Als wir aus dem Bus steigen, wird der Regen stärker. Blasen platzen im Rinnstein und noch lange ist die Galerie nicht in Sicht.

Endlich hebt sich ein dreiteilig in sich verschobener kubischer Bau mit glasverkleidetem Treppenhaus dunkel hinter Pappeln hervor. Ein roter Vorgartenzaun grenzt das Gebäude von der Straße ab. Er sieht aus, als stamme er aus einer Zeit, als hier am Feldrain hinter hohen Sonnenblumen noch ein Bauernhaus mit eingesunkenem Ziegeldach hervorsah.

Durchnässt huschen wir in die gläserne Stille des Treppenhauses. Jutta bleibt im Eingang stehen. Sie reckt den Kopf vor und fährt sich durch die triefenden Locken.

»Schau dir das an: ich bin komplett nass!«

»Ich doch auch!« sage ich, um sie genauso ins Unrecht zu setzen.

Auf den Toiletten reiben wir uns mit Papiertüchern die Haare trocken. Zurück im Vorraum tritt eine junge Frau auf uns zu und heißt uns willkommen. Sofort streift Jutta ihren Missmut ab. Die junge Frau erklärt, was derzeit in den Räumen zu sehen ist. Allem voran die Retrospektive von Mario Reis, einem seit Jahrzehnten mit der Galerie verbundenen Künstler. Ein Querschnitt durch sein Werk anlässlich seines 70. Geburtstags: einige *Naturaquarelle*, seine *Blindzeichnungen*, seine *Zugspuren*, Teile seines *Froschkonzerts*, seine *Hommage au Champagne*.

»Das klingt doch interessant!«, ruft Jutta, als hätte ich das Gegenteil behauptet. Ihre Stimme schwingt sich in euphorische Höhen, eine Tonlage, die ich nicht ausstehen kann. Ich könnte nach einem Café fragen und ihren Unmut auf mich ziehen. Aber wortlos folge ich ihr in die erste Halle.

Wir sind allein. Trotzdem verhält sich Jutta, als ob man sie beobachtet. Vor einer großen Leinwand, auf die Knallfrösche montiert wurden, stellt sie sich in Pose. Sie legt den Kopf schräg und tippt sich mit dem Zeigefinger an die Lippen. Schmauchspuren umlagern die ausgebrannten Papierschläuche. In den rußigen Ablagerungen ahnt man noch die laute Sprengkraft, die die kleinen fixierten Körper auseinandergerissen hat. Eine unruhige Stille belagert die dunkel besprenkelte Fläche. Jutta zieht die Stirn in Falten. Ihr Interesse gilt einzig einem Frosch am unteren Bildrand, der nicht gezündet hat. Sie betrachtet ihn mitleidig, richtet sich dann aber wieder auf und geht langsam weiter. Ihr gefällt der hallende Klang ihrer Schritte im Raum.

Vor dem Abdruck eines Zugrads auf einer Bleiplatte bleibt sie stehen. Auch hier kann man die Kraft noch spüren, die das schwere Metall wie Papier zerknitterte. Die Ränder sind zerborsten. Feine Rillen in der eingewalzten Spur zeugen von der massigen Bewegung, die darüber hinwegrollte. Jutta mustert befremdet das verformte Metall von allen Seiten. Als sie meinen Blick bemerkt, sieht sie auf. Ich drehe mich zur Wand, um nicht von ihr angesprochen zu werden.

Vor mir hängen die sogenannten *Blindzeichnungen*. Eine Fotografie zeigt ihre Entstehung. Mit einer Schlafmaske vor den Augen sitzt der Künstler vor einem weißen Blatt. Nachtwandlerisch streckt er die Arme vor sich. An seinen Fingern sind Stifte befestigt. Wie Nadeln eines Seismografen greifen sie auf das Papier herab und übertragen so offensichtlich jeden Impuls, jede Muskelzuckung auf das Blatt. Ich sehe die dünnen Striche, die sich zu kleinen struppigen Körpern verdichten. Manche ähneln auffliegenden Vogelschwärmen, andere bunten Silvesterraketen. Als ich wieder nach Jutta hinter mich in den Raum horche, bemerke ich das gedämpfte Prasseln des Regens auf dem Dach. Die Bilder geraten vor meinen Augen zu einem fernen Echo meiner Gereiztheit.

»Schau dir das an!«, ruft Jutta plötzlich aus. »Das ist wahrscheinlich die *Hommage au Champagne*.« Sie steht vor Stempelbildern, die mit Champagnerkorken auf ein Papier gepresst wurden. »Wie viel muss man denn da getrunken haben?« Sie tritt dicht an das Glas, als wollte sie in den Abdrücken etwas entziffern. Ich beschließe den Raum zu wechseln.

In der Mitte des nächsten hängt an einer übergroßen Wand wie bunte Kacheln eine Serie erdfarbener Bilder. Auch hier kann man auf einem Foto sehen, wie diese Werke entstehen. An Angelschnüren befestigt treibt ein auf einen Keilrahmen bespanntes Baumwolltuch verkehrtherum im Wasser. Offenkundig lagern sich dabei Sedimentpartikel, Mikroorganismen und Schwebstoffe in der Textur ab. Sie werden später fixiert, die Rahmen entfernt. Man erkennt noch die Stigmata der Leinwandnägel. So entsteht als Auszug aus der Zeit der stream of consciousness eines Flusses. In der linken unteren Ecke stehen die genauen Daten, wann die Leinwand zu Wasser gelassen, wann sie wieder herausgeholt wurde. In der Mitte der Name des Stroms. Rechts die Signatur des Künstlers. Manche dieser Flussbilder gleichen aufquellenden Wolken, andere einem schattigen Flussgrund mit kleinen durch die Wellen dringenden Sonneninseln.

»Sieh mal!« An mir vorbei zeigt Jutta auf eine Leinwand in dunklem Kakiton. Sie macht mich auf das Datum und den Namen des Flusses aufmerksam.

»Das ist ja ein Zufall! Und ausgerechnet heute.« Ihr Blick spannt sich erwartungsvoll. »Mal sehen, ob's da noch mehr gibt!«

Während sie die Wand entlangschreitet, entziffere ich die Angaben unter dem Bild. Es stammt aus dem Fluss, in dessen Nähe wir früher gewohnt haben. Als ich das Datum lese, staune auch ich.

Damals hatten wir gerade das Reihenhaus gekauft, ein Jahr zuvor geheiratet, wiederum ein Jahr früher, uns kennengelernt. Wir hatten ein unglaubliches Tempo an den Tag gelegt. Für das Familienalbum fehlte nur noch ein Kind.

Doch dann begegnete ich Lena. Ich lernte sie auf einer Feier kennen, zu der ich eigentlich nicht hatte gehen wollen. Die neuen Nachbarn hatten uns eingeladen. Jutta war krank geworden. Sie lag mit Fieber im Bett. Ich wollte sie nicht allein lassen, doch sie bestand darauf, dass ich ging. Ich zögerte noch eine Stunde, dann machte ich mich widerwillig auf den Weg. Ich würde keinen Menschen kennen. Mit gequältem Lächeln drängte ich mich durch die Gäste im Hausflur und suchte nach den Gastgebern. Ich wollte sie begrüßen und mich nach einem Glas Wein unbemerkt wieder aus dem Staub machen. Als ich in der Küche nach Elsa und Max fragte, sah eine junge Frau von einer Schüssel Guacamole auf und stellte sich mir als die jüngere Schwester der Hausherrin vor.

Gegen drei Uhr nachts löste sich die Party auf. Gegen fünf befand ich mich noch immer in der Küche und im Gespräch mit Lena. Graues Morgenlicht kroch über die Kacheln und übernächtigt, aber noch nicht im Geringsten bereit die Unterhaltung zu beenden, saßen wir am Küchentisch und redeten einfach weiter. Lena erzählte. Sie war eine Weltenbummlerin. Gerade aus Südamerika zurückgekehrt, wo sie ein Jahr als Backpackerin herumgereist war. Wenn Lena sprach, leuchteten ihre Augen – zwei Chrysolithe. Ein Lächeln umspielte ihren Mund, das ich unwillkürlich nachahmte. Ich stand von Anfang an in ihrem Bann.

Erst als gegen sechs Uhr der Hausherr mit schlafzerrissenem Gesicht in die Küche stolperte, um die maunzende Katze zu versorgen, und mich entrüstet ansah, als hätte ich mich in der Haustür geirrt, schlug Lena vor, auch schlafen zu gehen. Als ich durch unser Gartentor trat, sah ich Juttas vorwurfsvolle Gestalt hinter der Gardine.

Lena blieb vier Wochen. Einige Tage nach der Feier sah ich sie wieder. Zu meiner Überraschung gab sie sich mir gegenüber gleichgültig, als erinnere sie sich kaum an mich. Das ärgerte und reizte mich. Unter einem viel zu offensichtlichen Vorwand (sie lachte mich deswegen später aus) brachte ich sie dazu, sich mit mir zu verabreden. Von da an sahen wir uns jeden Tag. Wir trafen uns am Fluss, in den Auen. Schon von weitem sah ich sie auf dem alten Holländerfahrrad ihrer Schwester den Kiesweg entlangschlenkern. Das Nachmittagslicht taillierte ihre Figur. Sie blickte nicht zu mir auf, bis sie mich erreicht hatte, stemmte sich mit ihren Espadrilles in die Pedale und ihre nackten Knie traten unter dem Saum ihres Kleids hervor. Die Bremsen quietschten. Das Hinterrad schliff eine kurze staubige Spur in den Weg. Da stand sie, auf den Lenker gestützt, hob ihr Gesicht zu mir auf und machte eine ernste Miene. Als ich zu ihr trat, blickte sie sich rasch um, schlang ihre Arme um meinen Hals und drückte mir mit ihrem verschmitzten Lächeln einen Kuss auf den Mund. Eilig stellten wir das Rad hinter der Bank ab. Ich griff nach ihrer Hand und führte sie hinter mir her den kleinen Trampelpfad durch das Gesträuch hinab zum Ufer. Immer wieder blieb ich stehen. Ein Freudenschwindel erfasste mich und ich zog sie an mich und küsste sie. Später lagen wir auf der Decke, die sie in ihrem Fahrradkorb mitgebracht hatte. Ich schloss die Augen und versuchte mir diesen Moment einzuprägen, um ihn nie mehr zu verlieren.

Manchmal schliefen wir ein und erwachten erst, wenn es bereits dämmerte. Zurück auf dem Kiesweg küsste ich Lena ein letztes Mal.

»Bis morgen!«

»Ich hoffe!«

Kaum war ich allein, setzte die Unruhe ein, konnte ich es nicht erwarten sie wiederzusehen. Ich war eifersüchtig auf Max und Elsa, sogar auf die Katze, mit der sie, wie sie erzählte, den Abend auf der Couch verbrachte.

Zuhause angekommen rief Jutta mir entgegen, ob ich es sei, als ob noch jemand anders einen Schlüssel hatte. Am liebsten hätte ich die Straßenschuhe angelassen, so fremd fühlte ich mich inzwischen in diesem Haus. Jutta kam und fragte, ob ich wieder so lang hätte arbeiten müssen.

»Zurzeit ist es die Hölle!, sagte ich und gab ihr beiläufig einen Kuss, um die Routine nicht zu stören. Manchmal glaubte ich, sie mustere mich von der Seite, als ahnte sie etwas. Vielleicht sah man mir die Veränderung an, vielleicht trug mein Haar noch den Geruch des Flusses, in dem wir nackt gebadet hatten. Rasch stieg ich ins obere Stockwerk, um mich umzuziehen.

Ich lauschte auf ein Geräusch von nebenan, doch die Häuser trennte eine Doppelwand. Aus dem Fenster warf ich einen Blick auf die Terrasse in der Hoffnung, sie dort zu sehen. Aber an den Abenden wurde es bereits kühl und auf den Fliesen lag nur der Widerschein der beleuchteten Zimmer. Umgezogen kehrte ich nach unten zu Jutta zurück.

So vergingen die Wochen. Lenas Aufenthalt näherte sich seinem Ende.

Einen Tag vor ihrer Abfahrt war ich festentschlossen, Jutta zu verlassen, um mit Lena abzureisen. Ich war bereit alles aufzugeben und schlug Jutta an diesem Morgen vor, sich mit mir am frühen Nachmittag in der Stadt zu treffen. Ich wollte jedes Türeschlagen vermeiden. Danach würde ich gleich zu Lena in die Auen fahren und sie mit meiner Entscheidung überraschen, sie bitten mit mir zusammenzubleiben.

Ich war zwanzig Minuten zu früh im Café und trotz meiner Entschlossenheit schrecklich nervös. Ich kämpfte gegen eine Übelkeit an, wollte die Zeit nutzen, um mir meine Worte zurechtzulegen. Ich wiederholte die immer gleichen Sequenzen, kam nicht weiter. Ein solches Gespräch ließ sich nicht einstudieren, blieb der Gefahr ausgesetzt, das Falsche zu sagen.

Ich blickte mich um. Neben mir entdeckte ich zwei alte Damen. Die Tische standen dicht beieinander. Es war unvermeidbar, dass sie Zeugen unseres Gesprächs werden würden. Sie saßen sehr gerade in ihren zu groß gewordenen Rüschenblusen. Gewiss kamen sie jeden Nachmittag hierher, teilten nicht nur die Leidenschaft für Petit Fours, sondern auch die Lust an ihrer Altersempörung. Seit ich mich gesetzt hatte, eschauffierten sie sich über die schlechte Erziehung eines kleinen Mädchens, das zwischen den Gästen umherlief und die Nase über die Tischkante streckte, während die Mutter mit einer Freundin unbekümmert Kaffee trank. So etwas hätte es früher nicht gegeben!

Während ich die beiden noch musterte, fasste eine von ihnen mich ins Auge. Vielleicht hielt sie mich für einen dieser Enkelbetrüger, von denen man überall las. Um ihr Misstrauen zu zerstreuen, nickte ich ihr höflich zu. Die alte Dame stutzte, dann zog sie freundlich die dünnen Lippen auseinander und wandte sich wieder ihrer Nachbarin zu. Vor ihr stand ein Zuckerstreuer. Gerade, als ich den Blick abwenden wollte, bemerkte ich darin eine Bewegung.

Offensichtlich war die Wespe schon vor einiger Zeit durch die breite silberne Röhre in das Innere geklettert und kam nicht mehr heraus. Träge kroch sie, zuckrig bestäubt, auf den weißen Kristallen umher. Von Zeit zu Zeit surrten ihre Flügel, aber es fehlte ihr die Kraft sich zu erheben. Sie ließ sich wieder auf den Zucker zurücksinken und kroch schwach weiter. Ich überlegte, ob ich die Damen warnen sollte, bevor sie sich mit der Wespe den Kaffee süßten, unterließ es aber. Dann stand Jutta vor mir. Ich begrüßte sie, entschuldigte mich, dass ich keinen anderen Platz als diesen in der Sonne bekommen hätte. Ich rechtfertigte mich, noch bevor es nötig war. Vielleicht lag es an ihrer Haltung, auch, weil sie sich nicht sofort setzte und dicht vor mir stehenblieb. Ich begriff, dass etwas geschehen war. Das Blut pulsierte durch meine Ohren.

Erst auf meine Aufforderung hin, ließ sie sich direkt auf dem Stuhl neben mir nieder. Sie stemmte die Arme auf den Tisch, reckte den Hals und sah mir geradewegs in die Augen. Mein erster Gedanke war, dass sie etwas erfahren hatte und mich zur Rede stellen würde, noch ehe ich mein Geständnis abgelegt hatte. Ich versuchte ihrem Blick standzuhalten. Ihre Lippen zitterten. Plötzlich spannten sie sich und unversehens brach ein Lachen daraus hervor, doch im gleichen Moment unterdrückte sie es, hielt sich die Hand vor den Mund und ihre Augen wurden feucht.

»Was ist los?«, fragte ich erschrocken.

»Ich bin schwanger!«, stieß sie hervor.

Stille.

»Aber – wie? ... bist du sicher?«

Und mit der noch immer gleichen Gemütsschwankung erzählte sie, dass sie gerade vom Frauenarzt käme. Gestern habe sie schon zuhause einen Test gemacht. Sie hätte schon gefürchtet, ich würde ihn finden, deshalb habe sie ihn ganz tief im Mülleimer im Bad versteckt. Sie verlor sich in Details, welche Mühe sie sich gegeben hatte, den Test vor mir zu verbergen. Heute früh habe sie sich gleich einen Termin geben lassen. Sie sei in der siebten Woche. Jutta redete ohne Punkt und Komma. Die beiden Damen am Nebentisch lauschten. Jutta genoss ihre begeisterten Blicke. Und ich spürte drei Augenpaare, die mich anstarrten und eine Reaktion von mir erwarteten.

»Freust du dich denn nicht?«, fragte Jutta.

»Aber natürlich! Natürlich freue ich mich!«

Verlegen sah ich hinüber an den Nebentisch. Die beiden Damen nickten mir jetzt wohlwollend zu. Wieder bemerkte ich die Bewegung im Zuckerglas. Der schwarzgelbe Körper torkelte mit schwachen Beinen über den wegrinnenden Zucker.

Ich fand nicht mehr die Kraft, mich mit Lena an diesem letzten Nachmittag zu treffen. Ich kehrte ins Büro zurück und stürzte mich in die Arbeit. Die Entwurfsplanung für ein neues Projekt hätte längst zur Vorprüfung auf dem Schreibtisch meines Chefs liegen müssen. Schon zwei Mal hatte er sie angemahnt.

Erst ein Jahr später sah ich Lena wieder. Sie stand im Vorgarten, neben ihrer Schwester und einem unbekannten Mann. Ich sah nur kurz auf und grüßte über den Zaun. Alle drei grüßten zurück. Die Schwester setzte das Gespräch fort. Ich öffnete unser Gartentor und schob (etwas zu aufrecht in den Schultern) den Kinderwagen ins Haus.

»Gefällt Ihnen die Ausstellung?«

Ich drehe mich um. Eine Fremde mit einem Zopf und einer schwarzen Schleife im Haar stellt sich mir als die Besitzerin der Galerie vor. Wir kommen ins Gespräch, werden jedoch bald von Juttas hochtönender Begeisterung unterbrochen. Ich stehe eine Weile daneben, höre gleichgültig, wie Jutta von ihrer zufälligen Entdeckung erzählt. Die Galeristin lächelt geduldig. Noch einmal sehe ich zu dem Naturaquarell auf, sehe die lichten Ablagerungen in der monochromen Fläche und plötzlich wird das Bild vor meinen Augen zum Vexierbild dieser längst vergangenen Tage …

Peter Wawerzinek

Wässern

Wir schrieben damals noch mit Füllfederhalter. Das Tintenfass stand auf dem Schultisch. Es musste schnell gehen, ich war nicht konzentriert genug, das Malheur nicht zu vermeiden. Vom eigenen Fass befleckt, vom Fass des Tischnachbarn, egal. Es gab viele Flecken zu vermelden, nicht nur an den Fingerspitzen, auch auf Hose, Hemd, Arm, Schuhspitze. Ich ließ sie bestehen, ließ sie mir im Härtefall ausreiben, wässern, und litt dabei innerlich.

Ist ermunternd diesen Flitz zu reiten, Flecken zu lieben. Bin im Kinderheim aufgewachsen, hatte mit Flecken zu schaffen als ich zum Tischdienst eingeteilt wurde. Sahen schlimm aus, würde jeder Hinguckende meinen, die verlassenen Tische, Stühle, Fußböden. Hab sie mir angesehen, bevor ich dann mit Lappen und Wasser, Schrubber und Handtuch die Reinigung ausführte. Waren Profile von Gesichtern, Umrisse von Figuren, Tieren, Landkarten, Schattenwürfe zu sehen. Manchmal meinte ich symbolische Zeichen zu deuten. Wenn ich damals schon ein Handy besessen hätte, würde ich eine Datei angelegt haben, sie alle dort vereint beisammen wissen, die Flecken meiner Kindheit, Jugend, der Mannesjahre bis heute. Erst vor ein paar Tagen hielt ich einen solchen bei mir in der Küche neben dem Abwaschbecken fest. Ein Alien denke ich, ein netter, stilisierter Totenkopf wird sich als Zwillingswesen in mein Leben hineinversetzt, mir zugesellt haben. Denn ich bin soeben krank geworden, hart kuriert, vom Krebs befreit nahe am Tod vorbeigeglitten.

Wurde einst, vor Jahren nunmehr, nach Horumersiel eingeladen, dort zu lesen. Hat die Schriftstellerin Judith Hermann angezettelt, die da phasenweise wohnt und versucht war, Kultur zu veranstalten. Weiß heute nicht einmal mehr zu sagen, was ich las, nur, dass es in einer lichtdurchfluteten Kirche stattfand, wir danach im Garten der Schreiberin saßen, tranken und redeten, ich nicht recht durchsah, wer woher kam, wohin im Leben tendierte, wer was mit dem Ort, den Leuten, dem Ganzen zu schaffen hatte, wer mit wem befreundet war oder als Gast zeitweise, als Verwandter fester dort wohnte, wer wie weit mit der Gastgeberin verbandelt, loser Fan oder lieber Besucher gewesen war, wie ich selbst auch. Das Beisammensein war okay und meine, es wäre mir nicht sonderlich lange in der Erinnerung haften geblieben, wäre da diese Malerin nicht aufgetaucht. Fand sie gleich interessant. Wechselte rasch zu aufregend über, mein Empfinden zu der Malerin Karin Mennen. Redete von der Kunst, die sie am Wattenmeer betreibt so anlockend, plastisch, dass ich mich mit ihr sofort ans dorthin begeben musste, mich zu den Leinwänden führen ließ, die sie am Ende der Buhnen ausgelegt hatte. Wir balancierten über den langen, langen Buhnenlaufsteg. Sie mir voran. Ich ihr eifrig nach. Ganz ohne den üblichen Bammel davor abzurutschen, ins Wasser zu fallen. Wäre nichts weiter groß passiert. Hätte mir bis an den Bauchnabel gereicht, das flache Wattenwasser. Kein Vergleich zur Ostsee, woher ich stamme, wo es abwärts geht nach wenigen Metern, wo rasch größere Tiefen unter den Füßen aufkommen. Ist nicht mein Ding, die Nordsee dort. Wiese statt Sandstrand mit reichlich Steinen, Algen und Quallen. Weite Wege bis ans Wasser, selbst wenn Flut herrscht. Und dann dieser Schlick, dieser pechdunkle Morast, von den Gezeiten hinterlassen, in den hinein du versinkst. Das unterseeische, geplättete schwarze Tuch, über das die Füße staken und flutschende Kuhlen bilden beim Waten. All das wirkt sich böse auf meine Seele aus und hinterließ mich damals fragend, wie die Autorin, die Schwärze dauerhaft vor Augen, dabei störungsfrei und davon unbeeinflusst schreiben kann. Brauche es vollkommen anders. Hab's am liebsten wild, verdreckt, schäumend, steinig, stürmisch, gefährlich ist ehrlich, wie sich die Elemente an der Ostsee aufführen, danebenbenehmen, ich es halt gut kenne und nicht fürchte. Kann an der Nordsee nicht Strandläufer sein, nach Hühnergott, Donnerkeil, versteinerten Seesternen suchen. Gibt es ja nicht einmal Blasentang und Möwen im Streit, Dorsch und Flundern, Bernstein zu bewundern. Ist mir dann dennoch lieb geworden, durch Karins Tun, die frische Leinwände ans Buhnenende schleppt, sie mit Steinen beschwert versenkt, monatelang drinnen liegen lässt, dem Meer sozusagen hinwirft, das sich an ihnen in Ruhe abarbeitet, Spuren hinterlässt, Flecken, Ablagerungen, alles erst richtig nach dem Trocknen zu sehen. Phantasie auslösende Verunreinigungen. Bilder, die augenblicklich im Kopf entstehen. Auslegungen. Für eine von vielen Varianten muss sich die Malerin entscheiden. Geht ihren Part an der Leinwand jeweils behutsam an. Zeichnet mit leichter Hand an entscheidender Stelle einen Umriss nach. Setzt Akzente. Hebt Details hervor, führt durch gezielte Farbgebung Ablagerungen zusammen, lässt sie verschwinden, stellt Verhältnisse klar, verbindet Kunst mit Natur, bindet das Zufällige ans Gewollte, lässt, wenn nichts weiter zu verrichten ist, was entstanden ist, bestehen. Hab solch ein Handwerk nie zuvor gesehen. War angetan, bin rundum in Neuland gestoßen worden. Bringe Ebbe und Flut am Wattenmeer jetzt mit Talent, Entwicklung, Tatendrang, Natürlichkeit und Künstlertum in Verbindung.

Sehe ich die Flussarbeiten von Mario Reis, muss ich an meine erste Begegnung mit Karin denken. Bekomme es mit Werken zu tun, die sich um sich selbst kümmern, die geduldig abwarten, was ihnen widerfährt. Hätte nicht schlecht Lust, im zweiten Leben nach dem ersten, mit kindlicher Naivität und diesem frühen Ehrgeiz ähnliches an meiner Ostsee zu betreiben. Gibt für den Anfänger, der ich dann wäre, und nicht bleiben will, das Reriker Salzhaff. Dort würde ich meine Leinwände auslegen. Und andere Materialien wie Tischdecken, Laken, Glasscheiben, Bretter, Balken, Gipsplatten, helle Kleidungsstücke, Papierbögen, große Atlanten, dicke Bücher dem Meer anvertrauen. Im Kühnsten ginge es schließlich darum, mich selber, nackt für eine Weile selber zu wässern, dass meine Haut bemoost, versandet, Flecken zugespielt bekommt, die mir danach dann alle nötige Kreativität abverlangen.

Norbert Scheuer

Der Wasen

Ich besitze ein Bild von Mario, er schenkte es mir vor Jahren. Es ist eine der vielen Arbeiten, die Teil eines jahrzehntelangen Projektes sind, das mithilfe einer ausgefeilten Technik versucht, die Farben des Wassers und insbesondere die der Flüsse »einzufangen« – oder sollte ich nicht besser schreiben »malen zu lassen«? Mario hat mir einmal erzählt, dass es ihn fasziniert hätte, wie seine Kollegen mehr oder weniger erfolglos versuchten, Wasser darzustellen; und ja, es ist so, als würde man sich selbst in einem unendlich schnell verändernden Spiegel porträtieren; wie diesen ganzen Zauber einfangen? Die Farben, die Reflexionen, den Regen, den Wind, der über den Wasserspiegel streicht, die unzähligen Veränderungen der Wellen, das Kräuseln, das kabbelnde Wasser … Alle, die es mit dem Pinsel versuchten, sind mehr oder weniger gescheitert, es hat ja auch etwas Verrücktes, etwas, das einen wahnsinnig machen kann, es ist, als wollte man aus einem Staubkorn die Welt beschreiben. Mario hat es selbst vergeblich versucht, das Wasser auf traditionelle Arten und Weisen zu malen. Eines Tages spazierte er an der Seine entlang und kam auf die Idee, das Wasser sich selbst malen zu lassen – was für ein genialer Einfall! Er hat eine Leinwand ins Wasser gehängt und gewartet; auf die unzähligen Schwebstoffe, die letztendlich die Farben hervorrufen, die wir sehen, wenn wir vom Ufer oder von einer Brücke aus ins Wasser blicken, und die sich zunehmend auf dem Bildträger verfangen und auf diese Weise dem Fluss ein Aussehen geben. Von da an reiste Mario durch die Welt und ›malte‹ die Flüsse, das heißt, überließ es ihnen, sich zu malen. Irgendwann kam er zwangsläufig in die Eifel, in das Land der Flüsse, wo ich ihn kennenlernte. Er war damals gerade damit beschäftigt die Kyll und ihre vielen Nebenflüsse und Bäche zu porträtieren. Er wohnte in einem kleinen Dorf in der Nähe des Flusses, an dem auch ich meine Kindheit verbracht hatte. Das Bild, das Mario mir schenkte und auf das ich sehr stolz bin, heißt: »Wasen«. Der Wasen ist einer der unzähligen kleinen Zuflüsse der Kyll, die von den ausgedehnten Wäldern des Kylltals kommend im Fluss münden. Die Forellen schwimmen diese kleinen Rinnsale und Bäche hinauf, um in den natürlichen Staustufen von Oktober bis in den Februar ihren Laich abzulegen. Meine Freunde und ich folgten dem Wasen einmal den Berg hinauf. Wir hatten uns Speere aus Haselstöcken geschnitzt. Es war leicht, die Forellen in den Tümpeln, die wir aus Steinen in den Strom bauten, aufzuspießen. Wir warfen sie ans Ufer und brieten sie am Feuer. Das Bild des Wasen hängt in meinem Arbeitszimmer direkt gegenüber von meiner Couch, auf der ich oft erschöpft und untätig liege, weil mir keine Geschichten einfallen wollen. Ich blicke auf den Wasen, nicke ein und wenn ich wach werde, blicke ich wieder auf das Bild. Ich sehe die unendlich vielen winzigen Partikel, die sich zu seltsamen, immer neuen Formen und Farben zusammenfügen, zu einem verschlungenen Labyrinth aus Pfaden und Träumen in den Wäldern meiner Kindheit, aus denen ich niemals herausfinden werde.

Esther Kinsky

17 Tage Fluss

Who's pushing the River?

1

Say: Copper

Der Fluss ist unser Lieblingstier, sagt der Mann, er zeigt nach Westen, die Sonne steht tief, das Land breitet sich steppig aus, durch das holzige Gestrüpp zieht sich ein Netz kleiner Pfade, der breiteste führt zum Fluss. Hinter einem dammartigen Wulst, der dem ungeübten Blick über das flache Land aus der Entfernung nicht auffällt, schiebt sich das Wasser im Licht der untergehenden Sonne kupferfarben nach Süden, ein ungerührtes Reptil, geschuppt von kleinen Wellen, Strudeln und träge treibenden Zweigen, ein Wesen mit leicht gerundetem Rücken, das mattschimmernd seinen Weg verfolgt.

2

Say: Wormwood

Der Fluss kommt von Nordosten, wie hingemalt von Kinderhand zeichnet sich blass in großer Ferne dort Hügelland ab, in dem sich eine Quelle vermuten lässt, absinthen am bewölkten Morgen, schattenlos und weich, allem wohlgesonnen ist das Licht, das Wasser trägt den Wermutshimmel auf dem Rücken, blassgrün mit einem grauen Schimmer, der silbrig sein will ohne es zum Glanz zu bringen. Flussaufwärts liegen Boote am kiesigen Flusstrand, unter einem Überhang der Uferböschung, womöglich ausgewaschen von früherem Hochwasser, steht ein Reiher wie ausgeschnitten aus Papier.

3

Say: Thistle

Der Fluss will uns freund sein, sagt der Mann, innehaltend am Weg mit seinem Angelgerät, in hohen Stiefeln stapft er davon, eine abnehmende Gestalt zwischen starren Distelarmen und dem Schwebeviolett und Daunenweiß ihrer Blütenkugeln, bis er den Wulst besteigt und dahinter verschwindet, zuletzt schwankt noch die Angelspitze über dem Rand, der aus der Ferne betrachtet nahtlos in die Ebene am anderen Ufer übergeht. Es herrscht Taubenlicht, der Himmel spiegelt die vielen Arme, die der Fluss weit weg in Richtung Süden ausstreckt, ein mattes zögerndes Grau, hell und dem Blau zugeneigt, das auch das spitzblättrige starre Gestrüpp ringsum überzieht, und in diesem Schein bekommt selbst das stete, Tag und Nacht erfüllende leise Rauschen und Seufzen und Plätschern einen Gurreklang wie aus unterirdischen Taubenschlägen in diesem ganz taubenlosen Gelände.

4

Say: Dogrose

Der Fluss zeigt sich als Schlagader der Ebene, so leise und pulslos er auch fließt, an diesem Mittag rosenfarben durchzogen von perlenden Wolken aus Rot, vom ausgewaschenen Schlachtzeug weiter flussaufwärts noch jenseits der Boote am Schotterstrand, lebendiges Farbwerk im Wasser, Schlieren in Auflösung, Flussrosen sich zerblätternd, nach Süden hin verädernd, verästelnd mit der Strömung zu kleinen zarteren Läufen, Kinderadern im unsteten Gelände unter den Regenpfeifern, vielfingriges tastendes Münden während die Rosenspur sich verliert.

5

Say: Samphire

Der Fluss spreizt sich der Mündung zu, mehrzüngig vordringend in den wandelbaren Bestand von abfallender Böschung und hängendem Blattwerk mit genügsamen Halmen und salzständigen Schösslingen an deren Grüngrün das Wasser erblasst, weiß wird wie die schütteren Blüten auf den scheinfleischigen Stängeln um versumpfte Boote, aller Hoffnung auf Wellengang und Strömung begebene Ausgedientheiten, die sich ins unterflossene Gelände betten, mit Blick auf gelegentliche Sucher, gestiefelte Abenteurer beim Vermessen von Wasser und Land.

6

Say: Quail

Der Fluss hat sich im Gewitter gewälzt und sandige Altlast zuoberst gekehrt, hellgelblich und schlierig, hier und da gebändert von schwarzem Mitriss aus dem oberen Lauf, faserige Striemen, die die Böschung suchen, sich als gespreizte Flügel quer zum Fließen breiten, violett steht das kniehohe Gestrüpp des Mündungslands dagegen, blütenlos verfärbt vom schweren Himmel und dem heranrückenden Horizont, gelegentlich bebend vom Suchlaut bodennaher Vögel, sie halten sich bedeckt.

7

Say: Slate

Der Fluss schluckt den Tag und weiß nicht wohin mit dem rostigen Schimmer des Abends, der sich in schiefen Splittern durchs Wasser zieht, dieses gibt sich schwarz, schichtig und leicht glänzend vom halbvollen Mond, der mit den Spitzen nach Westen zeigt, ein dunkles Glanzwasser, es schmiegt sich an die Ufer, verteilt sich dann hier bläulich, da silberdurchfädelt in seine mündungswärtigen Adern, dazu haben Dommeln das Wort.

8

Say: Sand

Der Fluss will auch das Seine, und das ist das ewige Mahlwerk, das Stein zu Sand reibt, das weiche, helle, gilbige Gestein ferner Hügel, schon im Felsen zu Bruch und Zerfall bereit, das, ins Delta getragen, mit jeder Welle, jedem Strudel, jedem Schub und Sog und Streifen über Widerstand, mit jedem Klatschen an den spitzen Bug der kleinen bunten Boote, körniger wird, feiner, zerrieben zu der Farbe der Unendlichkeit, in der sich dennoch, trügerisch, Einzelnes im Korn erhält, zwinkernd wie fernste Sterne, und herhalten muss für leere Versprechen der Fülle.

9

Say: Cinders

Der Fluss hat seine trägen Stunden, Aschenstunden, eingedeckt in Grau, ein stumpfes Schieben der Flussmasse zwischen schiefen Böschungen, farbwechselnd vom öligen Schwarz der Ascheflocken bis zum hellgrauen Gerinnsel in Trauertönungen wie im Gedenkkleid an frühere Feuer auf den Salzkrautgefilden, an ein Nicht-sein-lassen-können des Grüns, an Rauchwolken und Brandgewinn, ein Aschefluss aus raschelndem Gekräusel der Oberfläche, unter der sich die Grauzone von Gewesenem ahnen lässt.

Der Fluss rötelt dem Sturm entgegen, wölbt sich den tiefen Wolken zu, rostbraun und lila mit funkelndem Lichtrand, der von den kleinen Wellen zuckt, die Salzsträuchlein drücken sich tief unterm Wind flach an den Boden, die Binsen flüstern den Bekassinen Deckung zu und sehr weit entfernt schlägt Metall auf Metall, unstetes ungebetenes Läuten im Leeren, während Staub sich zu gebüschigen Kugeln ballt und sich hierhin und dorthin wälzt wie stumpffarbene Steppenhexen, unter deren Berührung alle Farbe schwindet und dem Wasser allein die Unbändigkeit lässt.

11

Say: Turquoise

Der Fluss ist unser Juwel, ruft der Mann durch den knisternden Reif und geht seines Wegs Richtung Horizont, immer kleiner werdend und schärfer umrissen, während der Fluss noch unter letztem Gleißen liegt, das sich klirrend gegen Rötliches behauptet und den winterstillen Fluss ganz mit der ungetrübten Eisfarbe des Himmels überzieht, als sollte er sich allem Erdigen entfrieren, dem Lehm und Sand und Kies und dem verästelten Kraut und Salzigen und Wässrigen und nur ein Streifen Licht sein, allem Festen abgeschworen in durchscheinendem Türkis, bis dann das Saphirene von Osten, lila fast und nächtlich, dem absteigenden Orange und Gelb im Westen entgegenwächst und sich über dem Leuchten schließt.

12

Say: Egret

Der Fluss liegt im Stillen, seufzt und schluckt und hechelt und schnalzt unsichtbar unter dem Nebel, der kreidig gezeichnetes Perlgrau über alles breitet, kein Vogel gibt einen Laut, kein Wind wispert im Gestrüpp, selbst nur noch weiche dunkelnde Schattenkissen im Nebel bildend, aller borstigen Struppigkeit entwöhnt, weiß bettet sich der Fluss in sein Netz aus Rinnen zwischen den Uferhängen und die weißesten Vögel stehen als fiedrig verschwimmende dunstfarbene Scheinbarkeit im Leeren und regen sich nicht.

13
Say: Ophrys
Der Fluss nimmt sich der trüben Farbe an, der stumpfen Rosigkeit wie die Blüte, die sich geballt aus dem Boden schiebt, eine kleine Faust, sich zu bräunlichem Rosa entfaltend, wie der Fluss es jetzt führt, einen verwaisten Schleier aus Laich, aus Schuppen, aus abgestreifter Haut eines Fabeltiers, ein abgeworfenes Gewand, das niemanden zu retten imstande ist, dünngewaschen und abgetragen von der Flusswucht, vom schieren Strömen und dem trüben Grund, ein blassfleischiger Rest Fremde von den schlammigen Böschungen, bei hohem Wasserstand verdunkelt.

14
Say: Lapwing
Der Fluss leuchtet den Vögeln heim, sagt der Mann, im Frühling glänzen die äußersten Arme schwarzgrün unterm Mond, kiebitzfarbene Wegweiser in die Deckung von Seggenbüscheln und Bodenkuhlen, der Fluss erwartet die Rückkehrer und glitzert ihnen zu, fängt ihre Schatten im Flug und behält sie bei sich, bettet sie in seine unschlüssig ausufernde Strömung zu wie Festes, das den Lauf aufhalten kann, dünnes Flüstern einzelner strandnaher Strudel sucht den Takt mit dem Vogelruf.

15
Say: Pennywort
Der Fluss ein schwefliges Flackern, verworfenes Licht fängt sich in den Böschungskerben, wo kaum noch Abhang ist, wo Flussausläufer mit ihren Fingern und Fühlern auf Augenhöhe mit dem fransigen Land, mit den Kriechtrieben sternblütiger Netze in tiefem Bodengrün, mit den Schösslingen windfester Kleingebüsche nach Richtungen tasten, schlickernd streifen sich Rinnsal und Kraut und der Himmel überlässt sein voreiliges Unwettergelb einem leisen Schattenlila mit leisestem Regen in zarten Ringen auf dem Wasser, die sich an den äußersten Spitzen der Sternblüte brechen.

16
Say: Curlew
Der Fluss ist ein Vogel!, sagt der Mann im Traum, der Fluss schwebt, alles Land hinter sich lassend, ausfiedernd im Frühabend, in Farben verhaltener Sonnenuntergänge an hochnebligen Tagen, im hellen Braun von Wild aus anderen Zonen, im vagen Gelb offenbarter Unterflügel, im Gold des unvermittelten Prachtkleids, verschimmernd im Dunst von Abend und Mündung und Himmel und Erde und Fließen und Festem, ein Brachvogel, der sich im Dunkel verliert an seinen zitternden Ruf: *courliou.*

17
Say: Smoke
Der Fluss ist am Ende. In unzählige Verzweigungen zerfächert, kleine faustförmige Restinseln umwogend, an letzten Büscheln Land absichtslos ziehend übertönt das Wasser die Laute der Vögel, die im Seichten waten und zu dünnen Schatten verblassen im Ausatmen des Flusses, der Flüsslein, der Rinnsale und der weiten Fläche des offenen Wassers, das steigt und sich rundet, sich nähert wie Rauch so weiß und blau und grau schwadend und schlierend und kräuselnd unter unentschlossenem Himmel zwischen Tageslichtschichten und endlich doch Abend über allem dem Fluss.

Eva-Maria Reuther

Vom Wesen des Wassers

Gedanken zu den Naturaquarellen von Mario Reis

Zu Mario Reis führt der Weg in eines jener typischen Eifellöcher, bei denen sich die Natur offenbar genötigt sah, den Menschen daran zu erinnern, dass er tief hinunter muss, um wieder auf die Höhe zu kommen. Dort unten im Eifeldorf Michelbach lebt er also, gleich neben dem Bach, der dem kleinen Ort den Namen gab. Vor Jahren hat er seinen Düsseldorfer Wohnsitz aus dem quirligen Rheinland in die stille, bisweilen raue Eifellandschaft verlegt. »Idyllisch« sagt der Wanderer auf der Suche nach dem Naturschönen beim Anblick der waldreichen Höhen rings umher und des leise rauschenden Bachs im Wiesengrund. Idyllisch lebt auch Mario Reis in einem historischen Eifler Langhaus, in steter Gesellschaft des Baches, dessen heiteres Plätschern ein ungestümes Wesen verbirgt, das ihn zuzeiten zu einem wilden, das Land überschwemmenden Ungeheuer werden lässt. Ein geradezu perfekter Wohnort für einen Künstler, der seit vielen Jahren vom Wasser fasziniert ist und in dessen Werk sich die empathische wie forschende Hingabe an die Natur des Wassers und der Flüsse mit dem Bedürfnis ihrer kulturellen ästhetischen Aneignung im Kunstwerk verbinden. Die Rede ist und soll im Folgenden sein von Mario Reis »Naturaquarellen«, der wohl umfänglichsten seriellen Werkgruppe seines Schaffens. In ihren einzelnen Blättern stellt sich eine kaum überschaubare Vielfalt von Fluss-Individuen dar. Bereits Leonardo da Vinci war vom Wesen der Flüsse fasziniert, von der Dynamik, mit der sich ihr Wasser von der Quelle zur Mündung bewegt und dabei unentwegt seine Gestalt verändert. Ob das Wasser eigener Einsicht folge oder getrieben, vielleicht sogar vertrieben werde, fragte sich der Künstler und Universalgelehrte. Und falls Antrieb oder Vertreibung, wer oder was bewirke sie? Auch Mario Reis mag sich vielerlei Fragen stellen, wenn er unterwegs ist, um das Wesen der Wasserläufe zu ergründen. Vom äußersten Westen bis zum fernen Osten und von Nord nach Süd hat er dazu die Erde bereist. Was Wunder, dass er, kaum in die Eifel übergesiedelt, sich auch dort zu den Flüssen und Bächen aufmachte.

Er sei ein traditioneller Maler, hat Mario Reis einmal gesagt, also einer, der sein Weltwissen, die Erfahrungen der Zeitläufte, die Ablagerungen des Lebens gleichsam in seine Bilder einfließen lässt. In seinen Naturaquarellen gesteht er der Natur jene subjektive Gestaltungskraft zu, die auch er als Maler für sich in Anspruch nimmt. Die Naturaquarelle sind somit allesamt Ausdruck einer künstlerischen Ermächtigung der Natur. »Das Wasser bekommt die Gelegenheit, sein Wesen abzubilden«, sagt Mario Reis. Er selbst schafft die Rahmenbedingungen im Wortsinn. Dazu legt er als Bildträger einen mit Stoff bespannten Keilrahmen sozusagen mit dem Gesicht nach unten in den Fluss, durch den das Wasser strömen kann. Derart wird der Keilrahmen zur Reuse, in der sich Sedimente, Steine und Pflanzenteile als Zeugenschaft des Flusses fangen. Wenn er so seinen Keilrahmen auslegt wird Mario Reis selbst zum Fischer von Zeit, von fließendem Leben und seinen manifesten Spuren. Sind doch die feinen Segmente, die Algen oder Steinchen, die sich im Rahmen ablagern, auch Träger und Zeugen einer verströmenden Zeit. Vergangenheit, Gegenwart und Zukunft bezeugen die Bewegung des aus seiner Quelle heranströmenden und nach seiner Mündung strebenden Wassers. Für einen Augenblick werden sie eins in der Leinwand, verdichten sich in den Spuren, die das fließende Wasser hinterlässt. Zeit wird – als Abdruck auf der Leinwand aus der Zeit genommen – zum zeitlosen Bild.

Mario Reis' Naturaquarelle sind fraglos Zeugnisse einer Weltbeziehung, in der sich Natur und Mensch partnerschaftlich begegnen. Dabei beschränken die Aquarelle sich nicht auf ihre natürliche Mimesis, der Geste des fließenden Wassers, auf die Écriture automatique des Flusses. So wie sie von der Natur geschaffene Selbstbildnisse vom Wesen des Wassers sind, sind die Flussarbeiten des Künstlers auch Ausdruck seiner künstlerischen Weltaneignung und seines gestalterischen Willens. Der Künstler entscheidet am Ende, wann der natürliche Malprozess abgeschlossen ist, der Keilrahmen aus dem Wasser genommen und das Bild zum Trocknen und Fixieren ins Atelier gebracht wird. Befreit aus ihren alltäglichen Verhältnissen werden aus Ablagerungen aller Art, die einst Ding und Materie waren, werden aus Verletzungen durch Steine und Geäst, die sich in feinen Rissen in der Leinwand darstellen, abstrakte Zeichen und Symbole. Wie informelle Gemälde wirken diese Natur-Aquarelle. Schlammig und erdenschwer kommen einige daher. Mit den Augen zu greifen vermag man ihre körnige Rauheit. Andere erscheinen hell und licht, entrückt jeder greifbaren Wirklichkeit. Ein lebendiges Innenleben tut sich in diesen monochromen Bildern auf, mit ihren feinen Farbabstufungen und Einschlüssen. Lebensadern gleich durchziehen vielerorts feine Linien den Bildraum. In ihren Verästelungen, ihren Krümmungen und Biegungen werden Brüche und Wechselfälle, die Spuren von Vergänglichkeit und Zerbrechlichkeit augenscheinlich. »Die Kunst kann nur schön genannt werden, wenn wir uns bewusst sind, sie sei Kunst, und sie uns doch als Natur aussieht« schreibt Immanuel Kant in seiner *Kritik der Urteilskraft*. Was der Philosoph fordert, stellt sich auch in Mario Reis Naturaquarellen dar. Keinen Augenblick verleugnen sie ihre Herkunft aus den Bächen und Flüssen, aus den spontanen Gesten, Äußerungen und Wirkungen des strömenden Wassers, einer Realität, von der sie sich allerdings längst emanzipiert haben. Was einst Naturphänomen war, ist im Sinne Walter Benjamins mittels der Reflexion des Künstlers zum ästhetischen Ereignis, zum Bild geworden, zum emotionalen wie geistigen Denk- und Echoraum für Künstler und Betrachter. Die Naturaquarelle von Mario Reis sind eindrückliche Bilder einer beredten, aus ihrer Stummheit erlösten Natur. Aber es sind auch Bilder der Versöhnung von Kultur und Natur und allen voran der Versöhnung von Mensch und Natur. Ein Anliegen, das in diesen Tagen dringlich ist. Der Welt Seele suchte die Romantik im Erlebnis der Natur. Wenn er so unterwegs zu seinen Flüssen ist, mag man Mario Reis ohne Mühe für eine Art Neo-Romantiker halten, der mit seinen Keilrahmen auszieht, auf dass sich im fließenden Wasser der Natur Seele offenbart.

Gerhard van der Grinten

SYMPHONIE *DIE HARMONIE DER WELT*

Für Mario Reis

> *... und wo die Silberbänder der Wogen durcheinanderwallten, tauchte, rings umschäumt, ein fürs erste nicht gleich erkennbarer Gegenstand auf ...*
> *Alexander Lernet-Holenia*

MUSICA INSTRUMENTALIS

Die Dinge sind da. Und sie wesen. Und sie tun das schon von Anbeginn. Vollkommen unabhängig von uns. Flüsse, Meere, Kontinente, Gletscher und Gebirge, Klüfte und Vulkane, Steppen, Wüsten, Wälder, Lebewesen, Pflanzen und Getier. Dass, wie manche Ideenverzweigungen der Philosophie und Wahrnehmungspsychologie meinen, die Dinge erst konkret existent werden, wenn sie auch beobachtet und wahrgenommen werden, ist allein der Selbstüberschätzung der Spezies Mensch geschuldet. Deren Wirken sich spätestens seit den Siebziger Jahren des vergangenen Jahrhunderts als Existenzbedrohung für diese unsere Biosphäre herausgestellt hat. Auf der anderen Seite hat die Erde in der Erdgeschichte wenigstens sechs Extinktionen von planetarem Ausmaß überstanden. Und wenn dann auch niemand da gewesen war, um eines Ichtyosauriers, eines Schachtelhalms und einer Druse zu gedenken, sie zu betrachten, so waren sie doch gewesen. Und ihnen folgte anderes nach, das selber war. Und ist. Und wird.

Dass alles fließend ist und in beständiger Wandlung und Bewegung, das wussten schon die Vorsokratiker und LaoTse vor zweieinhalb Jahrtausenden. Dass alles aus allem geworden ist und alles aus allem wieder werden wird, weil alles wiederkehrt, ebenso. Und doch gibt es nur ein einziges Medium in vielleicht fünf Milliarden Jahren irdischer Existenz, und womöglich nicht nur der irdischen, das dazu imstande ist, all diese Bewegungen und Reisen zu tragen. Wasser nämlich. Das in Ozeanen wogt und strömt, Dünung aufwirft, das verdunstet in die Atmosphäre, sich wieder kondensiert und niederschlägt. Als Regen und als Schnee, die großen Ströme speisend, die das Land durchziehen. Und die beinahe zahllosen kleinen. Mancher davon kann unvermittelt reißend werden, dann zeigt sich die elementare Wucht hinter der Flüssigkeit. Versoffene Ebenen und Täler, bis das Wasser wieder abfließt in die Meere. Um seinen Kreislauf erneut aufzunehmen. Wenn der ausbliebe, lebte nichts.

Mehr noch als die Winde und die Beben aber geben die Flüsse den Kontinenten die Gestalt, graben ihr Relief, führen von ihnen mit sich und verteilen die Schwemm- und Sickerstoffe. Denn ein Gewässer, das steril wäre, wäre tot. Und nichts Lebendiges könnte aus seinen Fluten steigen. Darin sind die Flüsse aber immer Zeugen ihrer Läufe. Und sie sind so individuell wie die Verläufe ihrer Betten, ihrer alten Arme, ihrer Auen, ihrer Delten über eine räumliche Spanne, die die Augen ihres Betrachters nicht würden überblicken können, es sei denn vom All aus. Manche unterirdisch, manche nur in kurzen Intervallen zwischen Trockenheiten. Versiegend, neu entspringend. Aber dennoch über eine Zeitspanne, die der des menschlichen Lebens spottete. Und ganz gleich, wie sehr sie begradigt, eingebettet oder kanalisiert worden sind: Ihre Anwohner tun gut daran, den Respekt vor ihrer Gewalt nicht aufzugeben. Denn im Zweifel weicht ja nicht der Fluss. Im Zweifel spült er alles weg. Und erzwingt einen neuerlichen Anfang.

Die Alten hatten die Flüsse mit Quellnymphen und Göttern besetzt. Die nicht zu beleidigen, deren Gunst sich zu erhalten angeraten war. Man hielt ihnen ja nicht von ungefähr Persönlichkeiten zugute. Flüsse sind die Grundlage aller Hochkulturen gewesen, sie haben ihre Geschichte mit sich getragen, seien es Euphrat, Tigris, Nil oder die fünf großen Ströme des Himalayas. Wer je an den Ufern eines solchen gestanden hat und ihrem Fließen andächtig zugeschaut, weiß, dass sie episch sind. Und Demut lehren können.

MUSICA HUMANA

Was aber muss einen Menschen bewegen, wenn er ein Leben lang den Flüssen folgt. Mehr noch, ihnen seine schöpferische Existenz widmet. Sie als Urgrund nimmt für Bildnisse, die, ohne ihn, tatsächlich immer nur in nuce existiert hätten. Als existentes aber nie gesehenes Bild, weil es zum Stoff nicht geronnen gewesen wäre. Ja, Flüssen über Jahrzehnte hinweg hinterherzuspüren, über Landesgrenzen, auf anderen Kontinenten, an Hunderten Ufern, einen Atlas der Fließgewässer hinterlassend, eine Phänomenologie. Denn jeder Fluss ist ja für sich ein Ereignis – und ein Charakter. Und der selber kann noch über seinen Verlauf hin wechseln. Der Rhein der Alpen ist eine ganz andere Sache als der der Niederungen. Er hat eine andere Farbe, andere Dichten, über seinen ganzen Verlauf sind andere Gewässer in ihn eingemündet und in ihm aufgegangen. Hier mag das noch überschaubar sein. Am Amazonas ist die Zahl Legion.

Überhaupt wäre die Idee eines solchen atlantischen Prinzips eine sehr junge, der erste, der es unternommen hatte, eine Weltgegend anhand ihrer Phänomene zu beschreiben, war Alexander von Humboldt im XIX. Jahrhundert gewesen. Auch weil die logistischen Schwierigkeiten, die sich einem solchen Unterfangen in den Weg gestellt hätten, immense waren. Anreise, Fahrt und Aufenthalt, Beobachtung und Dokumentation. Insofern mag Mario Reis sich in einer wirklich ausgewählt guten Gesellschaft von Reisenden befinden.

Denn was er in seinem bildnerischen Schaffen unternommen hat, ist alles andere als naive Aneignung gewesen. Die Flüsse selber malen zu lassen, bedeutet, den eigenen Zugriff aus der Hand zu geben. Heißt, den Fluss zunächst begehen, die geeigneten Stellen suchen, sie photographisch festzuhalten und auszuweisen. Die aufgespannten Leinwände in den Strom zu senken und zu verankern, so, dass dessen Bewegung durch sie hindurchfließen und etwas hinterlassen kann von dem, was seine Eigenart ausmacht: Schwebeteilchen, Erden, Mineralien, Reste von pflanzlicher und tierischer Existenz. Heißt aber auch, die beschädigten Malgründe zu reparieren, die Verlorengegangenen zu ersetzen. Und schließlich zu entscheiden, wann das Bild vollendet ist. Es mit der Fixierung anzuhalten, damit es, einmal gemalt, nicht wieder ohne Weiteres vergeht. Der Fluss mag malen, die Auswahl aber trifft der Maler, der dem Fluss seine Utensilien überantwortet hatte. Naturaquarelle sind diese im Doppelsinn.

Und darum ist auch nichts, nicht in der Fülle, nicht in der Versammlung der gleichformatigen Bilder in Ensembles, wahllos. Dort, in der Kombination und Konfrontation, steigern sie sich tatsächlich aber gegenseitig noch. Als bildnerische Topographie einer Region, einer Insel, eines Kontinents. Das mögen dann die Gewässersysteme der Eifel sein. Oder die Islands.

Zwar kann das Bild nie unabhängig von seinem Schöpfer entstehen, einmal entlassen aber, ist es und gilt es für sich als ein eigenes Sein. Aber es entsteht bildnerisch auch nichts, was ohne die Eindrücke der umgebenden Welt auskäme und nicht von ihnen geprägt worden ist. Selbst die Sprache der Geometrie ist der Natur abgeschaut, nicht umgekehrt.

Die Landschaft aber zum alleinigen Thema zu machen, auch wenn es dafür in der vorklassischen Antike vereinzelte Beispiele gibt, ist eine Sache der Renaissance gewesen. Mithin immer noch eine recht junge Idee. Albrecht Dürer, der dem Genre den Namen gegeben hat, *Landschaft*, hat es aber nicht Natur geheißen, sondern eben, semantisch bezeichnenderweise, die Verbindung von Land und Geschaffenheit. Und die impliziert Sehen, Auswahl, Eingriff und Formung. Gleich wie. Gleich in welchem Maß.

MUSICA MUNDANA

Schließlich hat sich aus dieser jahrelangen Arbeit eine geradezu enzyklopädische Betrachtung von Gewässern ergeben. Aber eine, die sich nie erschöpft hat. Und eine, die neugierig geblieben ist. Vielleicht weil sie wach ist für die Erscheinungen der Welt, selbst wenn sie unscheinbare oder bescheidene wären. Eine Sicherung von Spuren, die sich so eventuell nicht wiederholen ließen. Weil auch sie einen Moment abbilden. Manchmal nur in einem lichten Anhauch, einer Aureole leichter Verfärbung um ein Blatt, das hernach wieder weggeschwemmt wurde, Nachbild. Den sachten Ton, den das Wasser mit sich führte. Und manchmal ein dichtes, massiges Sediment, wie Tonerde oder Schlick. In allen denkbaren Farben von Erden und Mineralien. Manchmal mit den Spuren der Gewalt des Wassers, Dellen, Rissen, manchmal mit denen der Gewalt der Erde, über die das Wasser fließt. Die vulkanischen Gründe der isländischen Bilder etwa lassen einen die tellurische Wucht des Untergrundgesteins geradezu spüren.

Und dann sind da all jene, die wie in der Anmutung leicht unscharfer Photonegative den Betrachter dazu verführen, in ihren atmosphärischen Emanationen Gestalten auszumachen, denn darauf sind wir angelegt, in den Bildern, die uns umgeben, Sinn zu erkennen. Manchmal legen wir ihn auch nur hinein. Und es mag hinter der Vorstellung ein ganz anderer vorhanden sein, der sich erst nach und nach – und vielleicht auch nur – entbirgt.

Schließlich aber verleiht das quadratische Format dem Ganzen Nordung, der von der Leinwand abgespannte, wieder aufgefaltete Rand, die Spuren der Nägel, die ihn fixiert hatten, zuweilen der Rost, den sie im Wasser ansetzten. Und dann ist es eben doch fraglos Bild und nicht aufgesammelte Beiläufigkeiten. Es reicht nicht, alleine ausdauernd zu sein. Es bedarf des anhaltenden Staunen-Könnens über die Erscheinungen. Der sehenden Empfänglichkeit.

Dass, während der großen Seuche, die nicht die erste war, aber die erste weltumspannende unser aller Lebzeit, er, als das Reisen, die Gastaufenthalte weitgehend verunmöglicht waren, einer anderen Fährte gefolgt ist, mag zunächst verwunderlich erscheinen. Dass es die gestempelten Abdrücke der Champagnerkorken sind, die den Bildern das Gepräge geben, wenig naheliegend. Gereiht, als Rapport und Muster und Gewebe, variierend in der gedruckten Dichte. Nie mechanisch, farblich delikat. Manche weisen ein Relief auf, eine Prägung. Eine Marke Champagner abkonterfeit an je einem Tag. Die Champagne verfügt schließlich über eine beeindruckende Zahl derart elaborierter Produkte. So dass das Kompendium, das Diarium der exquisiten Schaumweine an seinem vorläufigen Ende bereits mehr als dreieinhalb Hundert Bögen umfasst.

Aber auch diese Sammlung von Erscheinungen entbehrt aller Pendanterie. Und alle Systematik behält doch die spielerischen Elemente bei. Ein hintergründig-circensisches Vergnügen. Nicht zuletzt ist ja auch der Kork selber ein Naturstoff. Gewissermaßen schließt sich der Kreis zwischen den Wassern und den wohl elegantesten Wässern, die man mit seiner Hilfe erzeugen kann. Viel mehr aber schließt er sich in der Konsequenz des Nachspürens, der Erscheinungen, der Phänomene, der unerschöpflichen Bandbreite der Gestalt, die sich aus einem Thema entschlagen lässt.

Und es erweist darin eine ganz außerordentliche künstlerische Haltung.

Felix Reinhuber

ruhebereich

über 300 km/h – eine horizontale, stetig erschütterte rakete
die durch dunkle parallelen rauscht

maximal belastete konstruktion
im singenden gegenwind

bauernhöfe / restaurierte kirchen / fahrradfahrer – wie angehalten

die schwarzen linien schneiden
unter strom

der krieg in europa

die begleitenden linien der wildzäune /
die ackerlinien / die wolkenlinien, schlummernder

durchbruch –

mehrarmige strommasten – wie piktogramme
vergangener oder kommender generationen

wieder längliche höhlen – lichtgeschwindigkeit

wieder formationen von windrädern in nasser, matschiger landschaft
ein aussichtsloser kampf?

ruhig rasen wir etwas entgegen: unsere vorstellung
übersteigend

—

—

das alleinig runde in der ebene
sind mistelnester und schafe

winterliche zusammenballung
von etwas leben

heilung, unschuld

umspannwerk

entlangrauschen an länglichem beton –
die dämme stetig: grasig, trist

die strecke ist vorherbestimmt, gerade
jede abweichung wäre sehr wahrscheinlich tödlich

vorbeiwischen an schotter, erosions-
netzen, den oberflächlich grünen

ausgelaugten böden, monokulturen, eingezäunten
pferdestärken, einem schwan in einem tümpel

mitteleuropäisch nivellierte landschaft –

… nach dem hochtiefblauen meeresspiegel
den alpenausläufern, buschig unter quellwolken
über nebeln …

meine erinnerungen sind schwerer als felsen

vereinzelt schonungen –

die dämme hinter lyon: farn statt gras, ausgebrannt
die sonnenblumenfelder, transformatoren, überland-

leitungen, von höchst- zu hoch-
zu mittelspannung, bis in den alltag

schwarze blitze vor sonnigen hintergründen
auf der netzhaut

der waggon schwebt
rasend durch jugend und jetzt, das sich wandelnde
wetter: ein *tgv* ist so viel schneller, so anders stabil
als die beharrende landschaft
meine träge wechselhafte natur

wieder schallschutz –

alles geht vorbei, schon großraum paris, da
ist es: etwas
hat sich bewegt
in meiner melancholie

zahllose vernetzte linien, dunkle, helle, hellgrüne flächen
laufen zu auf diesen einen, höchst-
konzentrierten raum, stetig
anders, innerhalb und außerhalb
der zeit

last und linie
pont de normandie

die winzig-riesigen lichter, rechts und links
blinzeln: sekündlich richtung kanal, richtung plymouth

die zwei immensen pylone: umgedrehte stimmgabeln
in die *seine* vertieft, schwingend

die trägerseile, flügelnerven
einer windigen idee aus symmetrie und statik: ideal gebogene

linie – und tonnenschwere, dieses tonnenschwere hin und her
schweben

über legierungen aus stahl, beton und geist: nützliche schönheit
– wie in aquädukten –

aber stahlzart ausgespannt, hoch ausschlagend: diese kilometerlange, graue einsamkeit
die menschen hebt

und zusammenhält, zwischen küsten
voller heckenwiesen, knorriger äste, äpfel, birnen, milch

und allem, was man daraus macht
und unten das kommen und gehen, blitzend in der mündung

ins meer –

und hinter den fachwerkhäusern, den hecken, den alleen und seen
am strom entlang kommt

paris –

mit seinem alten gewusel, stimmengewirr, den verbindend klaren, kalkhellen achsen

paris –

machtwerk moderne
boulevard haussmann

geh hinaus, schau auf, atme, staune –

wieder strömen, wieder teil sein von einem großen plan
in großem stil

der opfer verlangt: alte zuhause, arbeitsweisen, zurückgelassen
die menschen, die krummen (heimlich-stickig-stinkenden) wege

die unterdrückten gegenstimmen
(über den kopf wachsende spekulationen und summen)

für mehr
konzeption, konzentration, mehr formale strenge

raum, luft und licht –

ein stern und wald im osten, ein stern und wald im westen –

offen sein
für kühle, neue blätter, wolken, schnelle fortbewegung und kontrolle

von gosse und abschaum, die unterschwellig durch die tunnel ziehen
wie alles, was er nicht mehr sehen will, der herr im haus

in serie: schicht um schicht voneinander abgehoben, schmiedeeisern
vereint zum klaren dichten zentrum, das mehr ist, als die summe

gleißender schneisen: die symmetrien, die schwarzen kurz- und langzeilen
zu knotenpunkten für alle richtungen

gezeichnet: für seine zeit; und weit darüber hinaus –

fließen, fliesen

unter den schuhen schwimmen
drittel-, viertelbirken, halbe platanen, wolken und teile des neunzehnten
jahrhunderts –

auf schirmen, nach den seitenlangen nebeln, wieder das liquide knistern
von milli-, sekunden-, ideen
den ganzen vormittag –

die noch unfixierten
blüten, rinnsale, blütenrinnsale in nassen massen auf dem kopf
-steinpflaster: fliesenglanz, -brillanz, die ganze stadt

liegt zu füßen, in scherben, flächen fluider intelligenz sehen
sich selbst und anders

wie manet die vase
monet den see

—

die kaimauern und stämme
tiefschwarz

das davor
steht im park als kältere luft in der luft
zwischen
stämmen wie aus frischer tinte

die restblätter von davor
endlich losgelassen, fortgeschwemmt –

und darüber
die restaurierten kastanien, üppig dunkelgrün, wie jedes jahr bisher

und höher – unter dem schnellen hellen ziehen –
wieder das geländergleißen: zerbrechlich-eiserne stile, schwarze blumen
der besserung

—

zwischen allem
stille, triefen

fliesen

mit vertiefter einsicht

    in gebrochensein, hier und da

        in dauerndes schwanken

      seltenes strömen

          saisonalen sinn

hoch aufgelöst

antennenträger / senderkonzentration –

immer am horizont, gesehen von freiräumen und erhebungen aus
der stählerne stift / stil

bloßes gerüst / vollendung
von leere und linie

fernsicht, klingenscharf
im minimalen dunst: reflektierende flächen

domkuppelgold

ein wolkeneldorado
für immer wieder invalide augen

häuserzeilen, kubistische kanten / ecken / stufen, wie frisch
aus dem kalk geschnitten

gläserne wintergärten übersetzen sich
auf fassaden gegenüber: hochlichter / solare berührungen

eine dachantenne / statischer silberblitz / linsennadel
ins tiefgekühlte organ

ein verkraterter tagmond

im park landen flügelträger weiß
und gehen über wasser

glänzend –

mitten in platanenkargheit
ein schrei: kontrastverstärker papageiengrün

die luft riecht nach nichts – und härte
wie metall
die glaspaläste in der ferne
überwölben hochgetriebenes, verzweigtes: pflanze / ware / geist

eisig –

die zäune / die geländer / die brillanten brücken
die jetzt – auf neue klarheit geastet – das denken leiten

tabula rasa –

langsam schiebt der himmel schichten gips heran –
driftende gipsschichten, schwebend über klüften
aus gips und kalk, zink und schiefer

– als wäre die gravitation der geschichte halb
suspendiert: friedlich in leere
grasende, weiße hügel – schwebend – über
dem weiten steinbruch zeit –

minen. arbeit. dämonen und engel. biographie

du gehst unter den unterseiten losgelöster hügel
fast ohne last

und in der tiefe die freiluft
-ausstellung: die schornsteinreihen
formen um formen
aus ton

die platanenreihen
gerade kaum sichtbar, aber da:
abertausende blätter, veröffentlicht
im wind

ein nächster wolkenbruch zieht herauf
aber nicht heute

– bei sacré coeur berühren sich
weiß und weiß

schwere
und leichtigkeit –

an der horizontlinie die wechselnden blätter, wetter –

statisches fauchen. konstant zitterndes ausatmen
der maschinen. 0 km/h. rangieren. im gewissen. fragmentieren im terminal-glas

ein kleiner falke, der steht, rüttelt, steht –

passieren von verbindungslinien. umzäunte logistik. schweres material. hebe-
bühnen und fähnchen im wind

etwas, das uns übersteigt –

ausgeliefert sein. die langen, langen grauen wege. vereinzelt positionslinien
dieses riesige feld aus ambition, konzentrierter energie – aufatmen und reichweite

in jede richtung –

wie gewohnt: der unalltägliche ruck. das grollen des 20. jahrhunderts unter uns
wird steigen

über zeilen, zellen, grade und grenzen –

der falke ein blinder fleck, ausgelöscht, nebel, ein kompliziertes altes schloss
ist ein winziges schloss mit kleinem park

sonnenstrahlen, die plötzlich über stress und kunststoff streichen –

plus wurde minus – klarheit. lebensfeindlichkeit. schönheit – unten große verkohlte
schafphantome, gewittrige ambosse, still, auf weißen gewebeschichten

die zuhause schützen vor dem leben- und todbringenden zentrum im system –

zwischen ozon, ohnmacht und homomutatus jedes mal der gedanke: wenn das möglich ist
was noch?

wir haben unsere höhe erreicht –
1000 km/h. woanders wieder aufsetzen, verlassen dieser schwierigen atmosphäre

für mars … saturn und weiter? … quasarstrahlen … säulen der schöpfung,
lange, lange unerreichbar

enthoben sein –

erhaben sein –

stabil in o g –

Nasima Sophia Razizadeh

Freisetzung

Wer immer schon im Licht ist,
kann sich nicht aussetzen.

Im Mund ist es dunkel,
unaufgeschlagen liegt er da,
die Lippen lassen außen die Zeit verstreichen,
verschließen verschwiegen den Mund, den abzudunkeln
sie als ihre Aufgabe begreifen.

Der Schlag des Metronoms in meinem Mund,
dem meine Zunge ausweichen muss,
ist das einzige Taktgefühl, das ich besitze,
mein Metronom, es tickt
einzig in der Schrift,
die Zunge muss sich ducken.

Wer immer schon im Licht ist,
kann sich nicht aussetzen.

Die Zunge, die es zu dir zöge, die
in Synkopen sich gebärdet, sie
gebärdet vergeblich in das
Dunkel des Mundes
gegen den Takt meines Metronoms,
gegen die geschlossenen Lippen
gebiert sie die unreife Schattenfrucht,
ausgegoren erst bricht sie den Lippenriegel,
das Mundregelwerk, den verinnerlichten Rhythmus
aus sich heraus auf und
setzt mich zuletzt
hell und reif und
zeilig frei.

Espennest

Hochoben in der Höhle er
fand ich die Schmiegung,
die ich jahrüber mied,
die ich fortbebend scheute,
hier will ich,
zuletzt, winterreif,
obrig,
das Espenlaub abwerfen,
mich in der Höhe verlieren, mutig über
siedeln in die Weite, mütig,
hitzig, mittig,
in die Nähe entblößt.
Reglos und stumm, im Stich
sag ich alles,
gelassen blättert die Rinde
von den Schläfen ab.
Sieh weg!
Das Wurzelwerk fand ich
im Schoß der Luft und
schmiege mich, hochoben,
weißblütig,
zweihäusig,
laublos, zuletzt,
an dein Perikarp.

Waldnacht

Ganznächtig vom Stein gehalten,
in den Armen des Riesen
die Rehung erfahren,
staksig wie das Kitz, gelassen
wie die Ricke selbst, solch eine Ruhe
die Regung in der warmen Umarmung.
Umschlungen vom Jährling,
verlerne ich Bedürfnis und Bedürftigkeit,
verschlungen von der Gänze der Nacht,
dunkeln, befriedet, die Hufe.

Genuss und Hunger

Die Zunge ist vogelfrei.
In augloser Vorsicht navigiert die Zunge
den Züngelnden hin zur Süße,
fort vom Bittren, fort von der
letalen Lust.
Die Zunge ist vogelfrei.
Sie streift durch das
Dickicht der Scham, meidet das
Licht der Kammerjäger, das
Augenlicht.
Mit Haut und Haar,
der Erstickungsgefahr zum Trotz,
weist die Zunge sich an,
den Geliebten in Richtung des Rachens zu schieben,
zu schlucken, zu verschlingen, an die Innigkeit zu verlieren.
Die Zunge ist vogelfrei.
Sie ist die Lust ohne Lider,
vermag die Augen nie zu schließen,
liegt und lauert,
liest das Unsichtbare auf,
liebkost es bis zum letzten Moment.
Ohne Eile wetzt man fernab die Klinge,
ohne Eile, ohne Eifer. Straflos
wird die Vogelfreie mundtot gemacht.
Noch liegt sie und lauert,
liegt auf der Lauer im
vergitterten Dunkel der Schuld und des Urteils,
liest ein letztes Mal das Unsichtbare auf,
liebkost jedes Wort,
kann die Augen nicht schließen,
sieht den Kammerjäger kommen,
tritt hinaus und an den Altar
des Aias, wo die Göttin wieder wegsehen wird.

Das Bild

Erschüttert
als du mich trugst
als du mich stießest
als du mich den Krug
fallen lassen hießest
erschüttert
in der Höhle
zu der du mich trugst
in die du mich stießest
aus der du mich das Wort
ins Weite hinein
rufen ließest
erschüttert
von dem Bild
in mir
von deiner sturen Treue
von unserem hiesigen Los
von dem Bild
in mir
von dem Guss,
dem Guss.

Stationäre Strömung

Ich balle die Faust
um das Fluid
der Begegnung und
vertraue in den Venturi-Effekt.
Ich pflanze Schilf,
unser Versteck, unser Sprachrohr,
in die Mitte des Flusses
meines ungeduldigen Begehrens
und entkerne dich,
dass du leichter als Wasser seist.
Ich verwechsle die Bewegung

mit dem Tropf der Berührung,
schließe die Augen
vor den Folgen meines Spiels.
Doch ich fühle das Pochen,
die Chimäre,
unter den Lidern
und bette darin,
mit offenen Händen, in Ruhe,
am Rande, am Rand
meines ungeduldigen Begehrens
deinen Kern,
wie in Erde, dass unser
Wiedersehen leichter als damals sein werde.

Wald und Wundbrand
(Kurzer Bericht einer Körperung)

Eine Schlangenhaut streicht durch die Wälder,
schreibt sich spurhaft ein ins Dickicht,
streift der Entledigung entgangene Lasten und Laster langsam ab,
streichelt geschwisterlich das gefallene Laub mit den Phantomrudimenten einstiger Beine,
vermisst die Fähigkeit zu vermissen nicht,
entzündet, ohne Wärme oder Lust zu suchen,
stiftet im Vorbeiziehen den Brand, ohne zu züngeln,
verwildert sich verirrend zwischen Rinden und Boden,
schleift sich bis kurz vor dem Riss an den kleinen Steinen.
Ein gehäuteter Schlangenkörper
liegt verwundert mitten auf der Lichtung,
bleibt unberührt, fortan,
blickt lange noch der Grenze nach.

Lethe
(Abgebrochener Ausflug nach Margate)

Ich pflücke uns die Frucht von
dem Baum, den es nicht gibt,
der weißen Zypresse,
dort unten
am Ufer des Vergessens,
auf die, Obacht zu geben, man, auf goldenen Blättern,
unsere leichten Seelen anwies und anweist.

Ich schenke dir ein Wort aus
der Sprache, die es nicht gibt,
der schwarzen Zunge
einer Chimäre aus Trieb und Trug,
dort oben,
im Flaum der Fabeln,
dort unten,
im feuchten, im faulenden Laub.

Ich offenbare dir den Traum aus
dem Schlaf, den es nicht gibt,
sanfter Bruder der Ker,
dort unten
in der dunkelsten Kinderstube,
vor den Nachtkindern warnt uns keiner,
viel zu leicht, vielleicht, rufen sie uns
heim in das Reich, das es nicht gibt.

Jene Lethe, die wir
vor dem Anbeginn und,
dann ohne Durst, noch einmal
zuletzt, schlucken,
benetzt und
beschwert uns die Zungen
lebenslänglich und schließlich letal,
saugt sich kräftig
die Kapillare hinauf in
das fatalste Gewebe,

wir saugen ihr entgegen
von dort, dem Ort ihrer Mündung.

Obacht! Ein Übersetzen wäre Frucht und Wort,
und Traum und Reich, und Fluss und Wunsch zugleich.

Hölderlins Klavier
(Bruchstück)

Zu Splittern
und schließlich zu
Staub zerspielt, verliert
der Klangkörper
seine hölzerne Integrität und
wer es hört, hört weg,
meidet das Zimmer,
in dem einer spielt, und im Spiel, verspielt,
die Alleinheit verspürt,
wer es sieht, sieht weg,
verbirgt sich im Kanon
der gestundeten Schändung,
verbietet sich die Vorwegnahme
der Kadenz dieser Krankung.
Am Tag der Abdankung des Dichters
krönt sich lachend ein jedes Fragment.
Klammkonform kündigt der Spieler
das Bündnis mit dem Instrument,
verwundet's Note um Note,
überspielt, in der Not, nicht länger
mit Tönen das Tosen, setzt den Bruch über
auf die gesamte Länge der Tastatur,
zwingt Komposition und Improvisation,
ohne Kabale und Finten zu scheuen,
in die Suspension,
durch die er schweratmend watet.
Seine Gabe nimmt dem Hörer jede Hoffnung auf Rettung,
auf die Reparatur der internen Klaviatur.

Kanon, Reigen, Fuge
kennen aus der Gestrigkeit
kein Entkommen
– das Klavier wird von den sachten Händen
in Tobsucht, auf der Suche nach Ton,
zu Staub zerspielt.
Welch Pharmakon dies Spiel, welch
Gift, welch Heil, welch Spuk dies Spiel!
Pallaksch!
Taste um Taste,
aus der Fassung gerissen, sie,
verloren, die Hellen wie die Dunklen, sie,
die Pedale, die dämpften,
zertreten wie Geziefer, er,
der Draht, nie fragiler
als in Form verborgener Saiten, er reißt,
Saite um Saite,
und rollt sich still auf an den Enden.
Am Tag der Abdankung des Dichters
krönt sich lachend ein jedes Fragment.

Katasterismos

Verstirnt
in dir
bin ich außer mir
meinerselbst
meines Selbsts
in dir
bin ich
endlich
endlich
in dir leuchtet mir ein
leucht ich dich aus
leuchte ich uns den Weg
hinaus
wo wir

Schatten
werfen
folgen
fangen.
Im Moment des Verlesens
des Verlassens
des Verlasses
horch ich
die Lippen klaffend
beinah lachend
auf und
du spürst
spielst
sprichst.

Leg dein Wort
in meine Waagschale
auf die Goldwaage
dort gehörts hin
gehörts uns
hör ich's aus hunderten
als das deinige
heraus
hör wie's die Schale füllt
wie's die Waage drückt
spür den Gleichgewichtsverlust
dort
drinnen
wo ich sonst bloß höre
weiß uns
auf hoher See
ohne Galionsfigur
in dir
dort
wieg ich das Wort
koste
seinen Schlaf
und erheische
endlich

einen Blick in seine
schattenwüchsige
kindliche
Kostbarkeit.

Alle Richtungen

Verlauten lassen lässt,
wer sich verlaufen hat,
weder Stimme noch Schritte,
am helllichten Tag,
im Ufergestrüpp,
knapp randlich der Promenade,
im Mustergestrüpp,
am helllichten Tag.
Nachbarn nähern sich
von allen Seiten,
der Verlorengegangene
sieht sie sich nähern,
sieht den Pegel steigen,
weiß um die Heimlichkeit seiner Heimischheit hier,
weiß dennoch den Weg nicht
am helllichten Tag,
sieht ihre Finger
in die Höhe zeigen,
sieht sie ihn
auf ein Schild
in der Höhe hinweisen,
vor dem klaren Gestrüpp
eines klareren Himmels.
Hungrig blickt zum Pfeil,
wer sich verlaufen hat,
zehrt schon von
noch kommender Klarheit, von
der erträumten Entstrüppung,
träumt von Fundland,
träumt von Neumund,

träumt vom Nachtmahl
an der verlorenen Tafel,
an die Richtung des Pfeils
schmiegt er sich an,
am helllichten Tag,
und hört die Nachbarn lachen.
Zufrieden gibt sich,
wer sich zugrunde gerichtet hat,
weder mit Tag noch mit Nacht,
noch mit der anderen Seite,
hinablachend verweist
das Schild am Rande
den der Zeit Abhandengekommenen auf
Alle Richtungen.

Collaboratio

Volker H. Altwasser, geb. 1969, lebt und arbeitet als Schriftsteller in Rostock. Letzte Buchpublikation: *Vor dem Erfolg. Erzählungen*. Berlin: Matthes & Seitz 2017.

Alida Bremer, geb. 1959 in Split/Kroatien, lebt in Münster als freie Autorin, Übersetzerin und Literaturwissenschaftlerin. Letzte Publikation: *Tesla oder Die Vollendung der Kreise*. Roman. Salzburg: Jung und Jung 2023.

Kurt Drawert, geb. 1956, lebt und arbeitet als Schriftsteller in Darmstadt. Letzte Buchpublikationen: *Dresden. Die zweite Zeit. Roman*. München: C. H. Beck 2020; *Die große Abwesenheit. Essays, Reden, Figuren der Literatur*. Leipzig: Spector-Books 2023.

Kristian Dubbick, geb. 1956 in Duisburg. Lebt und arbeitet in Lohmar und Schweden. Studium an der HDK Berlin und Kunstakademie Düsseldorf. Meisterschüler von Prof. Crummenauer. Freier Künstler und Kurator der Kunstsammlung KROHNE.

Petra Ellert, geb. 1949 in Düsseldorf, lebt und arbeitet als freischaffende Künstlerin in Düsseldorf. Letzte Ausstellung: Künstlerpaare, Schloss Reuschenberg Neuss, 2022.

Gerd Fuchs, geb. 1932, gest. 2016, lebte und arbeitete als Schriftsteller in Hamburg. Letzte Buchpublikation zu Lebzeiten: *Liebesmüh. Novelle*. Hamburg: Nautilus 2015. Der hier angedruckte Text erschien zuerst in *konkret magazin Literatur* 15 (1990).

Zsuzsanna Gahse, geb. 1946, lebt und arbeitet als Schriftstellerin in Müllheim (Schweiz). Letzte Buchpublikationen: *Bergisch teils farblos*. Wien: Edition Korrespondenzen 2021; *Zeilenweise Frauenfeld*. Wien: Edition Korrespondenzen 2023 (aus diesem Band stammt der hier abgedruckte Textauszug).

Sieglinde Geisel, geb. 1965 in Rüti, lebt als Literaturkritikerin, Lektorin und Schreibcoach in Berlin. Zuletzt erschien: Alberto Manguel: *Ein geträumtes Leben*. Ein Gespräch mit Sieglinde Geisel. Zürich: Kampa-Verlag 2021.

Franziska Gerstenberg, geb. 1979 in Dresden, Schriftstellerin, lebt im Wendland. Letzte Buchpublikation: *Obwohl alles vorbei ist*. Frankfurt a. M.: Schöffling & Co. 2023.

Patricia Görg, geb. 1960, lebt und arbeitet als Schriftstellerin in Berlin. Letzte Buchpublikation: *Der Sturz aus dem Schneckenhaus: Bilder und Rätsel*. München: Schirmer/Mosel 2023.

John K. Grande, geb. 1954 in Ottawa/Kanada, ist freischaffender Autor und Kurator. In seinen Schriften untersucht er die Zusammenhänge und Verflechtungen von Kunst und Ökologie in Fotografie, Malerei, Performance, Poesie und Skulptur. Jüngste Publikationen: *World Walks*. Montreal: Go If Press 2022; *Kunst Raum Natur*. Neulingen: J. R. Klotz Verlagshaus 2022; *Eternal Dance*. Oslo: Delta Press 2022.

Christoph Grube, geb. 1978 in Erlangen, arbeitet als (Hörbuch)Sprecher und Literaturwissenschaftler. Kommende Buchpublikation: *Happy End. Formen und Funktion einer Schlussvariante*. Würzburg: Königshausen & Neumann 2024.

Peter Handke, geb. 1942 in Griffen, Kärnten, lebt als Autor und Übersetzer bei Paris. Jüngste Veröffentlichung: *Die Ballade des letzten Gastes*. Berlin: Suhrkamp 2023.

Wolfgang Hegewald, geb. 1952, lebt und arbeitet als Schriftsteller in Hamburg. Letzte Buchpublikation: *Tagessätze*. Roman eines Jahres. Göttingen: Wallstein 2021.

Eckhard Henscheid, geb. 1941, lebt und arbeitet als Schriftsteller in Amberg. Letzte Buchpublikationen: *Dostojewskis Gelächter. Die Entdeckung eines Großhumoristen*. München: Piper 2014; *Aus dem Leben der Heiligen: Neue Legenden*. Amberg: Büro Wilhelm Verlag 2018.

Richard Hoppe-Sailer, geb. 1952 in Mönchengladbach, Prof. em. für Kunstgeschichte an der Ruhr-Universität Bochum mit den Schwerpunkten Moderne und zeitgenössische Kunst, Kunsttheorie. Letzte Veröffentlichung: *Die E. T. A. Hoffmann-Rezeption in der bildenden Kunst*. In: Benjamin Schlodder u. a.: *Unheimlich Fantastisch. E. T. A. Hoffmann 2022*, Leipzig: Spector Books OHG 2022.

Alois Hotschnig, geb. 1959, lebt und arbeitet als Schriftsteller in Innsbruck. Letzte Buchpublikation: *Der Silberfuchs meiner Mutter. Roman*. Köln: Kiepenheuer & Witsch 2021.

Nina Jäckle, geb. 1966, lebt und arbeitet als Schriftstellerin in der Nordheide. Letzte Buchpublikationen: *Stillhalten. Roman*. Tübingen: Klöpfer & Meyer 2017; *Verschlungen. Roman*. Stuttgart: Kröner 2023 (aus diesem Roman stammt der hier abgedruckte Textauszug).

Bernd Jansen, geb. 1945 in Bedburg-Hau, zählt zu den wichtigen dt. Fotografen, die sich in subjektiver Interpretation der Dokumentation des Kunstbereichs zuwenden. In Weiterentwicklung seiner frühen journalistischen Fotografie realisierte er seit 1968 die »Portraits aus der Düsseldorfer Kunstszene«. Seit Ende der 1980er Jahre Erweiterung der Fotografie zur Plastik.

Esther Kinsky, geb. 1956, Autorin und Übersetzerin von Prosa, Essays, Lyrik aus verschiedenen Sprachen. Jüngste Buchpublikationen: *Weiter Sehen*. Berlin: Edition Suhrkamp 2023; *FlussLand Tagliamento*. Berlin: Friedenauer Presse 2023; *Störungen*. Wien: Residenz, 2023

Rainer Komers, geb. 1944 in Guben. Lebt als Filmemacher und Autor in Mülheim an der Ruhr und Berlin. Letzter Film: Miyama, Kyoto Prefecture (2022). Letzte Buchpublikation: *Außen Fuji Tag*. Berlin: Alexander Verlag 2022.

Jürg Laederach, geb. 1945, gest. 2018, lebte als Schriftsteller und Übersetzer in Basel. Letzte Buchpublikation zu Lebzeiten: *Harmfuls Hölle in dreizehn Episoden. Erzählungen*. Berlin: Suhrkamp 2011.

Hartmut Lange, geb. 1937, lebt und arbeitet als Schriftsteller in Berlin: Letzte Buchpublikation: *Am Osloer Fjord oder der Fremde*. Zürich: Diogenes 2022.

Gereon Lepper, Bildhauer, geb.1956, lebt in Düsseldorf, Hattingen und Duisburg.

Ludwig Lugmeier, geb. 1949 in Kochel am See. Lebt in Berlin als freier Autor. Letzte Buchpublikationen: *Die Leben des Käpt'n Bilbo*. Berlin: Verbrecher Verlag 2017. *So der Herr mit Zylinder*. Abseitige Geschichten. Hamburg: Verlag Expeditionen, 2022.

Giwi Margwelaschwili, geb. 1927 in Berlin, gest. 2020 in Tiflis. Letzte Buchpublikation auf Deutsch: *Der Leselebenstintensee. Roman*. Berlin: Verbrecher Verlag 2021. Der bislang unveröffentlichte Text stammt aus dem Konvolut *Miniaturen und artefaktische Erzählungen*.

Jochen Missfeldt, geb. 1941, lebt und arbeitet als Schriftsteller in Oeversee. Letzte Buchpublikation: *Sturm und Stille. Roman*. Reinbek bei Hamburg: Rowohlt 2017.

Annette Pehnt, geb. 1967 in Köln, lebt und arbeitet als Schriftstellerin in Freiburg und Hildesheim, wo sie das Literaturinstitut der Universität leitet. Letzte Buchpublikation: *Die schmutzige Frau. Roman*. München: Piper 2023.

Sabine Peters, geboren 1961 in Neuwied, lebt und arbeitet als Schriftstellerin in Hamburg. Letzte Buchpublikation: *Ein wahrer Apfel leuchtete am Himmelszelt. Roman*. Göttingen: Wallstein 2020.

Rosa Pock, geb. 1949, lebt und arbeitet als Schriftstellerin in Wien. Letzte Buchpublikation: *Ein Jahr im Leben einer Infantin*. Klagenfurt: Ritter 2023.

Nasima Sophia Razizadeh, geb. 1991 in Frankfurt a. M., ist Dichterin. Letzte Buchpublikation: *Sprache und Meer*. Berlin: Matthes & Seitz / Rohstoff 2023.

Felix Reinhuber, geb. 1990, lebt als Autor in Paris. Schreibt Lyrik, Prosa und Essays. Zuletzt mit einem Atelier Mondial Stipendium an der Cité Internationale des Arts und als Finalist für Lyrik beim Open Mike 2022.

Mario Reis, geb. 1953 in Weingarten, lebt seit 2012 in der Vulkaneifel und ist bildender Künstler. Jüngste Ausstellung »Mario Reis and the Elements«, 7.10. bis 20.12.2023 in der Cadoro. Zentrum für Wissenschaft und Kunst, Mainz, Galerie Dr. Dorothea van der Koelen.

Eva-Maria Reuther, freie Kulturjournalistin und Autorin.

Kathrin Röggla, geb. 1971, ist Schriftstellerin und Professorin für »Literarisches Schreiben« an der KHM Köln. Letzte Buchpublikationen: *Das Wasser*. Stuttgart: Reclam 2023. *Laufendes Verfahren. Roman*. Frankfurt a. M.: S. Fischer 2023.

Norbert Scheuer, geb. 1951 in Prüm / Eifel, lebt seit 1987 als freier Schriftsteller in der Eifel. Jüngste Buchveröffentlichung: *Mutabor*. München: C. H. Beck 2022.

Jochen Schimmang, geb. 1948, lebt und arbeitet als freier Schriftsteller in Oldenburg. Letzte Buchpublikationen: *Laborschläfer*. Roman. Hamburg: Nautilus 2022; *Abschied von den Diskursteilnehmern*. Hamburg: Nautilus 2024 (im Erscheinen).

Tom Schulz, geb. 1970, lebt in Berlin und Italien. Zuletzt erschienen: *Reisewarnung für Länder Meere Eisberge*. Gedichte. Berlin: Hanser 2019. *BRIEFE AUS DER ROTEN WÜSTE / PISMA IZ CRVENE PUSTINJE*. Gedichte. Belgrad: Treci Trg 2021. *Die Erde hebt uns auf*. Gedichte. Poetenladen Verlag, 1 / 2024.

Gerhard van der Grinten, geb. 1966 in Kleve, ist Bildkünstler und Schriftsteller, hat zahlreiche Reden und Publikationen zur Kunst des XIX. und XX. Jahrhunderts und der Kunst der Gegenwart verfasst, zudem Lyrik und Novellen. Er lebt und arbeitet in Bad Cannstatt.

Alexander Wasner, geb. 1965, wohnt in Mainz, Studium der Germanistik, Philosophie und Buchwesen. Als Journalist, Moderator und Redakteur tätig vor allem für verschiedene Kulturformate in Fernsehen und Hörfunk des Südwestrundfunks, u. a. SWR Kultur und SWR2 lesenswert.

Peter Wawerzinek, geb. 1954. Geburtsname Runkel. Aufgewachsen an der Ostsee. Lehrzeit im Vogtland. Studium an der Kunsthochschule Berlin. Von Beruf Textilgestalter. Von 1979 an verschiedene andere Tätigkeiten, u. a. Hausmeister, Briefträger, Kraftfahrer, Zugkellner. Schreibt seit 1987 ernsthaft. Lebt freiberuflich. Veröffentlicht ungezählte Bücher. Jüngst: *Letzte Buchung*. Basel: Engeler 2023.

Gisela von Wysocki, lebt und arbeitet als freie Schriftstellerin in Berlin. Letzte Buchpublikationen: *Wiesengrund*. Roman. Berlin: Suhrkamp 2016; *Der hingestreckte Sommer*. Berlin: Suhrkamp 2021.

Jindřich Zeithamml, geb. 1949 in Teplitz, Tschechien, war bis 2016 Professor für Bildhauerei an der Akademie der Bildenden Künste in Prag, lebt in Prag. Zahlreiche Einzel- und Gruppenausstellungen in Deutschland und Tschechien, jüngst: Jindřich Zeithamml, 16. 2.–23. 4. 2023, Dům umění České Budějovice; Krása, 28. 4. – 29. 10. 2023, Galerie Benedikta Rejta, Louny.